Emma Haughton
Mein fremder Freund

D1869131

cbj

© Emma Haughton

DIE AUTORIN

Emma Haughton wuchs in Sussex auf. Sie hat vier Kinder und lebt heute in Dorset, wo sie als freiberufliche Journalistin arbeitet und für zahlreiche Zeitungen und Zeitschriften schreibt. »Mein fremder Freund« ist ihr erstes Jugendbuch.

Emma Haughton

MEIN FREMDER FREUND

Aus dem Englischen
von Violeta Topalova

cbj

cbj Kinder- und Jugendbuchverlag
in der Verlagsgruppe Random House

MIX
Papier aus verantwortungsvollen Quellen
FSC® C014496
FSC
www.fsc.org

Verlagsgruppe Random House FSC® N001967
Das für dieses Buch verwendete
FSC®-zertifizierte Papier *Pamo House*
liefert Arctic Paper Mochenwangen GmbH.

1. Auflage
Erstmals als cbj Taschenbuch April 2015
© 2015 für die deutschsprachige Ausgabe:
cbj Kinder- und Jugendbuchverlag
in der Verlagsgruppe Random House, München
Alle deutschsprachigen Rechte vorbehalten
© 2014 by Emma Haughton
Die englische Originalausgabe erschien unter dem
Titel »Now you see me …« bei Usborne, London
Übersetzung: Violeta Topalova
Lektorat: Christina Neiske
Umschlagkonzeption:
© init | Kommunikationsdesign, Bad Oeynhausen,
unter Verwendung eines Fotos von
© Plainpicture/Leander Hopf
MP · Herstellung: wei
Satz: KompetenzCenter Mönchengladbach
Druck: GGP Media GmbH, Pößneck
ISBN 978-3-570-40271-9
Printed in Germany

www.cbj-verlag.de

PROLOG

Ich hätte nicht hier sein sollen. Es war nicht meine Absicht gewesen, in der Oktoberbrise zitternd am Ufer des Anlagensees zu stehen und sieben Männern dabei zuzusehen, wie sie nach Hinweisen auf den Verbleib meines verschwundenen besten Freundes suchten.

Ich hatte niemandem davon erzählt, dass ich hier sein würde. Dad nicht, und auch nicht Martha, die die ganze Aktion boykottierte. Sie weigerte sich auch weiterhin zu glauben, dass ihrem geliebten Sohn etwas zugestoßen sein könnte.

Ehrlich gesagt wollte ich auch nicht hier sein. Aber ich *musste* einfach. Als es so weit war, konnte ich nicht wegbleiben. Weil es plötzlich so kalt geworden war, hatte ich angenommen, ich würde allein hier am Ufer stehen. Aber es waren Herbstferien, und die Nachricht hatte sich offenbar weit verbreitet. Als ich ankam, wartete bereits eine kleine Menschenmenge hinter dem gelben Polizeiband, mit dem der See abgesperrt worden war. Hauptsächlich Erwachsene, aber auch ein paar Kinder. Die kleinsten saßen auf den Schultern ihrer Eltern, die Nasen vom Wind rot gefroren.

Als ich mein Rad an den Zaun des Marine-Cafés anschloss, sah ich Tom aus meiner Klasse gegenüber vom Minigolfplatz stehen, neben einem Mann, der wahrscheinlich sein Vater war. Tom winkte mir lächelnd zu, als hätten wir uns zufällig vor dem Kino getroffen oder so. Ich tat so, als hätte ich ihn nicht bemerkt, zog mir meine Kapuze tief ins Gesicht und betete darum, dass mich sonst niemand erkannte. Und dann womöglich Martha erzählte, dass ich hier war. Das musste wirklich nicht sein.

Ich ging zu der Reihe Umkleidehäuschen, denn von dort hatte ich einen guten Blick auf die Polizeitaucher, die sich gerade in ihre schwarzen Neoprenanzüge zwängten und Sauerstoffflaschen umschnallten. Hinter ihren Taucherbrillen waren ihre Gesichter nicht mehr zu erkennen. Sie wirkten fremdartig und bedrohlich, als seien sie einem Horrorfilm entsprungen.

Es dauerte eine gefühlte Ewigkeit, bis sie endlich bereit waren. Die Schaulustigen wurden unruhig, wickelten sich enger in ihre Mäntel und Schals und stampften mit den Füßen, um sich aufzuwärmen. Mein Magen verkrampfte sich vor Ungeduld und Nervosität, meine Wangen waren vom beißenden Wind gerötet.

»Macht schon«, murmelte der Mann neben mir. Er trug eine gestreifte Bommelmütze, die man sonst nur an kleinen Kindern sieht, und hatte sie tief über beide Ohren gezogen. Die Frau an seiner Seite trug einen roten Anorak und schaute so erwartungsvoll drein, als warte sie auf den Beginn einer Bühnenshow.

Als wäre all das nicht real, als ginge es hier nicht um ein Menschenleben. Und um die Leben all derer, die dieser Mensch zurückgelassen hatte.

Endlich reihten sich alle sieben Taucher in regelmäßigem Abstand voneinander am Ende des Sees auf, um die gesamte Breite abzudecken. Alle hielten lange Stangen in der einen und Taschenlampen in der anderen Hand. Ich war beinahe ein bisschen enttäuscht. Wahrscheinlich hatte ich Dramatischeres erwartet: große Haken, komplizierte Ausrüstungsgegenstände, vielleicht Radargeräte.

Du bist nicht hier, um unterhalten zu werden, erinnerte ich mich, als die Taucher Schritt für Schritt in den trüben See hineinstapften. Das Wasser reichte ihnen bis zu den Knien und dann bis zur Taille. Nach jedem langsamen, vorsichtigen Schritt leuchteten sie mit den Taschenlampen in die schlammige Tiefe und tasteten mit ihren Stangen Zentimeter um Zentimeter den Grund ab.

Die Menge um mich herum war dichter geworden, denn jetzt waren auch Touristen und Leute, die ihre Hunde spazieren führten, neugierig stehen geblieben. Gut, dass Martha nicht hier war. Die Suche war gleichzeitig langweilig und nervenzerfetzend, und die Neugier der Schaulustigen ärgerte mich irgendwie. Es war eine Privatangelegenheit, die sie überhaupt nichts anging.

Plötzlich ging ein Raunen durch die Menge, und ein paar Leute zeigten aufs Wasser hinaus. Kinder reckten die Hälse, um besser sehen zu können. Ein Taucher hielt den Arm hoch und signalisierte den anderen, die Suche zu unterbrechen. Er justierte seine Taucherbrille und tauchte kopfüber ins Wasser.

Sekunden verstrichen … Nichts. Ich wartete atemlos, angespannt und mit einem flauen Gefühl.

War das etwa …?

Dann tauchte er wieder auf und hielt etwas in die Luft. Mein Herz setzte einen Schlag aus, und ich bemühte mich zu erkennen, was es war. Die Polizisten am Ufer reichten eine Plastiktüte weiter, in die der Taucher schließlich einen einzelnen Schuh legte.

»Glaubst du, das ist seiner?«, fragte die Frau im roten Anorak den Bommelmützenmann.

»Wer weiß?«, sagte er achselzuckend.

Ich stellte mir vor, wie Danny über den erhöhten Weg radelte, der den flachen vom tieferen Teil des Sees trennte. Wie in Zeitlupe sah ich ihn das Gleichgewicht verlieren und ins Wasser stürzen, sich den Kopf an der Kante stoßen und in den schlammigen Tiefen versinken.

Ein eiskalter Schauder durchfuhr mich, so kalt wie der Wind, und ich verdrängte das Bild schnell. Drehte mich zu den Tauchern um, die ihren mühsamen Weg wieder aufgenommen hatten und langsam vorwärtsstapften. Meine Beine zuckten vor lauter Frust.

Vielleicht hätte ich Lianna und Maisy bitten sollen mitzukommen. Oder sogar Tanya, Vicky oder sonst jemanden aus meinem Jahrgang. Dann hätte mich wenigstens jemand von dem Kribbeln meiner Haut und dem ängstlichen Flattern meines Herzens abgelenkt.

Aber wahrscheinlich wären sie ohnehin schon längst wieder abgezogen; die Schaulustigen verloren allmählich das Interesse und zerstreuten sich.

»Was ist denn hier los?«, fragte eine ältere Frau mit einem Hund.

Der Bommelmützenmann ratterte Dannys Namen und die Einzelheiten seines Verschwindens vor drei Wochen herunter, als rede er über einen alten Freund. Aber dank der Lokalzeitung wussten nun mal alle aus der Gegend, was genau geschehen war.

»Glauben Sie, er ist beim Schwimmen ertrunken?«, fragte die Frau. Sie wirkte eher geschockt als neugierig, was ich ihr hoch anrechnete.

Der Bommel wippte, als der Mann den Kopf schüttelte. »Das bezweifele ich. Der See ist viel zu seicht. Sie suchen nur nach Hinweisen.«

»Es könnte natürlich auch sein, dass ihn jemand in den See geworfen hat«, warf die Frau im roten Anorak mit fröhlicher Stimme ein. »Mit Steinen beschwert oder so.«

Die alte Frau verzog das Gesicht, und ich erinnerte mich plötzlich daran, wie Danny und ich in dem See geschwommen waren. Wie das schlammige Wasser sich kühl und glitschig um unsere Beine legte. Dass man die Füße hochhalten musste, um nicht im Matsch auf dem Grund einzusinken.

Ich erschauderte noch einmal. Martha hatte recht gehabt. Es war ein Fehler gewesen, herzukommen. Aber obwohl mein Kopf mir sagte, ich solle abhauen, blieb ich wie angewurzelt stehen. Die Frau und ihr Hund gingen weiter, und durch die Lücke, die sie hinterlassen hatte, entdeckte ich einen Mann, der eine Fernsehkamera geschultert hatte und die Zuschauer filmte. Wahrscheinlich im Auftrag des örtlichen Nachrichtensenders.

Ich zog meine Kapuze nach vorn und schaute auf meine Füße, als die Kamera in meine Richtung schwenkte. Ich wollte auf keinen Fall in den Lokalnachrichten erscheinen. Als ich den Kopf wieder hob, war das Objektiv wieder auf die Taucher gerichtet.

»Wir müssen los«, sagte der Bommelmützenmann und schaute auf sein Handy.

Die Frau im Anorak schaute noch einmal zu den watenden Männern hinüber, die inzwischen in der Mitte des Sees angekommen waren.

»Armer Junge«, seufzte sie und drehte sich dann um.

Als die Taucher den See schließlich durchquert hatten, war ich beinahe allein. Die meisten anderen hatten sich von Kälte und Langeweile besiegen lassen. Viel verpasst hatten sie nicht. Auf der Promenade lag ein Haufen Müll. Unzählige Flaschen und Scherben. Ein alter Fahrradreifen, der zu klein war, um Danny zu gehören. Ein Einkaufswagen.

Und ein verrosteter Puppenwagen. Er war sehr klein, und der Taucher hatte ihn so mühelos aus dem Wasser gezogen, dass er auch ziemlich leicht sein musste.

Jetzt stand er tropfnass auf dem Weg, und ich beobachtete ihn und versuchte, mir vorzustellen, wie er im See gelandet war. Wahrscheinlich war ein kleines Mädchen mit seinen Eltern hier spazieren gegangen und hatte ihn zu nahe an der Böschung entlanggeschoben. Er war ihr aus den Händen gerutscht und hineingestürzt. Vielleicht hatte sie die Puppe noch retten können, aber der Wagen war in den Schlamm gesunken.

Aber warum hatte ihn niemand wieder herausgeholt? Das Wasser reichte den meisten Erwachsenen kaum bis zur Brust, auch im tieferen Teil. Vielleicht hatten die Eltern das nicht gewusst oder es war ihnen den Aufwand nicht wert. So musste es gewesen sein. Ich wäre auch nicht reingegangen, wenn Danny mich nicht dazu überredet hätte.

Ich starrte über den leeren See hinaus. Das Bild des kleinen Mädchens ging mir nicht aus dem Kopf. Wie sie weinend ihre Puppe an die Brust drückte, als ihre Mutter sie wegzog. Wie sie immer wieder zu der Stelle zurückblickte, wo dunkles Wasser ihren Puppenwagen für immer verschluckt hatte.

In mir regte sich etwas. Tiefer Schmerz stieg wie eine Luftblase an die Oberfläche und platzte dort. Ich schüttelte den Gedanken an das Gesicht meiner Mutter ab und sog keuchend die salzige Luft ein, um nicht zusammenzusacken.

Ich durfte nicht an Mum denken. Nicht jetzt.

Schnell ging ich zum Café zurück. Sie haben Danny nicht gefunden, sagte ich mir wieder und wieder. Sie hatten Danny nicht gefunden, und das sollte mich freuen. Danny war nicht im See gewesen – und was mit Mum geschehen war, änderte nichts daran.

Aber als ich mit vor Kälte tauben und ungeschickten Fingern an meinem Fahrradschloss fummelte, wurde ich von der Gewissheit überwältigt, dass ich ihn auch verloren hatte.

Teil I

I
Heute

Die einzige Vorwarnung davor, dass mein Leben gleich explodieren wird, ist eine Salve Musik, die ich aus dem Musikunterricht kenne – Beethovens *Ode an die Freude*, so heißt das Stück, glaube ich. Es dröhnt durch das stille Klassenzimmer und dreißig Köpfe drehen sich in meine Richtung. Erst in diesem Augenblick kapiere ich, dass die Musik aus meiner Nähe kommt. Und zwar aus meinem Rucksack. Mist. Mein Handy. Alice hat wieder meine Klingeltöne verstellt.

Ich wühle in meiner Tasche und habe gerade den Anruf abgelehnt, als Mr Harrington sich von den Quadratgleichungen abwendet, die er gerade auf das Whiteboard schreibt. Er betrachtet mein puterrotes Gesicht.

»Glückwunsch zu Ihrem Musikgeschmack, Miss Radcliffe«, bellt er. »Aber bitte demonstrieren Sie ihn nicht während meines Unterrichts. Stellen Sie das ab, sonst konfisziere ich das verdammte Ding!«

Lianna und Josie zwinkern mir grinsend zu. Ich verdrehe lächelnd die Augen. Als Mr Harrington sich wieder seinen Zahlen zuwendet, linse ich unter der Tischplatte auf das Display. Der Anruf war von Martha. Eine Sekunde später bekomme ich eine SMS.

Janet Reynolds hat angerufen. Ich muss dringend weg. Kannst du Ally abholen? Martha xx

Das ist alles. Aber die Worte lassen kalte Furcht in mir aufsteigen.

Ich tippe schnell ein *Ja* und schalte dann das Handy aus. Lasse es in meine Tasche fallen und wende mich der Tafel zu. Versuche, so zu tun, als sei gerade gar nichts passiert.

Alice sitzt auf dem Rasen des Schulhofs. Mit wippendem blondem Schopf reißt sie Gänseblümchen die Blüten ab und legt sie auf einen Haufen. Ich nicke ihrer Lehrerin zu und werde mit einem Winken begrüßt.

»Hannah!« Alice springt auf, als sie mich sieht. Sie schlingt mir die Arme um den Hals und hängt sich an mich.

»Hi, Ally«, keuche ich und sacke mit ihr auf dem Rasen zusammen. Mein Herz rast und ich bin außer Atem. Ich bin das kurze Stück von meiner Schule zu ihrer beinahe gerannt – eine beachtliche Leistung mit einem vollen Rucksack. »Tut mir leid, dass ich so spät dran bin.«

»Schau!« Alice holt ein zerknittertes Blatt Papier aus ihrer Tasche. Ein stacheliges Tier starrt zu mir hoch, sein Kopf, der Körper und der lange Schwanz bestehen aus grellen grünen und blauen Farbklecksen. Manche sind so dick, dass sie reliefartig hervorstechen. Das Bild ist noch ziemlich feucht.

»Kuss!« Sie hält mir das Bild so dicht vors Gesicht, dass ich den merkwürdig kreidigen Farbgeruch riechen kann.

»Neeeeeiiiin«, quieke ich mit gespielter Angst. »Vielleicht beißt es!«

Grinsend stopft Alice das Bild wieder in ihre Tasche.

»Hannah, du Doofi. Das ist doch nur ein Ally-gator.« Kichernd lässt sie sich aufs Gras fallen, setzt sich aber schnell wieder auf. »Wo ist Mummy?«

»Das weiß ich nicht. Sie hat mich nur gebeten, dich hier abzuholen.«

»Mmmpf.« Alice packt die Gänseblümchen und wirft sie über den Rasen.

»Es war bestimmt wichtig, Alice. Sonst wäre sie gekommen.«

»Mir doch egal«, sagt sie achselzuckend.

»Das meinst du doch nicht so.« Ich rolle sie auf den Rücken und kitzele sie sanft an den Rippen. Sie quietscht vor Panik und Entzücken. Dann stehe ich auf und strecke ihr die Hand hin. »Na komm schon, Käfer. Lass uns nach Hause gehen und auf deine Mum warten.«

Sie ergreift meine Hand und lässt sich dann mit ihrem vollen Gewicht nach hinten sinken und von mir hochziehen. Das ist nicht leicht. Alice ist inzwischen sieben Jahre alt und wird von Tag zu Tag schwerer.

Bald kann ich sie gar nicht mehr tragen, denke ich.

Marthas Auto steht nicht in der Einfahrt vor ihrem Haus, also hole ich den Schlüssel aus seinem Versteck unter der Vogeltränke und schließe die Hintertür auf. Rudman stürzt sich auf uns, sobald wir das Haus betreten haben. Er rennt voller Freude um unsere Beine, bellt und versucht, unsere Knie abzulecken.

Ich lasse unsere Schultaschen auf einen Stuhl fallen und suche nach einem Zettel. Keiner da. Neben der Spülmaschine steht ein Stapel Teller und auf dem Küchentisch liegen noch Butter und Marmelade. Martha muss es wirklich eilig gehabt haben.

»Hast du Hunger?«, frage ich Alice.

Sie schüttelt den Kopf, also mache ich uns zwei Gläser Eistee, hole mir ein paar Kekse und trage alles zu der Hängematte, die zwischen den Apfelbäumen hängt. Es ist der erste richtig warme Frühlingstag. Insekten summen, und die Luft ist voller Vogelgezwitscher und halb vergessener Düfte – Apfelblüten, frisches, grünes Gras und dunkle, feuchte Erde.

Rudman rast wie angestochen über den Rasen, um seine Freiheit zu feiern, und lässt sich dann hechelnd zu unseren Füßen fallen. Wahrscheinlich war er den ganzen Tag im Haus eingesperrt.

Als Alice und ich schließlich eng aneinandergekuschelt in der Hängematte liegen, bittet sie mich, ihr Geschichten zu erzählen. Das ist nicht schwierig, aber ein bisschen langweilig. Wie viele Kinder mit Down-Syndrom will sie wieder und wieder dasselbe hören. Also erzähle ich ihr das Märchen von den drei Geißen und dem Troll unter der Brücke, und sobald ich fertig bin, will sie es noch einmal hören. Ihr kleines, rundes Gesicht ist völlig ausdruckslos, während sie mir zuhört. Als höre sie die Geschichte zum ersten Mal.

Bei der dritten Runde schläft sie ein. Ich nehme ihr die Brille vom Gesicht und lege sie neben dem Baumstamm auf den Rasen. Eigentlich könnte ich jetzt Englischhausaufgaben machen, aber ich würde sie aufwecken, wenn ich ins Haus gehe und meinen Rucksack hole. Also lasse ich den Kopf nach hinten sinken und richte meine Gedanken auf die Frage, die mich schon den ganzen Nachmittag beschäftigt: Warum wollte Janet Reynolds Martha sehen?

Sicher wollte sie ihr etwas mitteilen. Etwas über Danny. Etwas, das sie nicht am Telefon sagen wollte. Es ist so viel Zeit vergangen – inzwischen dreieinhalb Jahre –, dass es nichts Gutes sein kann.

Danny.

Ich versuche, mir sein Gesicht vorzustellen, aber ich sehe nur das Foto vor mir, das auf allen Plakaten zu sehen war.

Ich habe so viel von ihm vergessen, denke ich mit schwerem Herzen. Wie er aussah. Seine helle, spöttische Stimme. Dass alles mit ihm so einfach wirkte.

Auch der Gedanke an Martha schmerzt mich. Was sie wohl gerade durchmacht?

Unter der Hängematte beginnt Rudman im Schlaf zu fiepen, seine Beine zucken, offenbar jagt er im Traum etwas. Vielleicht eine Katze. Oder ein Kaninchen. Neben mir regt sich Alice, streckt ihren Arm aus und legt ihn auf meinen. Ich lasse ihn dort, bis er mir zu schwer wird, dann rücke ich zur Seite und mache ihr Platz. Ich schließe wieder die Augen und versuche, meine Gedanken zu bändigen.

Aber sie sind so ruhelos wie Rudmans Träume und zerren mich an all die Orte zurück, die ich eigentlich längst hinter mir gelassen habe. Dannys Verschwinden. Die Suche. Das endlose Warten und vergebliche Hoffen.

Und der letzte Anruf, den Martha von Police Constable Janet Reynolds bekommen hat. Als eine Leiche gefunden worden war.

Bei der Erinnerung daran stockt mir der Atem, ein scharfer Kontrast zu Alice' langsamen, regelmäßigen Schnaufern. Plötzlich habe ich das Gefühl, in der Falle zu sitzen und zu ersticken. Ich will nur noch weg hier, per Bus, per Schiff oder per Bahn. Weit weg von den schlechten Nachrichten, die hier auf mich warten.

Denn wie hoch sind schon die Chancen, dass es noch einmal ein falscher Alarm ist?

2
Damals

Daniel Geller verschwand an einem Sonntagnachmittag Ende September – eine Woche nach seinem dreizehnten Geburtstag. Aber davon wusste ich erst mal nichts. Nicht einmal abends, als Dad seinen Kopf durch meinen Türspalt schob.

»Weißt du, wo Danny ist?«

Ich legte mein Buch über den Sklavenhandel beiseite. Dad wirkte abwesend und zerzaust und vermied es, mich direkt anzusehen. Er fuhr sich durch das Haar, das in dem Jahr seit Mums Tod dicker und struppiger geworden zu sein schien.

»Ist er nicht zu Hause?«, fragte ich achselzuckend.

»Seiner Mutter nach nicht.«

Dad nahm seine Brille ab und rieb sich die Augen. Er starrte auf meine Hausaufgaben, die ich auf meinem Schlafzimmerboden verteilt hatte. Er sah wieder einmal so aus, als habe er etwas auf dem Herzen, wisse aber nicht, wie er es ausdrücken sollte. Doch es war eigentlich immer irgendetwas. Meistens hatte es mit seiner Arbeit zu tun.

»Sie ist immer noch dran. Kannst du mit ihr sprechen, Hannah?« Sein Mund verzog sich zu etwas, das wohl ein Lächeln sein sollte. »Ich bin gerade sehr beschäftigt …«

Ein paar Sekunden später war er mit dem Telefon zurück und legte es wie eine heiße Kartoffel auf mein Bett. Dad vermied es so weit wie möglich, mit Martha zu reden. Sie grüßten sich höflich und tauschten wichtige Informationen aus, das war alles.

Ich hörte die Tür seines Arbeitszimmers ins Schloss fallen, legte meinen Stift weg und drückte das Telefon an mein Ohr. Ich hörte ein leises, wütendes Bellen.

»Hi, Martha.«

»Hannah, Schätzchen. Ist Danny bei euch?« Trotz Rudmans Kläffen im Hintergrund hörte ich die Sorge in ihrer Stimme.

»Nein. Ich dachte, er sei schon zu Hause.«

»Ich habe ihn seit heute Morgen nicht gesehen. Und jetzt ist es schon fast neun.«

Ich schaute in die Dämmerung hinaus. Im Haus gegenüber waren die oberen Fenster bereits hell erleuchtet.

Eine weitere Kläffsalve drang durch den Hörer und Martha stöhnte. »Moment …« Ein gedämpftes Geräusch, dann schimpfte sie mit Rudman.

»Sorry, Hannah«, sagte sie dann ein bisschen außer Atem. »Keine Ahnung, was in dieses Tier gefahren ist. Ich mache mir jedenfalls Sorgen. Ich habe schon sechs Mal versucht, Danny auf dem Handy zu erreichen, aber er geht einfach nicht dran.«

»Er ist mit mir zurückgefahren, aber das war schon vor Stunden. Ich dachte, er fährt sicher gleich weiter nach Hause.«

»Hat er das gesagt?«

Ich dachte einen Moment lang nach. »Nein, ich glaube nicht.«

»Hast du eine Ahnung, wo er sein könnte?«

Ich wusste eigentlich gar nicht mehr, was Danny so machte. Aber das sprach ich nicht aus. »Probier's doch bei Joe«, schlug ich vor. »Oder bei Ross und Evan.«

»Hast du ihre Nummern?«

»Leider nicht.«

Ich hörte beinahe, wie Martha am anderen Ende der Leitung einen genervten Seufzer unterdrückte. »Könntest du bei deinen Freundinnen nachfragen, Hannah? Vielleicht wissen sie ja, wo er ist.«

»Ich rufe Vicky Clough an. Könnte sein, dass sie es weiß.«

»Danke.« Marthas Stimme klang verängstigt. »Hör zu, Hannah, wenn du irgendetwas hörst, sagst du mir Bescheid, okay?«

»Natürlich.«

»Danke. Bis morgen nach der Schule, okay?«

»Klar. Tschüs ...«

Als Antwort hörte ich nur ein Klicken. Ich lauschte noch ein paar Sekunden lang dem Freizeichen, dann holte ich mein Handy und schrieb Vicky eine SMS. Hoffentlich interpretierte sie es nicht falsch, dass ich nach Danny fragte. Ich hatte ihr zwar schon tausendmal versichert, dass Danny und ich nur Freunde waren, aber sie glaubte mir einfach nicht.

Abgesehen von dem Gedanken, dass Danny mächtig Ärger bekommen würde, wenn er nach Hause kam, muss ich zugeben, dass ich Marthas Anruf keine weitere Aufmerksamkeit schenkte. Ich kam überhaupt nicht auf die Idee, dass etwas nicht in Ordnung sein könnte. Warum auch? In letzter Zeit war Danny ständig irgendwo, hing bei seinen Kumpels ab oder fuhr mit dem Rad herum. Seine Mutter hatte schon ziemlich oft hier angerufen, weil sie ihn nicht finden konnte.

Trotzdem erscheint es mir im Nachhinein unfassbar, dass ich nicht ahnte, nicht irgendwie spürte, dass etwas nicht stimmte. Schließlich war ich Dannys beste Freundin. Oder war es zumindest gewesen. Uns hatte nicht nur eine normale Schulfreundschaft verbunden, sondern wir waren praktisch gemeinsam aufgewachsen. Freunde, die sich in- und auswendig kennen.

Aber da war nichts. In meinem Kopf schrillten keine Alarmglocken los, als ich meinen Stift wieder in die Hand nahm. Ich machte mir nicht die geringsten Sorgen, als ich weiter über die Sklavenschiffe schrieb, über all die geraubten Menschen, die ans andere Ende der Welt verschleppt wurden und ihre Häuser und ihre Familien nie wiedersehen würden.

3
Damals

»Hi, Hannah.«

Ich schaute auf. Vor meinem Tisch stand Joe Rowling, nickte Lianna kurz zu und konzentrierte sich dann wieder auf mich.

»Hast du Danny gesehen?«

Ich schüttelte den Kopf. »Seine Mum hat ihn gestern Abend gesucht. Hat sie dich erreicht?«

»Ja. Ich habe ihr gesagt, dass wir uns gestern eigentlich zum Kicken treffen wollten. Aber Danny ist nicht gekommen.« Joe runzelte die Stirn und schob seinen Rucksackträger höher auf die Schulter. »Du hast also keine Ahnung, wo er sein könnte?«

»Nein. Ich dachte, du wüsstest es vielleicht.«

»Keinen Schimmer.« Joe zog die Nase hoch. »Ich versuche die ganze Zeit, ihn zu erreichen, aber ich glaube, er hat sein Handy ausgeschaltet.«

»Vielleicht ist der Akku leer«, warf Lianna gleichgültig ein.

»Wahrscheinlich.« Joe schaute sich um. Gerade betrat Mr Young das Klassenzimmer, die Anwesenheitsliste unter dem Arm.

»Na ja, wenn du ihn siehst, sag ihm, er hat das beste

Spiel aller Zeiten verpasst.« Er boxte in die Luft. »Wir haben die Idioten von Randolphs fertiggemacht.«

Ich grinste. Danny würde sich wirklich darüber ärgern, dass er das verpasst hatte.

Es ging den ganzen Tag so weiter.

»Weißt du, wo Danny Geller abgeblieben ist?«, fragte Mr Young mich nach der Stunde. Wahrscheinlich hatte Martha nicht angerufen, sonst hätte er Bescheid gewusst.

Danny war nicht bei der Schülerversammlung, und auch in der Pause sah ich ihn nirgends. In der Schlange vor der Essensausgabe konnte ich ihn auch nicht finden. Ich ließ Maisy und Lianna bei ihren Sandwiches sitzen und machte mich auf den Weg zur Schwimmhalle. Ich wusste zwar nicht mehr genau, was Danny zurzeit den ganzen Tag lang so machte, aber eines wusste ich: Wenn er hier war, dann würde ich ihn dort finden. Danny verpasste nie ein Schwimmtraining – außer er war richtig krank.

Ich drückte mein Gesicht an die Glastüren, die das Becken von der eigentlichen Sporthalle trennten. Ein halbes Dutzend Kids schwamm Bahnen, aber ich musste nicht darauf warten, bis sie das Wasser verließen, um zu sehen, dass keiner von ihnen Danny war. Man sah es an der Art, wie sie durchs Wasser pflügten – anders als bei Danny wirkte es bei ihnen sehr angestrengt.

Als ich gerade gehen wollte, kam Mr Cozens zu mir. »Hast du Geller gesehen?«, bellte er und bemühte sich nicht, seinen Ärger zu verbergen. Als wäre es aus unerfindlichen Gründen meine Schuld, dass Danny nicht aufgetaucht war.

»Nein. Ich suche ihn auch.«

»Okay. Wenn du ihn findest, sag ihm, dass ich mit ihm reden will«, sagte er barsch. »Wir wollten heute die Mannschaftsauswahl für den nächsten Wettkampf treffen.«

»Ich sag's ihm.« Ich flüchtete, bevor Cozens mich weiter anpflaumen konnte. Er war zwar ein fantastischer Schwimmtrainer, aber ich beneidete Danny nicht darum, dass er es dreimal die Woche mit ihm aushalten musste.

Es war seltsam, dass Danny nicht da war, aber ich machte mir noch keine Sorgen. Wahrscheinlich war er krank. Martha hatte ihn bestimmt zum Arzt gebracht und vergessen, in der Schule Bescheid zu sagen, und jetzt lag Danny zu Hause im Bett, neben sich eine riesige Flasche Cola, und spielte dämliche Spiele auf seinem Laptop. Oder er lag auf dem Sofa neben Alice und schaute mit ihr das Kinderprogramm. Cartoons, Spielshows und sogar das Babyzeugs für Kleinkinder – Danny liebte das Zeug genauso sehr wie seine Schwester.

Erst nach der Schule, als ich in die Straße einbog, in der Danny wohnte, sah ich etwas, womit ich nie gerechnet hätte. Etwas, das mir die Kehle zuschnürte und mich wie angewurzelt stehen bleiben ließ.

Im Schatten der Bäume direkt neben der Einfahrt stand ein Streifenwagen.

Und in diesem Augenblick wusste ich, dass etwas nicht in Ordnung war. Ganz und gar nicht in Ordnung.

4

Damals

Es war ein richtiger Streifenwagen mit Blaulicht, und ich starrte ihn an und hoffte, dass ich ihn mir nur einbildete. Oder dass es einen ganz alltäglichen, harmlosen Grund dafür gab, dass er dort unter den Bäumen parkte und den Blick auf die Haustür verstellte.

Aber ich hätte auch ohne den eisigen Klumpen in meiner Magengrube gewusst, dass ein Besuch von der Polizei niemals etwas Gutes bedeutet.

Ich dachte wieder an Mum, und der nagende Schmerz flammte wie Zahnweh in mir auf. Ich drängte ihn beiseite und konzentrierte mich auf Danny. Was hat er bloß angestellt?, fragte ich mich. Meine Furcht ließ mich zögern. Sollte ich vielleicht lieber nach Hause gehen und darauf warten, dass irgendjemand mir erklärte, was hier los war?

Aber der Gedanke daran, zu Hause allein herumzusitzen und nicht zu wissen, was passiert war, erschien mir plötzlich unerträglich. Also ging ich ums Haus und klopfte an die Hintertür. Normalerweise wäre ich einfach reingegangen, aber irgendwie hatte der Streifenwagen alles verändert.

Niemand hörte mich. Ich legte die Hand an die Scheibe und linste durchs Fenster. Die Küche war leer. Sie mussten im Wohnzimmer oder im Wintergarten sitzen. Ich hätte klingeln können, aber das fühlte sich zu schräg an. Das Haus der Gellers war praktisch mein zweites Zuhause.

Also drückte ich die Klinke und ging hinein. Tatsächlich hörte ich Stimmen aus dem Wohnzimmer. Erst sprach Martha, dann eine fremde Frau. Ich räusperte mich leise und mein Herzschlag beschleunigte sich. Dann ging ich zur Tür. Sie war zwar nur angelehnt, aber ich klopfte trotzdem.

»Ja?«, sagte Martha mit hoher, unsicherer Stimme.

Ich ging ins Zimmer. Vier Köpfe drehten sich zu mir um – keiner von ihnen gehörte Danny. Martha saß blass und angespannt auf dem Sofa, ihre schwarzen Locken fielen ihr wirr ins Gesicht. Paul saß in seinem Arbeitsanzug neben ihr, er wirkte müde und ernst. Ihnen gegenüber saßen zwei Polizeibeamte – ein Mann und eine Frau. Alle saßen hoch aufgerichtet auf den vorderen Kanten ihrer Sitze, als wären sie eigentlich viel lieber aufgestanden.

Ich stammelte einen Gruß, die Beamten lächelten und ich konnte zum ersten Mal, seit ich das Polizeiauto gesehen hatte, wieder frei atmen. Es waren nicht dieselben Beamten, das sah ich. Nicht diejenigen, die zu uns nach Hause gekommen waren und uns von Mum erzählt hatten.

Paul stand auf und winkte mich heran, aber Martha starrte mich so geschockt und verstört an, als habe sie völlig vergessen, wer ich war. Dann entgleisten ihre Gesichtszüge, sie ließ den Kopf sinken und vergrub ihn in den Händen.

Ich wurde unsicher. War sie wütend auf mich, weil ich hier einfach so reinplatzte?

Ich räusperte mich, murmelte eine Entschuldigung und

begriff dann endlich – sie hatte geglaubt, ich sei Danny. Der Ausdruck auf Marthas Gesicht war Enttäuschung gewesen.

Oh Gott. Mir wurde schwindelig, meine Gedanken rasten. »Wo ist er?«, platzte ich heraus. »Ist Danny in Schwierigkeiten?«

Paul kam mit verlegener Miene auf mich zu, legte mir die Hand auf die Schulter, drückte sie beruhigend und stellte mich dann den Polizeibeamten vor. »Das ist Hannah, das Mädchen, von dem wir Ihnen erzählt haben. Sie steht Danny sehr nahe.«

Die Polizistin stand auf. Sie hatte braunes Haar und ein sympathisches, Vertrauen erweckendes Gesicht. Sie sah aus, als könne man mit ihr über alles reden. »Ich bin Police Constable Janet Reynolds vom Vermisstendezernat, aber du kannst mich einfach Janet nennen. Und das hier« – der Mann neben ihr nickte mir knapp zu – »ist mein Kollege Simon Jenkins.« Sie endete mit einem leisen Lachen, das mich offensichtlich entspannen sollte. Aber das funktionierte nicht.

Vermisstendezernat? Das Wort hallte in meinem Kopf wider wie die Schulglocke, laut und schrill. Auf einmal wollte ich nur noch nach Hause. Ich wollte mich ins Bett legen, ein Buch lesen und so tun, als sei alles in Ordnung.

»Soll ich gehen?«, fragte ich Paul schnell. »Ich wollte eigentlich nur sehen, ob Danny hier ist.«

»Deshalb sind wir auch hier, Hannah.« Janet legte eine Pause ein, als warte sie darauf, dass ich etwas sagte. Ich starrte sie sprachlos an. Meine Gedanken rasten, und ich fühlte mich plötzlich so schuldig, als hätte ich etwas angestellt und es dann irgendwie vergessen. Oder gar nicht gemerkt.

Als Janet meine Verwirrung sah, fuhr sie fort. »Danny wurde seit gestern Nachmittag nicht mehr gesehen, Hannah. Wir versuchen herauszufinden, wo er sein könnte.«

Mein Herz pochte wie wild und die Welt begann sich zu drehen.

Es ist doch genau wie bei Mum, dachte ich. Es passiert noch einmal.

Ich schaute auf meine Füße hinunter und kämpfte gegen die Panik an, die mich zu überwältigen drohte. Unter dem Sofa sah ich eins von Alice' Spielzeugen. Die weiche Lumpenpuppe, deren gelbes Haar man zu Zöpfen flechten konnte. Wo war Alice eigentlich? Bei einer Freundin? Vielleicht hatte Martha jemanden gebeten, auf sie aufzupassen.

»Also ist es gut, dass du hier bist, Hannah«, hörte ich Janet sagen. »Wir wollten sowieso mit dir reden. Wir hoffen nämlich, dass du uns helfen kannst.«

Ich zwang mich, den Blick zu heben. Sie zeigte auf einen freien Sessel und ich setzte mich.

»Soweit wir wissen, bist du die Letzte, die Danny gestern gesehen hat.«

Janet wartete, bis ich ihre Worte verarbeitet hatte, und fuhr dann fort: »Könnten wir dir ein paar Fragen stellen?«

Ich nickte. »Klar … kein Problem.«

»Willst du zuerst deinen Dad anrufen? Soll er vorbeikommen?«

Ich schaute Martha an. Sie kaute stirnrunzelnd auf ihrer Lippe herum. Aus Ungeduld, wie mir plötzlich klar wurde. Ich schüttelte den Kopf. Dad steckte irgendwo an der Uni in seinem Labor, bis über beide Ohren in Arbeit vergraben. Es würde eine Ewigkeit dauern, ihn ans Telefon zu kriegen.

»Nein, nicht nötig«, sagte ich.

»Wir sind ihre Paten«, fügte Martha schnell hinzu. »Hannah verbringt eine Menge Zeit bei uns.«

Janet schaute sie an und nickte dann. Ich beugte mich vor und klemmte die Hände zwischen den Knien ein, damit niemand sehen konnte, dass sie zitterten.

Ich war über eine Stunde lang bei den Gellers. Ich sagte den Polizisten alles, was ich wusste, was nicht viel war. Wo Danny und ich gestern Nachmittag gewesen waren, was wir gemacht hatten, was er gesagt hatte. Alles, woran ich mich erinnern konnte.

Janet stellte die Fragen. Ihr Kollege namens Simon schrieb alles in ein kleines Notizbuch, das er in seine Tasche steckte, als wir fertig waren. Sie wollten Details über Dannys Freunde wissen, darüber, wo er sich normalerweise aufhielt, wo er meiner Meinung nach stecken könnte. Sie fragten mich sogar, ob ich die Passwörter für seinen E-Mail- und Facebook-Account hätte, weil sie seine Nachrichten überprüfen wollten. Leider konnte ich ihnen da nicht weiterhelfen. Danny hatte sich online genauso weit von mir entfernt wie im realen Leben.

Während ich sprach, rieb Martha sich die Stirn und zog ihre Haut so weit zurück, dass sie extrem überrascht aussah. Ihre Angst drang wie Fieberwellen aus ihr heraus.

Ich versuchte immer wieder, ihren Blick zu erhaschen, aus Angst, ich könne etwas Falsches sagen. Angst, ich könne sie irgendwie enttäuschen. Aber als es vorbei war und Janet und Simon weggefahren waren, kam Martha zu mir und drückte mich kurz an sich.

»Entschuldige, Hannah. Wir reden später, okay? Jetzt muss ich Alice abholen.« Sie sprach hastig und rannte dann beinahe aus dem Zimmer.

Paul griff nach meinem Arm, während ich ihr nachstarrte. »Alles okay?«

Ich nickte. Schaute ihn an. »Und Danny? Glaubst du, es geht ihm gut?«

Pauls Mund zuckte und er ließ mich los. »Bestimmt, Hannah. Wahrscheinlich hat er eine Auszeit gebraucht. Die Beamten meinten, er kommt sicher in ein, zwei Tagen zurück.«

»Aber warum ist er einfach abgehauen?«, fragte ich verwirrt. »Ich meine, ohne jemandem davon zu erzählen?«

Und warum bist du so sicher, dass er freiwillig gegangen ist?, hätte ich gerne noch gefragt. Dass ihn niemand dazu gezwungen hat?

Paul schaute aus dem Fenster, das auf die Bucht hinausging. Es war ein bewölkter, nebliger Tag und die Sicht war schlecht, aber er starrte auf den Horizont, als sei der Anblick extrem faszinierend. »Ich weiß es nicht, Hannah. Darauf habe ich keine Antwort. Aber ich bin sicher, wir werden ihn sehr bald finden.«

Seine Stimme klang überzeugend. Aber hinter seinen Worten spürte ich etwas. Dass er viel weniger überzeugt war, als er mich glauben machen wollte.

Auf der Heimfahrt sprachen wir kaum. Paul fuhr gedankenverloren und automatisch, als schlafwandele er. Ich hatte ihm gesagt, es sei nicht nötig, mich nach Hause zu bringen. Schließlich wohne ich nur eine halbe Meile weit weg und ging normalerweise immer zu Fuß. Aber er bestand darauf. Unter den Umständen, sagte er. Das war nett, aber auch irgendwie schräg. Paul ist zwar mein Patenonkel, aber manchmal benimmt er sich mir gegenüber väterlicher, als Dad es jemals tut.

Und als wir bei mir waren, bestand er darauf, mir Gesellschaft zu leisten, bis Dad zurück war. Das war mir nicht besonders angenehm. Ich wollte alleine sein, weil ich allmählich Kopfschmerzen bekam und ich nicht mit Dannys Dad im Wohnzimmer sitzen und Konversation machen wollte. Aber das zu sagen, wäre sehr unhöflich gewesen. Paul nahm einen Stapel von Dads Biologiezeitschriften von dem alten Sessel beim Küchentisch und schaute sich um. Plötzlich sah ich alles mit seinen Augen. Die im Spülbecken gestapelten Pfannen. Die Frühstücksflocken auf dem Tisch. Die Milch auf dem Tresen. Das übliche Chaos.

Ich schnappte mir das benutzte Messer und den Teller, den Dad heute Morgen auf der Spülmaschine abgestellt hatte, und räumte die Sachen schnell ein. Paul wirkte verlegen, als hätte ich ihn beim Spitzeln erwischt oder so.

»Wann kommt dein Dad nach Hause?«, fragte er.

Ich schaute auf die Uhr über dem Toaster. Beinahe sechs. Das konnte noch eine Ewigkeit dauern.

»Ich rufe ihn an«, sagte ich, weil mir klar war, dass Paul zu Martha und Alice zurückwollte. Ich nahm das Telefon und wählte Dads Universitätsnummer.

Aber noch bevor ich damit fertig war, ging die Hintertür auf und Dad betrat das Haus. Sein Gesicht zuckte überrascht, als er Paul in der Küche sitzen sah. Und noch etwas anderes sah ich einen Augenblick lang in seiner Miene. Etwas, das beinahe wie Wut wirkte.

Paul stand auf und machte einen Schritt, als wolle er Dad die Hand geben. Aber dann überlegte er es sich anders und ließ den Arm wieder sinken. Es war total irre. Ich meine, die beiden kannten sich schon seit einer halben Ewigkeit, seit ihrer gemeinsamen Studienzeit, und jetzt standen sie voreinander wie Fremde. Paul wirkte verlegen und Dad verdutzt. Es war, als hätten sie völlig vergessen, wie man sich anderen Menschen gegenüber verhält.

Mir reichte es. Ich murmelte etwas von Hausaufgaben und haute ab in mein Zimmer. Aber auch als ich die Tür geschlossen hatte, hörte ich sie in der Küche murmeln. Ich verstand zwar nicht, was sie sagten, aber das war mir gerade recht. Ich wollte es gar nicht wissen.

Aus meiner Tasche kam ein Piepsen. Ich schnappte mir mein Handy und öffnete den Posteingang, aber die SMS war nicht von Danny. Lianna fragte, wo ich abgeblieben sei. Mist. Ich hatte vergessen, dass ich mich für heute Abend mit ihr verabredet hatte.

Kurz überlegte ich, sie anzurufen und mich zu entschuldigen, aber sie würde mich sicher fragen, was los sei. Und obwohl Lianna meine beste Freundin war, meine engste Vertraute nach Danny, konnte ich den Gedanken an all die unvermeidlichen Fragen nicht ertragen. Die Spekulationen. Die schalen Beruhigungen.

Ich schrieb ihr, ich hätte die Verabredung vergessen und es tue mir leid. Dann ließ ich mich auf mein Bett sinken und starrte erschöpft, aber nicht müde an die Decke. Meine Augen brannten, und ich hatte das Gefühl, ich müsste eigentlich weinen. Aber vor allem fühlte ich mich irgendwie eingefroren, als wäre all das nicht real.

Danny würde bald zurück sein, sagte ich mir. Er würde heute Abend nach Hause kommen und mich anrufen. Dann würde ich ihn fragen, wo er gewesen sei, und er würde kichern und mich mit einem dummen Spruch necken. »Das würdest du gerne wissen, was?« Mit seiner spöttischen Stimme. Aber schließlich würde er es nicht mehr aushalten und es mir sagen, und dann würden wir uns alle ärgern, weil es so naheliegend war und wir den Wald vor lauter Bäumen nicht gesehen hatten. Und Martha würde ihm für den Rest seines Lebens Hausarrest verpassen, aber das wäre egal.

Weil er wieder da wäre. Und nur das zählte.

5
Heute

Ich habe keine Ahnung, wie lange Alice und ich in der Hängematte geschlafen haben, aber es muss ziemlich lang gewesen sein. Ich wache von dem Geräusch der Autoreifen auf, die über den Kies knirschen. Mein Hals ist steif und schmerzt, und die Sonne geht bereits hinter dem Ryall Hill unter. Und dann fällt mir wieder ein, warum ich hier bin. Die SMS von Martha, irgendetwas wegen Danny. Mein Magen verkrampft sich, als ich mich erneut frage, was genau eigentlich gerade passiert.

Ich werde es bald herausfinden, denke ich, als Rudman sich freudig bellend gegen die Gartentür wirft.

Ich erwarte Martha, aber es ist Paul, der mit klimperndem Schlüsselbund auf uns zukommt. Sein Lächeln wirkt nicht überrascht.

»Ich dachte, du wärest auf einer Konferenz.« Ich klettere aus der Hängematte und wecke Alice.

Paul schiebt Rudman beiseite und wischt sich den Dreck von der Hose. »Das war ich auch, aber Martha schafft es heute nicht mehr nach Hause, also habe ich abgebrochen.«

Er bückt sich, hebt seine Tochter hoch und küsst sie auf ihre runden Wangen, während sie blinzelt und gähnt. Trotz seiner Fröhlichkeit wirkt Paul erschöpft, sein kurzes

Haar schimmert grau, sein Gesicht ist bleich und wächsern.

»Wart ihr zwei lange hier draußen?« Paul sieht mich forschend an.

Ich zittere in der kühlen Abendluft. »Auf jeden Fall ein paar Stunden.«

»Will zu Mama«, murmelt Alice schmollend und reibt sich die Augen. Ich reiche ihr ihre Brille und sie schiebt sie sich auf die Nase.

»Müde«, beschließt ihr Vater. »Kommt, wir gehen rein.«

Ich folge ihnen ins Haus und bleibe in der Küche stehen, während Paul Alice auf dem Wohnzimmersofa ablegt. Als er in die Küche kommt und seine Jacke auf einen Stuhl legt, höre ich die Titelmusik ihrer Lieblings-Zeichentrickserie.

»Willst du etwas essen?« Prüfend betrachtet er den Inhalt des Kühlschranks.

Ich schüttele den Kopf. »Hab keinen Hunger.«

Paul holt sich eine Dose Bier und öffnet sie. Bevor er trinkt, schaut er mich an. »Ich würde dir ja auch eins anbieten, Hannah, aber ich glaube nicht, dass dein Dad das gut fände.«

»Eine Menge Kids trinken mit sechzehn Alkohol«, sage ich grinsend. »Das weiß Dad auch. Aber du hast Glück, ich mag nämlich kein Bier.«

Sein Lächeln dauert ungefähr eine Sekunde, dann legt sich wieder der übliche, sorgenvolle Ausdruck auf sein Gesicht. Er streicht sich über die schüttere Stelle auf seinem Kopf, die aber kaum auffällt, weil Paul sein Haar immer so kurz trägt. Beinahe stoppelig.

Er setzt sich mir gegenüber, trinkt noch einen Schluck Bier und dreht die Dose dann in den Händen. Es sieht aus, als wolle er etwas sagen.

»Was ist denn los?«, frage ich, als er keine Anstalten macht, zu reden. »Ist alles okay?« Plötzlich ist mir flau. Vielleicht habe ich ja doch Hunger.

Paul weicht meiner Frage aus. »Martha kommt leider erst in ein paar Tagen wieder.«

»In ein paar Tagen?« Ich denke an Alice. Ich glaube, sie war noch nie in ihrem Leben über Nacht von ihrer Mutter getrennt.

»Wir schaffen das schon«, sagt Paul achselzuckend.

»Wenn du willst, kann ich hierbleiben und dir helfen. Dad steckt mitten in einem Forschungsprojekt, also ist er immer erst sehr spät zu Hause.«

Sein Mund zuckt. Ich habe den Eindruck, dass er es nicht gutheißt, dass Dad so viel arbeitet, obwohl ich mir nicht vorstellen kann, warum. Paul arbeitet selbst auch ganz schön viel.

»Danke, Hannah. Eine Stunde wäre super, weil ich noch ein paar Anrufe erledigen muss. Dann fahre ich dich nach Hause, okay?«

Ich nicke. Ich will noch einmal fragen, was passiert ist. Wo ist Martha? Und warum musste sie so plötzlich aufbrechen? Aber ich habe Angst. Nicht davor, zu fragen, sondern vor den Antworten.

Ich mache einen großen Stapel überbackenen Käsetoast und esse ihn mit Alice vor dem Fernseher. Ich sehe Paul im Garten telefonieren. Was er sagt, höre ich nicht, aber sein Gesicht wirkt angespannt und nervös.

Alice starrt mit geröteten, müden Augen auf den Fernseher. Zeichentrick-Katzen tanzen um einen Froschteich. Diese Serie hasse ich. Am liebsten würde ich umschalten und irgendetwas anderes schauen, von mir aus sogar Nachrichten. Irgendetwas. Aber ich will Ally nicht aufregen. Nicht jetzt.

Ich denke an meine bevorstehenden Prüfungen, für die ich eigentlich lernen müsste. Aber dann schieben sich andere Gedanken in den Vordergrund, die sich hauptsächlich mit Danny beschäftigen. Damit, was wahrscheinlich geschehen ist. Ich kann mich auf nichts anderes konzentrieren.

Ich hole mein Handy aus der Tasche und lese noch einmal Marthas SMS. Aber ich widerstehe dem Drang, ihr zu schreiben und sie zu fragen, was los ist. Was es auch sein mag, sie hat mit Sicherheit auch ohne meine Neugier genug um die Ohren. Ich schalte das Handy aus und lege es wieder in meine Tasche, und in dieser Sekunde klingelt das Festnetztelefon.

Ich schaffe es gerade noch, bevor der Anrufbeantworter rangeht. »Hallo?« Sicher ist das Martha, und ich bereite mich innerlich auf das Schlimmste vor.

Keine Antwort.

»Hallo?«, wiederhole ich.

Dann lausche ich dem unheimlichen, gewichtigen, erwartungsvollen Schweigen am anderen Ende der Leitung. Und spüre die Angst in mir emporkribbeln, wie immer. Es ist nicht das tote Schweigen einer kaputten Leitung. Es ist das Schweigen eines Menschen, der lauscht.

»Wer ist da?«, zische ich leise in den Hörer, weil ich

nicht will, dass Paul oder Alice mich hören. »Warum rufen Sie immer wieder an? Was wollen Sie?«

Immer noch nichts.

Dann ein kaum hörbares Geräusch im Hintergrund, eine Art Räuspern. Ich knalle den Hörer so heftig auf die Gabel, dass ich einen Augenblick lang fürchte, ich hätte ihn kaputt gemacht.

Und ich merke, dass ich zittere.

6
Damals

Sechs Tage nach Dannys Verschwinden kamen die Polizisten noch einmal. Ich öffnete unsere Tür, sah Janet Reynolds' sanftes Lächeln und einen weiteren Beamten hinter ihr. Ein anderer diesmal, kräftiger, mit einem volleren Gesicht. Älter.

»Hallo, Hannah, ist dein Vater zu Hause?«, fragte Janet.

Sie hatte Glück. Nicht einmal Dad ging samstags zur Arbeit.

Ich ließ die Tür offen stehen und rannte nach oben. Stürmte ohne anzuklopfen in Dads Arbeitszimmer. »Dad, unten sind Polizisten. Sie wollen mit dir reden.«

Dad schaute von seinem Bildschirm hoch und blinzelte mich durch seine Hornbrille hindurch an. »Polizisten?« Er wirkte misstrauisch und … ja, verängstigt. Ich starrte ihn an. Er zitterte ja beinahe.

Was zum Henker …?

Dann kapierte ich. Erinnerte mich an das letzte Mal, als Polizisten zu uns nach Hause gekommen waren. Mein Verstand zuckte zurück, als hätte er sich an der Erinnerung verbrannt.

»Wegen Danny«, erinnerte ich ihn schnell.

»Oh … richtig. Ja.« Dads Miene taute ein bisschen auf.

»Natürlich. Einen Moment noch.« Er tippte etwas in seine Tastatur.

Ich blieb so lange, bis ich überzeugt war, dass meine Botschaft angekommen war, dann ging ich wieder nach unten.

»Er ist auf dem Weg.« Ich lächelte die beiden entschuldigend an, und gemeinsam warteten wir, bis Dad unten war. Den beiden schien die Situation nicht unangenehm zu sein, als seien sie daran gewöhnt, an Haustüren zu warten.

Eine Minute später erschien Dad, ein Lächeln aufs Gesicht gepflastert. »David Radcliffe«, sagte er und begrüßte beide mit Handschlag. »Was kann ich für Sie tun?«

»Entschuldigen Sie die Störung, Mr Radcliffe«, sagte Janet ruhig und sachlich. Dann stellte sie sich und Detective Inspector Johnson vor. »Wir untersuchen das Verschwinden von Danny Geller und würden gern noch einmal mit Hannah sprechen. Aber Sie sollten dabei sein.«

Dad schaute mich an.

»Kein Problem«, sagte ich.

Aber das war es. Meine Welt befand sich in Schräglage, und mir war schwindelig. Ich meine, ich wusste, dass sie Danny noch nicht gefunden hatten und er immer noch weg war. Ich hatte ihn nicht in der Schule gesehen und nichts von Martha gehört. Aber dass die Polizei noch einmal hier war, machte das Ganze irgendwie noch viel realer. Und viel gefährlicher.

Wir setzten uns ins Wohnzimmer. Ich betrachtete die Bücher und Zeitschriften, die auf dem Tisch verstreut lagen, die Flecken auf dem Sofabezug, und mir stieg die Schamesröte in die Wangen. Aber falls Janet Reynolds oder

Detective Thompson die Unordnung aufgefallen war, waren sie so nett, sich nichts anmerken zu lassen.

»Gibt es Neuigkeiten?«, fragte ich, bevor sie etwas sagen konnten. »Wissen Sie, wo Danny ist?«

Janet zögerte und suchte offenbar nach den richtigen Worten. Das konnte nichts Gutes bedeuten. Allein die Tatsache, dass sie hier war, konnte nichts Gutes bedeuten.

»Nichts Genaues, Hannah, aber wir stehen auch noch ganz am Anfang der Ermittlungen.«

Ich biss mir auf die Lippe, so enttäuscht war ich – aber was hatte ich erwartet? Janet wäre nicht hier, wenn sie wüsste, wo Danny war. Und Martha hätte mich sofort angerufen, wenn sie etwas erfahren hätte.

Beim Gedanken an Martha stiegen Schuldgefühle in mir auf. Sie musste inzwischen in Panik sein. Ich hätte sie besuchen müssen. Oder wenigstens anrufen und anbieten müssen, mich um Alice zu kümmern. Schließlich war Martha immer für mich da gewesen und hatte sich nach Kräften bemüht, das klaffende Loch zu füllen, das Mums Tod in meinem Leben hinterlassen hatte.

Aber ich hatte es einfach nicht geschafft. Wenn ich die Verzweiflung in Marthas Gesicht nicht sehen oder in ihrer Stimme hören musste, dann konnte ich weiterhin so tun, als sei alles in Ordnung. Ich konnte weiterhin glauben, dass Danny bald wiederkommen würde und dieser Albtraum dann zu Ende wäre.

»Danke, dass du dir für uns Zeit nimmst, Hannah«, begann Janet und schenkte mir ein weiteres, beruhigendes Lächeln. »Wie du ja weißt, wird Danny inzwischen seit einer knappen Woche vermisst, und wir machen uns große

Sorgen. Wir wollen mit allen Personen reden, die ihn letztes Wochenende gesehen haben, und weil du die Letzte warst, die unseres Wissens nach mit ihm Kontakt hatte, müssen wir noch einmal mit dir durchgehen, was vergangenen Sonntag passiert ist.«

Ich merkte, dass ich ihr problemlos in die Augen sehen konnte. Ihre Freundlichkeit lullte mich ein. Wie es sich wohl anfühlte, immer nur schlechte Nachrichten zu überbringen? Wie fühlte es sich an, zu wissen, dass niemand sich über deine Gegenwart freute?

Meine Gedanken wanderten zu jenem Tag vor einem Jahr. Dem Klopfen an der Tür. Den Polizisten, ebenfalls in Uniform. Dad hatte mich nach oben geschickt, als er ihre ernsten Mienen sah.

Als Dad eine halbe Stunde später nach oben kam und mir sagte, dass Mum tot war, hielt ich mir ein Kissen auf die Ohren. Ich hatte es einfach nicht hören wollen.

Das wollte ich immer noch nicht.

»Hannah?« Janets Stimme holte mich in die Gegenwart zurück. »Können wir noch einmal genau durchgehen, wie der vergangene Sonntag abgelaufen ist?«

Ich schluckte, bevor ich sprach. »Ja, in Ordnung.«

»Okay. Fangen wir ganz von vorne an. Wann hast du dich mit Danny getroffen?«

Ich versuchte, es mir bildlich vorzustellen, mich zurückzuversetzen. Der Tag wirkte schon jetzt nicht mehr ganz so deutlich, es war ein bisschen schwerer, die Erinnerungen abzurufen. Das Sonnenlicht hatte mich geweckt. Ich erinnerte mich daran, wie die Strahlen durchs Fenster drangen und den Staub in der Luft zum Glitzern brachten. Ich hatte noch ein bisschen im Bett gelesen, dann gefrühstückt und eine Ladung Wäsche in die Maschine gesteckt. Als ich gerade meine Zähne putzen wollte, klopfte es an der Tür.

Und es war Danny.

Er grinste mich an, als hätte ich ihn erwarten müssen. Er trug ein T-Shirt und Shorts, wie immer im Sommer – sogar bei Regen –, und sein blondes Haar war windzerzaust, weil er mit dem Fahrrad gekommen war.

Mir war bewusst, dass er die Überraschung in meinem Gesicht bemerkte.

»Ich weiß es nicht genau«, sagte ich Janet. »So um elf, glaube ich. Ich habe meine Armbanduhr verloren, und am Sonntag war keine Schule. Also habe ich nicht auf die Zeit geachtet, tut mir leid.«

»Kein Thema«, sagte sie und warf mir einen Blick zu, der ermutigend sein sollte. Ich zupfte am Nagelbett meines Daumens herum. Das Ganze kam mir vor wie eine Prüfung, die ich zu bestehen hatte.

Würde ich Danny nie wiedersehen, falls ich versagte?

Janet schrieb etwas in ihr kleines, schwarzes Buch. »Wir versuchen nur, den Ablauf zu bestimmen, Hannah. Erzähl uns doch noch einmal, was ihr danach gemacht habt, okay?«

»Nicht viel. Wir sind eine Weile hiergeblieben, und Danny hat sich ein Sandwich gemacht.«

»Und dir hat er keins gemacht?«, fragte Detective Thompson. Daran, wie sich sein Mundwinkel kräuselte, sah ich, dass das ein Scherz sein sollte.

Ich zog eine Grimasse und schüttelte den Kopf. »Ich hasse Erdnussbutter.«

Detective Thompson lachte. »Ich auch. Schmeckt wie Klebstoff.«

»Wo warst du, während Danny sein Sandwich aß?«, fragte Janet.

Ich musste einen Moment lang nachdenken. »Wir saßen im Garten.«

Es war ziemlich heiß gewesen, aber man spürte bereits, dass der Sommer sich dem Ende zuneigte. Danny hatte einen alten Fußball im hohen Gras gefunden. Er setzte sich auf die Gartenbank und balancierte den Ball auf dem Schienbein. Er trug ein Paar Turnschuhe, die ich vorher noch nie gesehen hatte. Schwarz, mit roten Blitzen verziert. Sie sahen neu aus. Und teuer.

»Bist du okay?«, hatte er gefragt.

»Ja«, sagte ich und schaute ihm ins Gesicht. Seine schwimmbadblauen Augen begegneten meinen blassgrauen. Er lächelte freundlich und versuchte, entspannt zu wirken, aber er hielt meinem Blick nur ganz kurz stand. Denn ehrlich gesagt war das eine Frage, die eigentlich nicht hätte nötig sein sollen.

»Wart ihr allein?«

»Ja, beziehungsweise nein. Dad war in seinem Arbeitszimmer.«

Janet schaute Dad auffordernd an. Er rutschte auf seinem Stuhl hin und her. »Wahrscheinlich war ich das«, sagte er, als gäbe es daran irgendwelche Zweifel.

»Sie arbeiten an der Universität?«, fragte der Detective. Martha musste es ihnen gesagt haben. »In der Fakultät für Genetik, richtig?«

»Humangenomik«, korrigierte Dad.

Der Detective runzelte die Stirn. »Und das ist …?«

»DNA-Sequenzierung. Wir isolieren zum Beispiel die DNS-Codes für bestimmte Krankheiten.«

»Ah.« Detective Thompson nickte. »Das ist sicher interessant.«

Dad öffnete den Mund, schloss ihn aber wieder, als er merkte, dass der Polizist das nur aus Höflichkeit gesagt hatte.

Janet wendete sich wieder mir zu. »Kam Danny aus irgendeinem bestimmten Grund vorbei?«

»Er wollte einfach mit mir rumhängen.«

Sie schaute auf das offene Notizbuch in ihrem Schoß. Auf einmal entdeckte ich unter dem Sofa direkt hinter ihren Füßen einen Teller mit Pizzarändern. Himmel. Wie lange stand der denn schon dort?

»Und nachdem Danny sein Sandwich gegessen hatte?«

»Er schlug vor, zur Promenade zu fahren«, sagte ich.

»Und das war … mittags? Hast du vorher nichts gegessen?«

Ich schüttelte den Kopf. »Ich habe mir dort was geholt.«

»Was denn?«, fragte Detective Thompson interessiert.

»Pommes. Von dem Stand beim Minigolfplatz.«

Ich wurde rot, und Detective Thompson schaute mich mit hochgezogener Augenbraue an. »Martha will nicht, dass wir dort essen. Sie sagt, Pommes seien schlecht für uns.«

»Keine Sorge, ich petze nicht.« Er zwinkerte, und Dad musste tatsächlich lachen. Und einen Moment lang sah ich den alten Dad, der alles lustig fand, der immer einen Witz parat hatte.

»Okay.« Janet konsultierte wieder ihre Notizen. »Seid ihr zum Strand gelaufen?«

»Nein. Wir haben die Räder genommen.« Ich hatte ein kleines Loch im Hinterrad. Danny hatte eine Luftpumpe im Rucksack, damit wir den Reifen wieder aufpumpen konnten, wenn er schlaff wurde.

»Wo genau wart ihr?«

»Wir sind direkt zur Promenade gefahren, und dann weiter zu den Sandmarsh Fields.«

»Ist schön da«, sagte der Detective. »Ich gehe mit meinen Kindern oft auf den Spielplatz dort.«

»Wir haben da unsere Pommes gegessen«, fügte ich hinzu. Wir hatten uns auf das kleine Karussell gesetzt und Danny hatte uns langsam angeschubst. Alles drehte sich – das weite Meer, die lange Promenade, die Sportplätze und der Anlagensee, die Wälder an den steilen Abhängen des Dane Hill. Bis es mir vorkam, als drehe sich tatsächlich die Welt und ich säße unbeweglich im Mittelpunkt.

»Das hatte ich beinahe vergessen«, hatte Danny gesagt, als er seine Pommes aufgegessen hatte, sich auf das Karussell legte und die Augen schloss. Sein Gesicht war im vergangenen Jahr kantiger geworden, aber seine Wangen waren immer noch so sommersprossig wie früher. Meine Sommersprossen waren kleiner und heller.

»Was hattest du vergessen?«

»Wie schön es hier ist.« Er öffnete ein Auge und schaute mich kurz an.

»Warum gehen wir dann nie mehr hierher?«

Ich bereute die Frage, sobald die Worte meinen Mund verlassen hatten.

Ich wollte Danny auf keinen Fall vor den Kopf stoßen und verschrecken. Aber er schien mich gar nicht gehört zu haben. Er setzte sich auf und brachte das Karussell schneller in Schwung. Dann sprang er ab und stand grinsend da, während ich vor ihm im Kreis fuhr.

»Wie lange seid ihr dort geblieben?« Ich schaute auf. Sah, dass Janet mich forschend ansah, und fragte mich einen langen, bescheuerten Moment lang, ob sie in meinen Kopf sehen konnte. Ob sie wusste, woran ich dachte.

»Ungefähr eine Stunde lang.«

»War außer euch noch jemand dort?«

Ich dachte nach. »Nur ein paar kleine Kinder mit ihren Müttern«, sagte ich. »Danny ist auf der Babyschaukel herumgeturnt, und eine Mutter hat ihn gebeten, damit aufzuhören.«

»Kanntest du sie?« Der Detective setzte sich auf.

Ich schüttelte den Kopf.

»Und sonst hat niemand mit euch gesprochen?«

»Ich glaube nicht.«

»Was habt ihr danach gemacht?«, fragte Janet geduldig. Ich wusste, dass sie hoffte, von mir etwas Wichtiges zu erfahren, Hinweise, denen sie nachgehen konnte. Ich war beinahe versucht, etwas zu erfinden.

»Äh … Danny hat den Zug gejagt.«

Janet schaute mich verständnislos an.

»Den Mini-Zug, der um die Wiese fährt. Danny hat ihn auf dem Fahrrad gejagt.«

Der Detective lachte. »Hat er gewonnen?«

»Ja. Er fährt nicht sehr schnell. Aber er wurde ausgeschimpft.«

Janet riss den Kopf hoch. »Ausgeschimpft? Von wem?«

»Äh ... von dem Schaffner. Er hat ihn angeschrien und gedroht, es Dannys Eltern zu erzählen.«

Dad runzelte die Stirn, aber Janet schaute ihren Kollegen an. »Das können wir überprüfen.«

Thompson nickte.

»Das ist gut, Hannah«, sagte Janet. »So etwas brauchen wir. Andere Leute, die sich daran erinnern, dass sie Danny am Sonntag gesehen haben.«

»Wird er deshalb Ärger bekommen?« Ich traute mich nicht, Dad anzusehen.

Janet beugte sich vor und drückte mir die Hand. »Hannah, wir wollen Danny nur finden und ihn nach Hause bringen. Du musst keine Angst haben, dass er wegen dir Schwierigkeiten bekommt. Es ist uns egal, was ihr angestellt habt, aber wir müssen alles wissen – sogar solche Kleinigkeiten. Sie könnten wichtig sein.«

Also erzählte ich ihnen vom Anlagensee. Es ist kein richtiger See, sondern eine Art seichte Lagune, die bei Flut von Meerwasser gefüllt wird. Mittendurch verläuft ein schmaler, betonierter Steg, der den flachen vom tieferen Teil trennt.

»Klingt lustig«, sagte der Detective, als ich ihm beschrieb, wie mühelos Danny über den Steg geradelt war. Es ist eine lange Strecke, und wenn man losgefahren ist, kann man nicht mehr anhalten, weil nirgendwo Platz ist, um die Füße abzustellen. Man muss immer weiter in die Pedale treten.

Ich schaffte es, zu lächeln. »Stimmt. Bis man reinfällt.«

Der Steg war Dannys liebste Mutprobe. Er zeigte anderen Kindern, wie leicht es war, und forderte sie dann dazu heraus, ihr Glück zu versuchen. Sie fuhren los, verloren irgendwann den Mut und das Gleichgewicht und landeten im See, wo sie dann herumplanschten und sich genauso kaputtlachten wie wir.

»Na los, versuch's«, hatte Danny am Sonntag gesagt, als ich am Ufer stehen blieb. Dann hatte er sein Vorderrad auf den Steg gehievt und war elegant auf die andere Seite gefahren. »Komm schon!«, hatte er von der anderen Seite aus gerufen.

Ich war auf den Steg gerollt und wollte mich abstoßen, schaffte es aber nicht. Irgendetwas in meinem Kopf ließ mich einfach nicht losfahren, mir fehlte plötzlich der Mut.

Normalerweise hätte Danny mich erbarmungslos aufgezogen, bis ich mich zusammenriss und mein Glück doch noch versuchte. Aber an jenem Tag sagte er gar nichts. Er bedeutete mir nur, ihm zu folgen, und radelte los in Richtung Musikpavillon.

Janet und der Detective blieben mehrere Stunden bei uns. Ich erzählte ihnen alles, woran ich mich erinnerte: Wie wir an der Landungsbrücke vorbei zurückgeradelt waren, über den Fußweg nach Ladd's Point. Wie wir auf der langen, niedrigen Mauer gesessen hatten, die die kleine Bucht umgibt, und dem Rauschen der Wellen lauschten.

Mum und Martha waren früher sehr oft mit uns dort gewesen. Ich fand es immer toll, die Höhlen und Felsspalten zu erforschen, kleine Uferschnecken zu suchen und sie in einem Tümpel zu sammeln. Winzige gelbe Juwelen zwischen dunklem Fels und Algen.

An jenem letzten Sonntag mit Danny verbrachte ich

meine Zeit allerdings damit, Napfschnecken auszutricksen. Man kriegt sie nicht von ihrem Felsen ab, ohne ihr Haus zu beschädigen. Aber wenn man sich an sie heranschleicht und ihnen einen sanften Stups gibt, kann man sie manchmal überraschen, bevor sie die Chance haben, sich festzusaugen.

Ich bin ziemlich gut darin. Ich bin schnell und entschlossen, und bevor sie es merken, haben sie sich schon gelöst. Dann ziehen sie sich schnell in ihre harten kleinen Häuschen zurück.

»Die kann man essen«, hatte Danny mich geneckt. »Sogar roh.«

Er lachte, als ich das Gesicht verzog und sie vorsichtig in die kleinen runden Vertiefungen zurücksetzte, die ihre Stammplätze markierten.

Das war das Einzige, was er dort zu mir sagte. Ich hatte halb gehofft und halb gefürchtet, dass er ansprechen würde, wie die Dinge zwischen uns standen. Darüber, dass wir in den vergangenen sechs Monaten beinahe Fremde geworden waren. Aber er tat es nicht. Es war, als hätte es diese Zeit nie gegeben. Als sei sie vergessen und vorbei.

Zumindest von seiner Seite aus.

Und er schien es nicht eilig zu haben, aufzubrechen. Er servierte mir nicht die üblichen Ausreden, mit denen er mir sonst aus dem Weg ging. Stattdessen schlug er vor, wir sollten unsere Fahrräder hoch zum Sheldon Castle schieben und von dort zum Ryall Hill fahren, wo wir uns auf eine Bank setzten und die Aussicht auf die Stadt, den Bristolkanal und die fernen Waliser Berge genossen. Danny warf einen Kiesel, den er am Strand aufgehoben hatte, von einer

Hand in die andere. Immer wieder. Rhythmisch. Es war irgendwie beruhigend.

Und einen Augenblick lang war es wie früher. Wir brauchten nicht zu sprechen, denn das Schweigen zwischen uns war nicht unangenehm.

Wir beide waren einfach zusammen.

Als ich an dem Punkt angelangt war, an dem Danny mit mir nach Hause geradelt war, gingen wir alles noch einmal von Anfang an durch. Janet las mir ihre Notizen vor und überprüfte jedes Detail. Wen hatten wir getroffen? Würde sich jemand an uns erinnern? Das Gespräch zog sich in die Länge, und diesmal fiel es mir schwerer. Ich war müde und verwirrt und hatte Angst, ich hätte vielleicht etwas Falsches berichtet. Was genau hatte Danny gesagt, als er mich abgeholt hatte? Hatten wir den Zickzack-Pfad zum Strand genommen oder die Clifton Road?

Ich musste immer wieder unterbrechen und nachdenken. Janet blieb geduldig und sagte, ich solle mir ruhig Zeit lassen. Aber es half nichts. Dann änderte sie plötzlich ihre Taktik, lehnte sich in ihrem Sessel zurück und betrachtete mich mit ernster Miene. »Du kennst die Gellers gut, stimmt's, Hannah? Du bist oft dort, besonders seit deine Mum ...«

»Ja.«

Meine Antwort kam zu hastig. Ich spürte, wie der Detective mich forschend ansah.

»Paul und Martha sind alte Studienfreunde von mir«, schaltete sich mein Dad ein. »Hannah hat schon immer viel Zeit mit ihnen verbracht. Sie haben mir ... uns ... sehr geholfen.«

Janet warf Dad einen mitfühlenden Blick zu. Sie wusste wahrscheinlich, was nach Mums Tod passiert war.

Dann wendete sie sich wieder mir zu. »Du kennst Danny also ziemlich gut, richtig?«

Ich nickte.

»Kam er dir in letzter Zeit irgendwie anders vor? Im Allgemeinen?«

Ich zögerte. »Äh … nicht wirklich.«

»Hat sich sein Verhalten geändert?«

Ich hob die Schultern bemüht gleichgültig. »Nicht, dass ich wüsste.«

»Als du ihn letzten Sonntag gesehen hast, hat er da irgendetwas gesagt, was du seltsam oder ungewöhnlich fandest? Hat er von Problemen erzählt oder davon, dass er in Schwierigkeiten steckt?«

»Nichts. Er war nur … na ja, normal.« Ich konnte Janet nicht ansehen, als ich das sagte.

»Hat er viel Zeit am Computer verbracht?«, fragte Detective Thompson. »Oder mal von Online-Bekanntschaften gesprochen?«

Ich schüttelte den Kopf.

Janet legte ihren Kuli an die Lippen und schloss ihr Notizbuch. »Okay. Das war super, Hannah. Du hast uns sehr geholfen, und es tut mir leid, dass alles so lange gedauert hat.«

Sie schaute zuerst Dad an, dann mich. »Aber hör zu: Wenn dir noch etwas einfällt, irgendetwas, selbst wenn es nur eine Kleinigkeit ist, dann bitte deinen Dad, uns sofort anzurufen, okay? Sag uns alles und hab keine Angst davor, uns Umstände zu machen. Das macht gar nichts.«

»Okay.«

Sie stand auf und legte mir auf dem Weg zur Tür die Hände auf die Schultern.

»Hannah, denk darüber nach, was du von Danny weißt. Seine Geheimnisse, Dinge, die er getan hat, die sonst niemand erfahren soll. Du kannst auch allein mit mir reden, wenn du willst.« Sie senkte den Kopf und schaute mir direkt in die Augen. »Bitte vergiss nicht, was auf dem Spiel steht. Selbst wenn Danny dich gebeten hat, niemandem davon zu erzählen, musst du es unbedingt tun. Um seinetwillen, okay?«

Ich nickte wieder. Schluckte und blinzelte. »Sie werden ihn finden, richtig?«

Janet hielt meinem Blick stand. »Ich kann dir nichts versprechen, aber ich glaube, die Chancen stehen sehr gut.«

Sie gab mir und Dad eine Karte mit ihrem Namen und ihrer Telefonnummer. Ich ging sofort hoch in mein Zimmer, und Dad brachte die Polizisten zur Tür.

Meine Brust fühlte sich eng an, und ich kämpfte gegen den Drang, zu Janet zu rennen und ihr alles zu erzählen. Dass Danny sich tatsächlich verändert hatte. Dass sein Verhalten keinen Sinn mehr ergab. Dass ich nicht mehr das Gefühl hatte, ihn zu kennen.

Und dass ich nicht wusste, was ich falsch gemacht hatte.

Denn die einzige Frage, die sie hätte stellen müssen, war die nach dem Warum. Warum war Danny am letzten Sonntag bei mir gewesen, nachdem er mich monatelang gemieden hatte?

Und warum hatte ich Janet Reynolds nicht die Wahrheit gesagt?

Ich setzte mich auf mein Bett und rieb mir die Stirn. Weil ich mich schämte, begriff ich plötzlich. Ich wollte vor niemandem zugeben, dass unsere Freundschaft kaputt war und wie sehr mich das verletzte. Ich wollte es nicht mal vor mir selbst zugeben. Wenn man sich schneidet, wendet man den Blick schließlich auch von dem Blut und der verletzten Haut ab. Sie ist zu nackt. Es tut zu weh, sie anzusehen.

Ich ließ mich nach hinten sinken, schloss die Augen und stellte mir Danny vor. Sah, wie er von meinem Haus wegradelte, mit einer Hand lenkte und mit der anderen winkte. Das orangefarbene Licht der Spätnachmittagssonne ließ alles um ihn warm und golden leuchten, als er um die Kurve fuhr und verschwand.

Mir kam es inzwischen so vor, als sei der ganze Tag ein Geschenk gewesen, wunderbar und perfekt. Als wäre nie etwas zwischen uns getreten. Als würde sich daran nie etwas ändern.

Aber jetzt war er fort. Und ich hatte nur noch die Erinnerung an ihn.

7
Damals

Poch, poch, poch.

Ich stellte den Fernseher leiser. Jemand klopfte ans Fenster, und mein Herz hob sich, als ich aufsprang.

Danny!

Atemlos vor Freude zog ich die Vorhänge zurück und war sicher, dass ich gleich sein strahlendes Gesicht sehen würde.

Auf der Veranda stand Martha, blass und beinahe furchterregend in ihrem langen, schwarzen Mantel und den schwarzen Stiefeln. Enttäuschung durchzuckte mich und der verrückte Impuls, mich schnell zu verstecken.

Aber natürlich hatte sie mich gesehen. Ich öffnete die Eingangstür mit einem Lächeln, das meine Unsicherheit verbergen sollte.

Martha schaute mich kurz an und wandte dann den Blick ab. »Hallo, Hannah. Kann ich reinkommen?«

Sie folgte mir ins Wohnzimmer und ich stellte den Fernseher ab. Martha beobachtete mich und vor lauter unterdrückter Erregung ballte sie immer wieder die Fäuste.

»Ist es wegen Danny?«, fragte ich schnell. »Haben sie ihn gefunden?«

Martha bewegte sich nicht, ihr gequälter Gesichtsausdruck war ihre einzige Antwort. Ich schämte mich fürchterlich. Nachdem die Polizisten gestern gegangen waren, hätte ich zu ihr gehen sollen. Oder anrufen. Oder …

»Wie lief es gestern?«

»Wie bitte?«, fragte ich begriffsstutzig.

»Mit der Polizei, Hannah.« Ihr Tonfall schwankte zwischen Erschöpfung und Ärger.

»Okay, glaube ich.«

Deshalb war sie also hier. Martha war seit Mums Tod nicht mehr bei uns gewesen, außer um Danny abzuholen oder mir etwas zu bringen – und selbst dann konnte man sehen, dass sie so schnell wie möglich wieder gehen wollte. Wahrscheinlich erinnerte sie dieses Haus zu sehr an Mum, an all die Stunden, die sie in der Küche gesessen und Tee getrunken, auf dem Sofa gelegen, geredet und ferngesehen hatten.

Ich konnte es ihr nicht vorwerfen. Auch für mich steckte dieses Haus voller schmerzlicher Erinnerungen – aber ich konnte meinem Zuhause leider nicht aus dem Weg gehen.

Ich setzte mich auf die Sofakante und verschränkte die Arme vor der Brust. Die Heizung lief, aber das Zimmer war kalt.

»Was hast du Janet Reynolds gesagt?«, fragte Martha. Ich riskierte einen Seitenblick in ihr Gesicht. Sie sah aus wie jemand, der um Selbstkontrolle kämpft, aber dabei ist, die Schlacht zu verlieren.

»Keine Ahnung. Was passiert ist, eben. Alles, was ich ihnen schon einmal erzählt hatte. Sie wollten ein paar Sachen noch mal durchgehen.«

»Zum Beispiel?« Ihre Stimme klang irgendwie scharf.

»Nichts Besonderes. Du weißt doch ... ich habe es dir schon erzählt. Nur wo wir waren und so.« Trotz der Kühle begannen meine Handflächen zu schwitzen. Warum nahm Martha mich ins Kreuzverhör?

»Nur wo ihr wart und so«, wiederholte sie. Sie konnte ihre Ungeduld nicht länger verbergen.

Ich schluckte. »Was soll ich denn sonst noch sagen? Sie haben mir Fragen gestellt und ich habe sie beantwortet. Was hätte ich denn noch tun sollen?«

»Das weiß ich nicht, Hannah. Sag du es mir.«

Ich starrte sie verständnislos an. »Was meinst du damit?«

»Muss ich das wirklich erklären?« Martha schaute mich aufgebracht an. »Du warst die Letzte, die Danny gesehen hat. Du bist seine beste Freundin und ihr erzählt euch alles ...«

»Nicht me–«

»Es ist mir egal, was du der Polizei erzählt hast. Willst du mir wirklich weismachen, dass du keine Ahnung hast, wo er ist?«

Ich schüttelte energisch den Kopf. »Nein, Martha, ich weiß es wirklich nicht.«

»Hör auf damit, Hannah. Du musst irgendetwas wissen.«

»Ich weiß nicht, was du von mir hören willst. Ich habe ihnen alles erzählt, was ich weiß. Wir sind den Tag immer wieder durchgegangen.«

»Aber Danny muss doch irgendwas gesagt oder getan haben. Er hat dir bestimmt einen Hinweis gegeben.«

»Einen Hinweis?« Ich sprang auf und schaute sie an.

»Er ist vorbeigekommen. Wir waren unterwegs. Du hast doch schon beim ersten Mal gehört, was ich der Polizei gesagt habe.«

»Ich habe gehört …«

»Es ist nicht meine Schuld«, schrie ich. Der Sturm, der in mir tobte, blies die Worte heraus. »Warum gibst du mir die Schuld? Ich meine, woher sollen wir wissen, dass Danny das überhaupt geplant hat? Was ist, wenn er …«

Ich unterbrach mich gerade noch rechtzeitig, bevor ich das eine aussprach, an das niemand denken wollte. Dass Danny nicht freiwillig gegangen war. Ich spürte, wie mir die Zornesröte ins Gesicht stieg. Aber insgeheim geriet ich in Panik. Ich wollte auf keinen Fall mein Verhältnis zu Martha zerstören. Es war schon schwer genug, ohne Mum zurechtzukommen. Besonders jetzt.

Aber Martha schien mich nicht zu hören. Sie sprach immer lauter, ihre Frustration war nicht mehr zu zügeln. Ihr Gesicht war von einer manischen Energie erfüllt, die ich noch nie zuvor gesehen hatte. Sie hatte die Augen zusammengekniffen und streckte ihr Kinn angriffslustig in meine Richtung, während sie sprach.

»Ich glaube dir nicht«, zischte sie. »Ich kann nicht glauben, dass du nicht wusstest, dass er abhauen wollte. Ihr beide …«

»Reiß dich zusammen, Martha!«

Dads Stimme ließ uns beide zusammenzucken. Er stand im Türrahmen und beobachtete uns. Ich hatte keine Ahnung, wie lange er schon dort stand und was er gehört hatte.

»Jetzt sag bloß nicht, dass du ihr das alles glaubst!«

Martha schrie geradezu. Sie starrte ihn an und ich spürte die Anspannung zwischen ihnen knistern wie elektrisch aufgeladene Luft vor einem Gewitter.

»Was denn, Martha? Danny ist verschwunden und das ist furchtbar. Aber das bedeutet nicht, dass meine Tochter etwas damit zu tun hat.«

Martha schaute ihn unverwandt an, und einen Augenblick wirkte es, als wolle sie noch etwas sagen. Aber dann entschied sie sich dagegen.

»Komm schon, David. Das kann doch nicht dein Ernst sein. Die beiden waren schon immer ein Herz und eine Seele. Sie erzählen sich alles.«

»Martha, ich weiß, dass es schwer für dich ist …«

»Schwer? Natürlich ist es schwer, verdammt noch mal. Mein Sohn ist seit einer Woche verschwunden, und die letzte Person, die ihn gesehen hat, sitzt hier und tut völlig unschuldig …«

»Sie *ist* unschuldig, Martha«, knurrte Dad. Sein Gesicht war weiß vor Wut. »Das weißt du. Was Danny auch passiert ist … wo er auch ist und ob er es geplant hat oder nicht: Hannah hat nichts damit zu tun.«

Martha starrte ihn wütend an, ihre Wangenmuskeln zuckten.

»Du denkst nicht logisch, Martha. Warum sollte Hannah dich anlügen? Sie will doch auch unbedingt, dass Danny nach Hause kommt.«

Martha schaute erst mich, dann Dad an. »Glaub doch, was du willst, David«, murmelte sie. »Das konntest du schon immer gut.«

Dad zuckte zurück, als hätte sie ihn geschlagen. Ein paar

Sekunden lang sprach niemand. Dann sackte Martha in den Sessel, vergrub ihr Gesicht in den Händen und brach in Tränen aus. Dad und ich standen bewegungslos neben ihr und lauschten ihren schrecklichen, qualvollen Schluchzern.

»Es tut mir leid«, weinte sie, wischte sich mit der Hand über die Wangen und verschmierte dabei ihre Wimperntusche. »Es tut mir so leid. Ich wollte nicht … ich denke die ganze Zeit, es ist meine Schuld. Ich meine, wenn ich nicht …«

»Wenn du nicht was?«, fragte Dad.

Martha seufzte. »Ach, ich weiß auch nicht. Danny ist seit einiger Zeit so … ich kann es nicht erklären. Er spricht kaum noch mit mir. Und seinen Vater ignoriert er völlig. Es ist, als seien wir Fremde für ihn.«

»Er ist ein Teenager«, sagte Dad mit sanfterer Stimme. »Für mich klingt das eigentlich ziemlich normal.«

»Glaubst du?« Martha schaute auf und schniefte. »Kann schon sein. Aber er benimmt sich so komisch. Er weigert sich, Zeit mit uns zu verbringen, und kommt nicht einmal mehr zum Essen runter. Wenn ich ihn holen will, sagt er, er sei nicht hungrig. Nur um Alice kümmert er sich noch.«

Sie rieb sich wieder das Gesicht und drückte sich die Fingerspitzen an die Augen, als wolle sie ihre Tränen zurückzwingen. »Du weißt, was ich meine, Hannah, richtig? Du hast doch gemerkt, wie er sich verhält.«

Sie schaute mich flehend an und lächelte entschuldigend. Ich wusste nicht, was ich sagen sollte. Ich hatte nicht gewusst, dass Danny sich auch Paul und Martha gegenüber so merkwürdig verhielt. Sie hatte noch nie davon gesprochen, sondern immer fröhlich gewirkt, wenn ich sie sah. Als sei alles in bester Ordnung.

»Ich dachte immer«, fuhr Martha mit rauer Stimme fort, »dass es einen Grund geben muss. Ich habe sogar sein Zimmer durchsucht, wenn er nicht da war. Ich hatte Angst, er nimmt Drogen oder so.«

Ich merkte, dass ich sie mit offenem Mund anstarrte.

»Das ist verrückt«, sagte ich. »Er hasst solches Zeug.« Das stimmte. Danny hatte viel zu viel sportlichen Ehrgeiz, um so einen Schwachsinn zu machen.

»Ich weiß, das hätte ich nicht tun dürfen«, sagte Martha und schluckte. »Aber ich musste doch herausfinden, was mit ihm los war. Jedenfalls kam er vor etwa einem Monat früher vom Schwimmtraining nach Hause und hat mich dabei erwischt, wie ich in seinen Sachen wühle. Wir hatten einen schrecklichen Streit.«

Sie zog ein Taschentuch aus ihrer Tasche und putzte sich die Nase. Plötzlich wirkte sie viel älter als fünfundvierzig.

»Hast du Paul davon erzählt?«, fragte Dad.

Martha schüttelte den Kopf und sagte kläglich: »Ich wollte ihn nicht beunruhigen. Er hatte mit seinem Betrieb und der Büro-Renovierung genug um die Ohren.«

»Danny hat mir nichts davon erzählt«, flüsterte ich halblaut. Ich war traurig, aber mir war auch schlecht. Früher hatte Danny mir wirklich alles erzählt.

»Ich fürchte, dass er deshalb abgehauen ist.« Martha weinte wieder. »Ich kann den Gedanken einfach nicht abschütteln. Ich meine, warum sollte er denn sonst einfach so verschwinden?«

Dad räusperte sich. »Hast du der Polizei davon erzählt?«

Martha nickte. »Ja, habe ich. Aber sie haben gesagt, dass sich Teenager ihren Eltern gegenüber ständig so verhalten.«

»Wahrscheinlich haben sie recht.« Dad ging zu ihr und legte ihr die Hand auf die Schulter. Ich sah, dass ihm die Geste unangenehm war und er sich dazu zwingen musste. »Ehrlich, Martha, hör auf, dir die Schuld zu geben. Oder Hannah. Das hilft uns nicht weiter.«

Martha nickte wieder. »Ich weiß.« Sie schaute mich an. »Es tut mir leid, Hannah. Ich bin einfach durchgedreht, ich wollte nicht ...«

»Ist schon okay«, unterbrach ich sie. »Ich verstehe das.«

Sie musste mir nichts erklären. Und ich wollte auch nicht mehr darüber reden. Das führte zu nichts. Und vor allem brachte es Danny nicht zurück.

8
Damals

»Was, glaubst du, ist ihm passiert? Ich meine, er ist doch schon seit gut zehn Tagen weg, oder?«

Ich schaute zu Lianna auf. Sie und Maisy beobachteten mich und versuchten, meine Reaktion einzuschätzen.

»Wie gesagt, ich weiß es nicht«, murmelte ich. »Ich habe absolut keine Ahnung.«

Maisy schaute mich unverwandt an, während sie mit ihrem langen Haar spielte, es um ihren Hals nach vorne legte und dann geschickt zu einem Zopf flocht. »Er hat gar nichts gemacht? Oder irgendwas angedeutet?«

Innerlich stöhnte ich auf, weil ihre Worte genau wie Marthas klangen. Glaubten sogar meine Freundinnen, dass ich etwas verbarg? Ich wandte mich ab und sah mich in Liannas Schlafzimmerspiegel. Meinen wachsamen, beinahe misstrauischen Gesichtsausdruck.

»Ich meine, wenn er abhauen wollte, gab es doch sicher Anzeichen dafür«, fuhr Maisy fort, löste ihr Haar und begann erneut, es zu flechten.

Ich spürte, wie sich mein Kiefer verkrampfte, und zwang mich, ruhig zu bleiben. Sie versuchten nur, mir zu helfen, sagte ich mir – schließlich wussten sie schon lange, welche Rolle Danny in meinem Leben spielte. Aber aus unerfindlichen Gründen konnte ich mit ihnen nicht so offen reden wie mit ihm. Konnte ihnen nicht alles anvertrauen.

»Hat die Polizei sich noch mal gemeldet?«, fragte Lianna. »Seit sie bei dir waren?«

Ich schüttelte den Kopf.

»Und was ist mit seinem Handy? Hast du versucht, ihn anzurufen?«

»Ungefähr tausend Mal«, sagte ich und schluckte mein Unbehagen. »Es ist immer ausgeschaltet.«

»Aber können sie es denn nicht orten oder so?«, fragte Maisy. »Seine Anrufe überprüfen?«

»Ich weiß nicht.« Es war gruselig gewesen, Dannys Stimme auf der Mailbox-Ansage zu hören. Ich hinterließ nie eine Nachricht, weil ich nicht wusste, was ich sagen sollte. Abgesehen von »Hi, hier ist Hannah. Ruf mich an«. Und was sollte das nützen?

»Gott, ganz schön unheimlich, was?« Maisy erschauerte dramatisch. »Glaubst du, er ist entführt worden oder so?«

Ich biss mir auf die Unterlippe und schaute weg. Offensichtlich fand sie Dannys Verschwinden ganz schön aufregend – wie eigentlich alle an der Schule. Als wäre es irgendwie nicht echt, sondern nur ein Spiel, eine Sendung im Fernsehen.

Aus dem Augenwinkel sah ich, wie Lianna Maisy stirnrunzelnd ansah und die Augen aufriss. Eine Warnung.

Ich starrte aus Liannas Schlafzimmerfenster auf das neue Haus, das auf der anderen Straßenseite gebaut wurde. Ein Mann balancierte über das Gerüst, ein Handy am Ohr. Die Höhe schien ihm nichts auszumachen, genauso wenig wie die Tatsache, dass ihn nur ein paar Bretter von einem gebrochenen Genick trennten.

»Ich muss los.« Ich sprang vom Bett auf.

»Hey, warte doch«, sagte Lianna schnell. Ihr war klar, dass sie zu weit gegangen waren. »Bleib noch ein bisschen. Mum macht uns gerade Brownies.«

»Ja, bleib doch.« Maisy wirkte aufrichtig zerknirscht. »Wir reden auch nicht mehr über Danny, wenn du nicht willst.«

»Ich muss nach Hause«, log ich. »Dad und ich wollen Pizza essen gehen.«

»Sollen wir dich nach Hause bringen?«, bot Lianna an, als sei ich ein zerbrechliches Wesen, das alle beschützen mussten.

Das Mädchen, das seine Mutter verloren hatte. Und dann noch seinen besten Freund.

»Ich komm schon klar«, sagte ich mit einem gezwungenen Lächeln. »Es sind nur zehn Minuten Fußweg. Wir sehen uns morgen in der Schule.«

In meinem leeren Zuhause ging ich sofort in mein Zimmer und holte das Schmuckkästchen, das auf meinem Regal stand. Sorgfältig wischte ich die Staubschicht ab, die sich darauf gebildet hatte. Drinnen lag mein Tagebuch, versteckt unter dem kleinen Einsatz für Ohrringe und Anhänger. Von denen ich nicht besonders viele besaß.

Als ich das Buch herausnahm, fiel etwas zu Boden. Ich schaute nach unten. Auf dem Teppich glitzerte Mums Ehering. Die Polizei hatte ihn uns nach der Autopsie übergeben. Ich betrachtete ihn einen Moment lang, legte ihn dann zurück in das Kästchen und schloss eilig den Deckel.

Dann legte ich mich auf mein Bett und begann zu blättern. Es war kein richtiges Tagebuch, es gab keine Datumsangaben oder so – eher ein Notizbuch, in das ich schrieb, wann immer ich Lust dazu hatte.

An einen Eintrag hatte ich ein paar Lose vom Rummel geheftet. Ich strich darüber und spürte eine Mischung aus Wärme und Traurigkeit. Erinnerte mich an den Ausflug nach Weston vor drei Jahren. Wir waren alle zusammen hingefahren – Mum und Dad, Martha und Paul, Danny, Alice und ich.

Während die Erwachsenen sich am Strand auf Decken fläzten, Prosecco tranken, redeten und lachten, waren Danny und ich schwimmen gegangen. Wir hatten uns gerade in das kalte Wasser gewagt, als Alice aufwachte und auf uns zuwatschelte. Als sie unsere Köpfe in den Wellen sah, begann sie zu schreien und zu toben – und hörte nicht einmal auf, als wir zurück ans Ufer geschwommen waren.

Erst nach einer knappen Stunde in der Spielhalle beruhigte sie sich wieder. Paul besorgte eine große Tüte Zweipennystücke und Danny und ich hoben Alice abwechselnd hoch, damit sie sie in die Münzschlitze werfen konnte. Dann forderte Mum alle zu einer Runde Bowling auf. Dad gewann, tanzte mit erhobenen Fäusten umher und johlte wie ein Idiot.

Was wir danach machten, weiß ich nicht mehr. Ich hatte es nicht aufgeschrieben.

Weiter hinten kam die Seite mit dem letzten Eintrag.

Da war Mum gestorben. Und danach machte es keinen Sinn mehr, aufzuschreiben, was ich zum Frühstück gegessen hatte oder was wer in der Schule gesagt hatte.

Ich blätterte um und schrieb auf die leere Seite das Datum des Sonntags von vor zwei Wochen. Am besten fing ich wohl von hinten an. Als ich Danny das letzte Mal gesehen hatte.

Danny muss doch irgendetwas getan oder gesagt haben. Marthas Worte dröhnten in meinem Kopf. *Dir irgendeinen Hinweis gegeben haben.*

Eine halbe Stunde später saß ich immer noch vor einer leeren Seite und bekam allmählich Kopfschmerzen. Mir fiel nichts ein, das ich nicht schon berichtet hatte. Aber ich konnte das Gefühl nicht abschütteln, dass ich irgendetwas vergessen hatte. Wenn ich mich nur genug anstrengte, fand ich vielleicht einen Hinweis, der zu Danny führte.

Es gab nur eine Möglichkeit: Ich musste mich eben noch mehr anstrengen.

Nachdem ich das Tagebuch in meinen Rucksack gestopft hatte, holte ich mir aus der Küche eine Scheibe Brot und knüllte sie zu einer gummiartigen Kugel zusammen. Auf der kaute ich herum, als ich loslief, die Straße hinunter, über den Fußweg zur Marlborough Avenue, über die Marine Parade zu den Sandmarsh Fields.

Ich nahm genau dieselbe Route, die Danny und ich an jenem Sonntag gegangen waren, aber sie wirkte bereits völlig anders als vor knapp zwei Wochen. Der Weg war jetzt von nassen Blättern bedeckt, und der beißende Herbstwind drang mühelos durch meine Jacke und meine Jeans, ließ meine Augen tränen und meine Nase laufen. Ich schlang gegen die Kälte die Arme um mich und konzentrierte mich darauf, den Asphalt links und rechts von mir abzusuchen, obwohl ich wusste, dass die Chancen, jetzt noch etwas zu finden, verschwindend gering waren. Vor allem, weil die Polizei die Strecke bereits abgesucht hatte.

Aber ich musste trotzdem suchen. Ich musste mich davon überzeugen, dass sie nichts übersehen hatten. Und vielleicht würde die Suche ja meine Erinnerungen auffrischen und mir etwas ins Gedächtnis zurückrufen, das ich bisher vergessen hatte.

Die Sandmarsh Fields waren beinahe verlassen. Nur eine einsame Frau führte einen fetten schwarzen Hund spazieren. Ich ging um die Schienen der Miniatureisenbahn herum und untersuchte das Gras. Die Frau mit dem Hund blieb stehen und schaute zu mir rüber, und mir wurde klar, wie merkwürdig ich aussehen musste. Ein junges Mädchen, das einsam über den Rasen wandert und zu Boden starrt. Also kauerte ich mich hin und begann, meinen Turnschuh neu zu binden, aber als ich endlich wieder aufsah, kam sie direkt auf mich zu.

»Hast du etwas verloren?«

Ich sagte beinahe Ja. Ich sagte ihr beinahe, wen.

Aber es war leichter, nur den Kopf zu schütteln.

»Alles in Ordnung?« Sie hatte ein nettes Gesicht. Wie Janet Reynolds. Irgendwie mütterlich. Meine Brust schmerzte, als ich sie ansah.

»Danke. Mir geht's gut«, sagte ich und versuchte, ihr Lächeln selbstbewusst und fröhlich zu erwidern.

Sie wirkte nicht überzeugt. »Bist du sicher? Es wird bald dunkel. Vielleicht solltest du lieber nach Hause gehen.«

Als die Frau gegangen war, lief ich weiter. Überprüfte den Pfad Richtung Dane's Rise bis zu der Bank, auf der Danny und ich gesessen und die Jachten in der Bucht beim Kreuzen beobachtet hatten.

Dann ging ich zurück zum Anlagensee, lief über den Steg und schaute in das dunkle Wasser auf beiden Seiten. Nichts. Nur der beißende Geruch von Salz und Algen.

Als ich am Ende ankam, ging ich noch einmal zurück, nur um sicherzugehen.

Immer noch nichts.

Als ich wieder an der Promenade ankam, begann es zu regnen, ein leichtes Nieseln, das schnell stärker wurde. Bis Ladd's Point war ich patschnass und fror entsetzlich, und es wurde schnell dunkel. Aber ich zwang mich, den Strand abzusuchen und die Klippen zu überprüfen, auf die wir geklettert waren. Ich schaute in die trüben Tümpel in den Felsen, zwischen die Steine und Kiesel.

Nichts, nichts und wieder nichts. Nur Algen und alte Plastikflaschen, Treibholz und ein paar Enden Nylonseil.

Der Himmel wurde dunkler und der Regen stärker. Ich kauerte mich in die kleine Höhle am Fuß der Klippen und wartete darauf, dass das Tropfen nachließ. Dann holte ich mein Tagebuch aus dem Rucksack. Mein Stift schwebte einen Moment lang regungslos über dem Papier, dann schrieb ich drei Worte in Großbuchstaben:

WO BIST DU?

Ich legte meinen Kopf gegen den kalten, harten Felsen und versuchte, nachzudenken. Marthas Worte verfolgten mich immer noch.

Er muss doch etwas gesagt oder getan haben.

Hatte sie recht? Hatte ich wirklich etwas überhört, nicht gut genug aufgepasst? Ich wurde das Gefühl nicht los, dass womöglich ich das fehlende Puzzlestück in der Hand hielt, das Danny zurückbringen konnte. Dass ich ihn nach Hause bringen und alles wieder gutmachen konnte, wenn ich mich nur anstrengte.

Ich ging noch einmal meine Erinnerungen an jenen Nachmittag durch, die jetzt abgenutzt, farblos und fransig wirkten. Mit geschlossenen Augen versuchte ich das Gefühl heraufzubeschwören, hier in der Sonne zu sitzen, doch alles schien bereits so weit weg zu sein.

Aber ... dann erwischte ich etwas, ganz hinten in meinen Gedanken. Danny hatte auf dem flachen Fels dort drüben gesessen und mich beobachtet, wie ich die Napfschnecken ärgerte. Ich hatte mich umgedreht und gesehen, dass er etwas sagen wollte. Die Worte gesehen, die sich hinter seinen Lippen sammelten und die Flucht ergreifen wollten.

»Was ist?«, fragte ich.

Danny schaute mich einen Moment lang an. Presste dann die Lippen aufeinander.

»Nichts«, sagte er schließlich.

Warum hatte ich nicht nachgehakt?, fragte ich mich zitternd in meinen feuchten Klamotten. Ich war wie benebelt, mein Magen schmerzte vor Frust.

Warum hatte ich ihn nicht dazu gebracht, mir zu sagen, was los war?

Ich atmete tief ein, öffnete die Augen und blinzelte ins Dämmerlicht. Das brachte nichts. Ich griff so verzweifelt nach Strohhalmen wie ein Ertrinkender.

Marthas Auto stand vor meinem Haus. Ich sah sie am Steuer sitzen, als ich die Straße hinaufging.

Als ich neben ihr stand, beugte sie sich zur Seite und öffnete die Beifahrertür.

»Hi, Hannah. Steig ein!«

Zu müde, um zu widersprechen, ließ ich mich in den Sitz fallen. Alice schlief auf dem Rücksitz, in einer Haltung, die sehr unbequem sein musste.

»Gute Güte, wie siehst du denn aus?«, keuchte Martha. »Du bist ja völlig durchnässt! Was in aller Welt hast du denn …«

Ohne Vorwarnung begann ich lautlos zu weinen. Tränen rollten über meine Wangen und landeten auf meinen nassen Kleidern. Ich konnte einfach nicht aufhören, rang nach Atem und konnte kaum noch etwas sehen. Der Schmerz füllte mich so vollständig aus, dass es beinahe beruhigend wirkte.

Dann lag ich in Marthas Armen und merkte, dass sie auch weinte.

»Oh Hannah. Es tut mir so leid. Ich bin hier, weil ich nach dir sehen wollte.«

Sie umfasste mein Gesicht und schaute mich an. Dann drückte sie meine Stirn an ihre Schulter. »Und weil ich dir noch einmal sagen wollte, wie schrecklich leid mir tut, was ich gestern gesagt habe. Du weißt doch, dass ich das nicht so gemeint habe, oder?«

Ich nickte, setzte mich auf und wischte mir die Nase am Ärmel ab.

Martha schob mir das nasse Haar aus dem Gesicht.

»Komm mit, ich mache dir etwas zu essen.«

Das sonst so ordentliche Haus der Gellers war chaotisch. Kleiderhaufen lagen neben der Waschmaschine, schmutziges Geschirr stapelte sich in der Spüle, und auf dem Küchentisch sah ich ein wildes Durcheinander aus Tassen und ungeöffneten Briefen. Martha setzte Alice mit einem Malbuch und Buntstiften auf einen Stuhl, holte dann die letzten sauberen Teller aus dem Schrank und einen Napfkuchen aus ihrer Einkaufstasche.

Das überraschte mich. Martha hasste Fertigkuchen. Sie sagte immer, die schmeckten nach Plastik.

»Ich habe mit deinem Dad geredet, bevor du gekommen bist.« Sie packte den Kuchen aus und schnitt ihn in unappetitlich aussehende Stücke.

»Er macht sich Sorgen um dich, Hannah.«

Sie reichte mir ein Stück. Es sah aus wie Kaffeekuchen, aber ich war mir nicht sicher. Hoffentlich war kein Ingwer drin.

»Warum?«

»Er sagt, du nimmst es sehr schwer. Dass Danny weg ist, meine ich. Er sagt, du hättest das Haus kaum verlassen, außer um zur Schule zu gehen.«

Ich dachte an all die Ausreden, die ich Lianna und Maisy serviert hatte, um mich abgesehen von heute vor Verabredungen mit ihnen zu drücken. Die Kopfschmerzen, die ich erfunden hatte. Die imaginären Hausaufgaben. Irgendwie machte es Dannys Abwesenheit noch schlimmer, wenn ich meine Freundinnen sah. Es fühlte sich falsch an, einfach so weiterzumachen wie bisher, als sei alles normal.

»Dein Dad glaubt, du stündest unter zu viel Druck«,

fuhr Martha fort. »Von der Polizei und von … von mir.« Die letzten beiden Worte wurden von einem zerknirschten Lächeln begleitet.

Ich starrte auf den Kuchen. Das Messer hatte den Biskuit nicht zerschnitten, sondern auseinandergedrückt. Die Füllung quoll an den Seiten heraus.

Auf einmal hatte ich keinen Hunger mehr.

»Ich weiß, wie schwer das für dich ist, Hannah.« Martha beugte sich vor und drückte meine Hand. »Es ist für uns alle schwer. Aber wir werden Danny finden, das verspreche ich. Wir bekommen ihn wieder.«

Ich nickte und schaute Rudman an. Er saß an der Hintertür und winselte leise.

Martha folgte meinem Blick und seufzte. »Das macht er die ganze Zeit. Er wartet darauf, dass Danny zurückkommt. Und wenn er nicht dort sitzt, dann tut es Alice.«

Beim Klang ihres Namens hob Alice den Kopf, sagte aber nichts. Martha setzte Wasser auf, leerte die Teekanne und spülte sie aus und warf dann neue Teeblätter hinein. Ich betrachtete ihr Gesicht. Sie wirkte völlig erschöpft und hatte dunkle, traurige Ringe unter den Augen.

Sie fing meinen Blick auf und ich schaute schnell weg. Auf dem Tisch sah ich mehrere Fotos von Danny neben Marthas Laptop liegen.

»Was ist das?« Ich nickte in Richtung Laptop und aß einen Bissen Kuchen. Es war tatsächlich Kaffee, schmeckte aber fad und viel zu süß.

Martha seufzte. »Ich entwerfe gerade ein Plakat, bin aber bisher nicht sehr weit gekommen. Du weißt ja, wie sehr ich mit Computern auf Kriegsfuß stehe.«

»Ein Plakat?«

»Für Danny. Ich muss irgendetwas tun, Hannah. Ich kann nicht bloß untätig herumsitzen.«

Ich schaute sie an. Dieses Gefühl kannte ich gut. Nichts zu tun war schlimmer, als Zeit zu verschwenden.

»Sollte das nicht lieber die Polizei machen?«, fragte ich. »Das Plakat entwerfen, meine ich. Gehört das nicht zu ihrem Job?«

»Offenbar nicht. Sie haben die Gegend abgesucht, mögliche Zeugen vernommen und alle anderen Bezirke im Land verständigt. Sie sind wohl der Meinung, dass sie im Moment alles Nötige getan haben.«

»Was, glauben sie, ist passiert?« Ich versuchte, nicht allzu angespannt zu klingen.

Martha schüttelte den Kopf und fuhr sich mit der Zunge über die Zähne. »Ich habe den Eindruck, dass sie glauben, er sei abgehauen. Dass er zurückkommen wird, wenn er so weit ist.«

»Aber du bist anderer Meinung?«

Ihr Blick bohrte sich in meinen. »Du nicht, Hannah? Glaubst du wirklich, dass Danny das tun würde? Uns, Alice ohne ein Wort zu verlassen?«

Ich wurde rot. Beschuldigte mich Martha gerade wieder?

»Entschuldige«, sagte sie, als sie meinen Gesichtsausdruck sah. »Ich will nicht noch mal davon anfangen. Ich weiß, dass du es mir sagen würdest, wenn du etwas wüsstest.«

Martha seufzte noch einmal schwer und zupfte an ihrer Oberlippe. »Ehrlich gesagt weiß ich nicht, was ich denken soll. Ich kann nicht glauben, dass er einfach abhauen und uns so quälen würde, aber es wäre mir immer noch lieber als ...«

Sie verstummte. Zwang sich, nicht weiterzudenken. Aber ich wusste, was sie hatte sagen wollen. Noch schlimmer wäre, wenn Danny nicht freiwillig gegangen wäre.

Wenn man ihn entführt hätte. Oder noch Schlimmeres.

»Sie wollen den Anlagensee absuchen«, sagte Martha beinahe flüsternd. »Nur zur Sicherheit, hat Janet Reynolds gesagt.«

Ich dachte daran, was ich ihnen von unserem Ausflug erzählt hatte. Wie er mit dem Fahrrad über den Steg gefahren war. Glaubten sie, dass er danach noch einmal dort gewesen war?

»Wann?«, fragte ich.

»Nächste Woche.«

Ich schluckte.

»Er ist nicht dort«, setzte Martha hinzu. »Das habe ich ihnen gesagt.« Sie schaute mich um Bestätigung flehend an und knetete ihre Hände ruhelos in ihrem Schoß.

Ich holte tief Luft. »Wir finden ihn.« Dann zeigte ich auf den Computer. »Ich kann dir helfen, wir haben in der Schule schon oft Plakate entworfen.«

Martha runzelte die Stirn. »Ich weiß nicht, Hannah. Du hast eine Menge Hausaufgaben zu erledigen, und dein Dad meint ...«

»Es ist mir egal, was Dad meint. Ich will dabei helfen, Danny zu finden.«

»Danny.« Alice schaute von ihrem Malbuch auf und lächelte. »Will Danny.«

Ich betrachtete sie, die Abdrücke, die ihre Finger in ihre Wangen gekniffen hatten. Ich konnte sehen, wie sehr sie ihren Bruder vermisste.

Den Kuchen wollte ich nicht mehr. Ich beugte mich vor und zog den Laptop zu mir.

9 Damals

Das Plakat rutschte mir durch die Finger, als ich versuchte, es an der Straßenlaterne zu befestigen. Ich hob es auf und wischte einen Dreckspritzer von der Plastikhülle. Dann hielt ich es mit dem Ellbogen fest. Mit der freien Hand wickelte ich die Schnur um den Pfosten, überkreuzte ihn über dem Plastik und verknotete die Enden.

Diesmal blieb das Plakat oben. Danny grinste mich an – und alle anderen Passanten auch.

Ich hatte dieses Bild in den drei Wochen, seit er nicht mehr da war, schon tausendmal gesehen, aber es gruselte mich immer noch. Jedes Mal, wenn sein Blick mich traf, fragte ich mich wieder, wo er war. Was gerade mit ihm geschah.

Bei der Bushaltestelle ging es leichter. Ich drückte das Plakat gegen die Plexiglasscheibe und befestigte es oben und unten mit Klebeband. Dann machte ich einen Schritt zurück und zog leicht daran. Es blieb haften.

»Entschuldigung, junge Dame.«

Die Stimme ließ mich zusammenzucken. Ich wirbelte herum und sah einen alten Mann hinter mir stehen, die Augen missbilligend zusammengekniffen.

»Haben Sie die Erlaubnis dazu?« Er nickte in Richtung

Plakat. »Sie können hier nicht einfach so etwas aufhängen.«

»Ich weiß.« Ich schlang mir die Tasche über die Schulter und lief los.

»Moment mal …«

Aber ich war schon weg, überquerte die Straße und stieg in Marthas Auto ein. Als ich mich anschnallte, sah ich, wie der Mann Dannys Foto betrachtete. Sah, wie sich seine Miene veränderte, als er begriff, dass es sich nicht um ein Poster für eine Lokalband handelte. Sah, wie er aufsah, als wir losfuhren, das Gesicht mitleidig und entschuldigend verzogen.

»Okay?«, fragte Martha.

»Hm.«

Ich erzählte ihr nicht von dem Mann. Sie hatte auch so schon genug um die Ohren. Seit Paul sie vorher in der Küche zur Rede gestellt hatte, als sie mit vollgepackten Taschen vor ihm stand, hatte sie kein Wort mehr gesagt. Sie hatte an ihm vorbeihuschen wollen, aber er hielt sie am Arm fest.

»Um Gottes willen, Martha«, hörte ich ihn zischen, als ich zum Auto vorauseilte. »Vergiss nicht, was Janet gesagt hat, okay?«

Ich fragte mich, was genau Janet Reynolds gesagt hatte. Und was sie von unserer Aktion halten würde. War es eigentlich legal, überall solche Plakate aufzuhängen? Hatte Martha sich darüber informiert?

»Nur noch die Läden, dann fahren wir nach Hause«, sagte Martha und fuhr ins Parkhaus hinter dem Supermarkt. Sie blieb noch einen Augenblick lang sitzen, rieb sich die Stirn und sah so müde aus, wie ich mich fühlte. Es hatte mehrere Stunden gedauert, bis wir die Gegend um das Freizeitzentrum und ein paar Seitenstraßen abgedeckt hatten.

»Los geht's.« Ich schnappte mir einen Stapel Briefumschläge und Plakate und ging den kleinen Weg entlang, der zur Einkaufsstraße führte. Es war kalt und spät und alles wirkte verlassen und still. Zitternd wickelte ich mir den Schal eng um den Hals. Ich war froh, dass Martha bei mir war.

»Ich nehme diese Seite – mach du gegenüber.« Martha ging zu den Geschäften auf der anderen Straßenseite. Ich arbeitete mich in Richtung der Polizeiwache vor, die am Ende der Straße lag. Wir konnten die Plakate nicht an den Fenstern ankleben, also steckten wir sie in Umschläge, mit einem Zettel an den Geschäftsführer und der Bitte, sie drinnen irgendwo aufzuhängen.

Aber nicht alle Läden hatten Briefkästen, vor allem die größeren nicht. Oft musste ich den Umschlag unter der Tür durchschieben oder in den Türrahmen klemmen.

Ich schob einen durch die Tür des Buchladens, einen zweiten unter der Tür des Reformhauses durch. Als ich mich wieder aufrichtete, sah ich in der Ferne ein paar Mädchen. Als sie näher kamen, erkannte ich Maisy, Vicky und ein paar andere Mädchen aus meinem Jahrgang. Sie blieben stehen und betrachteten das Plakat, das ich an der Bibliothek aufgehängt hatte. Vier Köpfe neigten sich im selben Winkel, als sie den Text unter Dannys Foto lasen. Sie blieben kurz stehen und unterhielten sich, bevor sie weiter auf mich zukamen.

Vicky sah mich zuerst. Ich sah, dass sie Maisy am Arm packte und etwas zu ihr sagte, was ich nicht hören konnte. Meine Wangen brannten. Auf einmal war mir alles entsetzlich peinlich. Als hätten sie mich beim Klauen erwischt oder nackt auf der Straße herumwandern sehen. Als sie bei mir waren, warf Maisy mir ein verlegenes Lächeln zu.

»Wie läuft's?« Sie zeigte auf die Tasche voller Umschläge und Plakate, die ich trug.

»Gut«, sagte ich.

Sie zögerte einen Augenblick. »Brauchst du Hilfe?«

Ich schüttelte den Kopf. »Nein, nein, alles okay, ehrlich. Ich bin gleich fertig.«

»Oh, okay.« Etwas wie Erleichterung huschte über ihr Gesicht. Vicky lächelte flüchtig. »Sorry, Hannah«, sagte sie zu mir, und dann zu Maisy: »Wir müssen weiter. Sophie wartet auf uns.«

Ich sah sie die Seitenstraße entlanggehen, die zum Supermarkt führte. Sah, wie Maisy sich umdrehte, mir winkte und mir einen Blick zuwarf, der entweder mitleidig oder ermutigend war, ich war mir nicht sicher. Dann beschleunigte sie ihre Schritte, um die anderen einzuholen. Als sie an Martha vorbeikamen, die vor dem Postkartenladen stand, starrten alle sie neugierig an. Vicky lief sogar ein paar Schritte rückwärts, um sie noch länger sehen zu können.

Martha bemerkte es gar nicht. Sie arbeitete hochkonzentriert, mit einem Eifer und einer Geschwindigkeit, die mich ganz schwindelig machte. Seit vor ein paar Tagen der Anlagensee abgesucht worden war, suchte sie noch verbissener nach ihrem Sohn als vorher.

Ich schaute auf das Bild von Danny, das ich in der Hand

hielt. Bitte komm zurück, dachte ich. Bevor es zu spät ist. Bevor unsere Leben endgültig zerbröckeln.

Aber Danny strahlte mich nur an. Ich faltete sein Gesicht, stopfte es in einen Umschlag und schob ihn durch die Tür des Elektrogeschäfts. Arbeitete mich bis zum Ende der Straße vor.

Der vorletzte Laden war ein Secondhandshop, der einen Briefkasten an der Tür hatte. Ich beugte mich vor und kämpfte mit der störrischen Klappe. Als ich es schließlich schaffte, sie aufzuziehen, klappte sie wieder zu, bevor ich den Brief einwerfen konnte, und ich klemmte mir beinahe die Finger ein. Ich versuchte es noch einmal. Erfolgreich.

Als ich mich aufrichtete, sah ich es.

Wie zur Salzsäule erstarrt betrachtete ich das Preisschild am Ärmel. Ich konnte den Blick nicht abwenden, nicht einmal atmen.

Das Kleid meiner Mutter. Das violette Seidenkleid, das sie zu besonderen Anlässen trug. Das, in dem sie aussah wie ein Filmstar. Mein Herz schlug schmerzhaft gegen meine Rippen. Was machte dieses Kleid hier?

Langsam erinnerte ich mich wieder daran, dass Dad nur Tage nach ihrem Tod all ihre Sachen weggepackt hatte. Ich hatte angenommen, dass er sie Freunden geschenkt hatte. Aber er oder sonst jemand musste sie hierhergebracht haben. Wer will schon die Kleider einer Toten?

Ich konnte meinen Blick nicht von dem Kleid losreißen. Es war, als sei sie wieder hier. Ich konnte beinahe ihr Parfüm riechen, wie damals, wenn sie sich lächelnd vorbeugte und mein Haar küsste.

»Ich hab dich lieb, Hannah. Sei brav, hörst du?«

Das sagte sie jedes Mal, wenn sie aus dem Haus ging. Es waren ihre letzten Worte an mich, eine Stunde bevor ihr Auto aus dem Fluss gezogen wurde.

Zwanzig Minuten zu spät.

Plötzlich war mir kotzübel, meine Beine zitterten und ich hätte mich am liebsten auf den Boden sinken lassen und die Augen geschlossen. Ich wollte nur noch schlafen.

Mum. Du fehlst mir so sehr.

Ich spürte, wie sich ein Arm sanft um meine Schulter legte und sie liebevoll drückte.

»Komm, mein Schatz.« Marthas Stimme war leise und weich, als sie mich weiterzog. »Ich glaube, für heute haben wir genug getan.«

Sie hatte es auch gesehen. Und ich wusste, dass es morgen nicht mehr dort hängen würde.

Martha würde nicht zulassen, dass so etwas noch einmal passierte.

10

Damals

Martha betrat die Veranda, wich dem zerbrochenen Blumentopf aus, der vor der Tür lag, und klingelte. Das Geräusch hallte so laut wie ein Feueralarm durch das Haus.

Ich stand hinter ihr, die Arme um mich geschlungen, und versuchte, mich von der Kälte, der Müdigkeit und der Langeweile dadurch abzulenken, dass ich den Eingang musterte. Schwarze, abblätternde Farbe und eine gesprungene Scheibe in dem kleinen Fenster neben der Tür. Von Efeu überwucherte Ziegel, gesprungene, verblichene Fliesen auf dem Boden. Der kleine Garten wirkte im kalten Novemberlicht beinahe verwahrlost.

Jemand Älteres, oder vielleicht junge Mieter, denen es egal war, wie das Haus von außen aussah. Es war erstaunlich, wie viel der Eingang darüber verriet, welche Art Mensch die Tür öffnen würde. Aber sicher konnte man nie sein, es gab immer wieder Überraschungen.

Wir hörten etwas von drinnen, jemand kam zur Tür. Das verringerte die Möglichkeiten. Die Schritte waren langsam, beinahe schlurfend. Also jemand Älteres. Mann oder Frau? Während ich noch überlegte, drehte sich der Schlüssel im Schloss und ein Riegel wurde zurückgeschoben.

Die Tür öffnete sich einen Spaltbreit und in der Lücke erschien ein Kopf. Grauhaarig, mit unsicherem Blick.

Ein Mann.

»Ja?«

»Hallo«, sagte Martha mit ihrer fröhlichsten Stimme. »Mein Name ist Martha Geller, und dies ist mein Patenkind Hannah.«

Ich lächelte ermutigend und war froh, dass ich noch meine Schulkleidung trug. Die Uniform schien die meisten Leute zu beruhigen.

Die Tür öffnete sich ein bisschen weiter und der Mann wagte sich vor. Martha streckte ihm die Hand hin. Nach kurzem Zögern reichte er ihr eine sehr knotige Version.

»Sammeln Sie für irgendetwas?«, fragte der Mann und rückte sein Hörgerät zurecht.

Martha schüttelte den Kopf und streckte ihm ein Foto von Danny entgegen. »Wir sind wegen meinem Sohn hier. Wir fragen alle Anwohner, ob sie sich daran erinnern, ihn gesehen zu haben.«

Der Mann holte eine Brille aus seiner Brusttasche, setzte sie sorgfältig auf und nahm das Foto. Im Dämmerlicht des Flurs blinzelnd begutachtete er es. Er schaute es eine Ewigkeit lang an, und ich fühlte mich wie in einer dieser endlosen Fernsehpausen, bevor der Gewinner bekannt gegeben wird.

Leider kein Preis für uns. Nur das unvermeidliche Kopfschütteln.

»Nein«, sagte der Mann. »Nie gesehen.«

»Könnten wir eine Kopie des Fotos mit unseren Kontaktdaten hierlassen?« Martha hielt ihm eine kleinere Version unseres Plakats hin. »Falls Sie sich doch noch an etwas erinnern, können Sie mich unter dieser Nummer erreichen.«

Der Mann nahm stumm nickend das Blatt und wir verabschiedeten uns. Als ich das Gartentor schloss, schaute ich noch einmal zur Tür zurück. Sie war bereits wieder zu.

Noch siebzehn Häuser. Ich zählte sie in Gedanken, als wir zum Eingang des Nachbarhauses liefen, und versuchte, nicht daran zu denken, wie lange es noch dauern würde, bis ich nach Hause gehen und endlich etwas Anständiges essen konnte. Ganz zu schweigen von meinen Hausaufgaben. Ich musste noch ein paar Erdkundefragen von letzter Woche beantworten und einen Haufen französischer Verben für eine Klassenarbeit lernen.

»Alles okay?«, fragte Martha. Sie sah, wie müde ich war.

»Klar«, log ich.

Ich würde nicht zulassen, dass sie mich nach Hause schickte. Martha machte sowieso schon viel zu viel allein. Paul weigerte sich, mitzukommen, selbst wenn er freihatte. Er fand die Aktion nicht gut, das hatte ich mitbekommen. Und er war nicht der Einzige. Janet Reynolds war auch nicht gerade begeistert. Und wenn ich an Alice' ständige Wutausbrüche dachte, dann war sie auch nicht erfreut darüber.

Ich hatte sogar selbst schon Einwände vorgebracht. »Hat die Polizei das nicht schon gemacht?«, hatte ich gefragt, als Martha mir den Stadtplan vorlegte und mir von ihrem Plan erzählte, alle Häuser einzeln abzuklappern.

»Ja, aber nur dort, wo du mit Danny warst. Ich will sicherstellen, dass wir alles abgedeckt haben.«

In einer Stadt mit 30.000 Einwohnern alles abzudecken

war leichter gesagt als getan. Und das wusste Martha auch. Aber was die meisten Leute schon vor Beginn entmutigt hätte, spornte sie nur noch mehr an. Es war, als drehe sich ihr ganzes Leben nur noch um eines: Danny zu finden.

»Ich muss es versuchen, Hannah«, hatte sie gesagt und mich direkt angesehen. »Egal, wie lange es dauert oder was es kostet. Ich muss absolut alles unternehmen, was möglich ist.«

Also konnte ich wenigstens hier neben ihr stehen, sooft ich konnte. Aber als wir auf das Nachbarhaus zugingen – das tipptopp in Schuss war –, fragte ich mich, wie lange ich noch durchhalten würde. Nach drei Wochen hatten wir immer noch keine Hinweise – niemand hatte Danny gesehen oder wusste irgendetwas über ihn. Die Hoffnung, mit der ich die Aktion begonnen hatte, verwandelte sich allmählich in tiefe Resignation.

Martha hob den glänzenden Messingtürklopfer und pochte drei Mal gegen die Tür. Ich schaute auf die Zettel in meiner Hand, während wir warteten. Danny strahlte mich von jedem Blatt aus an.

Ich erinnerte mich noch genau an den Tag, an dem das Foto entstanden war. Es war aus einem größeren Bild ausgeschnitten, vor dem örtlichen Hallenbad, in dem Danny gerade Freistilmeister im Regionalwettbewerb geworden war. Auf diesem Ausschnitt sah man nicht, dass ich neben ihm stand und seinen kleinen silbernen Pokal hochhob. So glücklich, als hätte ich selbst gewonnen.

Man sah nur Danny, dieses Lächeln, die Lachfältchen um seine Augen. Ein Gesicht, das mich zu verfolgen schien und mich ständig an seine Abwesenheit erinnerte. Wo ich auch hinging, starrte es mich an – es hing an Geschäften und Laternenpfählen, an sämtlichen Bushaltestellen auf dem Weg zur Schule, in allen Fluren und Klassenzimmern dort. Es war wie eins dieser Bilder, deren Augen dich zu verfolgen scheinen. Nur, dass ich ihm nicht entkommen konnte. Ein paar Schritte weiter machte dasselbe Augenpaar dort weiter, wo das letzte aufgehört hatte.

Es machte mich traurig, aber zugleich war es unheimlich. Als würde mein bester Freund mir nachspionieren.

»Ist wirklich alles in Ordnung?«, fragte Martha noch einmal. Ich nickte und versuchte, wacher auszusehen. Sie drehte sich wieder zur Tür um, und ich konzentrierte mich auf die frisch gestrichenen Fenster zu meiner Linken. Durch die geöffneten Vorhänge sah ich eine Vase voller Blumen auf dem Fensterbrett. Dahinter hing ein abstraktes Bild, Farbwirbel auf weißem Grund.

Hier wohnte definitiv kein Senior.

Martha klopfte noch einmal und schaute auf den Stadtplan. Wir wollten dreißig Häuser pro Tag abklappern, hatten im Westen der Stadt hinter der Landungsbrücke begonnen und arbeiteten uns langsam in Richtung Autobahn vor. Meine Aufgabe war einfach: »Achte darauf, ob du irgendjemanden erkennst«, hatte Martha mich gebeten. »Irgendjemanden, der etwas mit Danny zu tun hatte.«

Also stand ich hinter ihr und musterte die Gesichter, die vor uns auftauchten. Registrierte ihre Überraschung, wenn sie zwei Fremde auf ihrer Türschwelle vorfanden. Manche schlossen die Tür gleich wieder ein Stück, aus Angst vor Einbrechern. Ich beobachtete, wie ihre Mienen mitfühlend wurden, wenn Martha erklärte, warum wir hier waren.

Gelegentlich öffnete jemand Bekanntes die Tür. Das erste Mal war am schlimmsten. Während Martha mit der Frau des Hauses sprach, sah ich Ella Thompson, ein Mädchen aus meinem Jahrgang, im Flur stehen. Ihr ungläubiger Blick verursachte mir Magenschmerzen, und am nächsten Tag in der Schule war offensichtlich, dass alle von meinem Besuch bei ihr wussten.

Aber niemand fragte nach. Nicht einmal Lianna.

In diesem Haus rührte sich aber immer noch nichts.

Ich verlagerte mein Gewicht und versuchte, meine vor Kälte tauben Füße wieder mit Leben zu erfüllen. Martha betrachtete das hübsche Bleiglasfenster in der Tür und überlegte wahrscheinlich, ob sie noch einmal klopfen sollte.

Wahrscheinlich war niemand zu Hause. Gleich konnten wir den Zettel in den Briefkasten stecken und weiterziehen. Mir wurde ganz schwach vor Erleichterung. Was ich fürchtete, waren nicht die leeren Häuser oder die zugeknallten Türen. Was ich fürchtete, waren die Leute, die uns helfen wollten. Meist waren es Frauen. Sie stellten uns Fragen, erinnerten sich an den Zeitungsbericht und wollten die ganze Geschichte hören. Und schon saßen wir in einem Wohnzimmer, tranken die nächste Tasse Tee, aßen einen Keks und erzählten alles von Anfang an.

Wieder und wieder und wieder.

Und unser einziger Lohn waren bis zum Bersten gefüllte Blasen und immer wieder dieses Kopfschütteln. Dieselben Worte, als würden sie aus einem Drehbuch vorlesen:

»Ich kann mir vorstellen, wie schrecklich das für Sie sein muss.«

»Es tut mir so leid … ich würde Ihnen gerne helfen, aber ich weiß wirklich nichts.«

»Ich hoffe, Sie finden ihn bald.«

Und dann schlossen sie beinahe widerwillig die Tür hinter uns, als würden sie uns nur ungern aufgeben.

Aber hier war offenbar nichts los. Ich wollte Martha gerade vorschlagen, weiterzuziehen, als wir von drinnen ein Geräusch hörten. Jemand eilte die Treppe herunter und riss die Tür auf. Eine Frau in dunklen Jeans und einem weichen, gemütlichen Pulli strahlte uns an.

»Entschuldigung, dass es so lange gedauert hat«, japste sie. »Ich war oben am Telefon und konnte nicht weg. Ich habe zwar gesagt, dass jemand an der Tür ist, aber …«

»Macht nichts.« Martha hielt ihr den Flyer entgegen und stellte uns wieder einmal vor.

Die Frau betrachtete Dannys Foto und dann wieder uns. Aus ihrem Gesicht leuchteten uns Güte und Mitgefühl entgegen.

»Oje, Sie Arme. Ich kann mir vorstellen, wie schrecklich das für Sie sein muss.« Sie schaute noch einmal auf den Flyer, ging einen Schritt zurück und öffnete einladend die Tür. »Ja, ich erinnere mich an den Artikel. Kommen Sie doch rein, dann schaue ich es mir in Ruhe an.«

Martha folgte ihrer Aufforderung und ich schlich ihr nach. Mein Herz war bereits in meinen Schuhsohlen gelandet.

11
Heute

»Ich bin in ein paar Stunden zurück.« Paul holt seine Jacke und ein paar von Marthas Stofftaschen von dem Haken an der Hintertür.

»Kein Problem«, sage ich. »Lass dir Zeit. Alice und ich kommen schon klar.«

Ich kann verstehen, dass er sie nicht mitnehmen will. Alice ist in Supermärkten schwierig; sie will alles haben, was sie sieht, und wird laut, wenn sie es nicht bekommt.

»Danke.« Er schaut mich an, als wolle er noch etwas sagen. Wahrscheinlich darüber, warum Martha noch nicht wieder da ist, und ich bereite mich innerlich auf Neuigkeiten vor.

»Ich habe überlegt …« Paul klingt künstlich beiläufig, als wolle er mich glauben machen, der Gedanke sei ihm gerade erst gekommen. »Wenn ich zurückkomme, sollen wir dann ans Meer fahren und dort irgendwo zu Mittag essen? Wir drei, meine ich.«

Ich kann nicht sagen, ob er mich fragt oder einfach annimmt, dass ich Lust dazu habe. Ehrlich gesagt würde ich lieber nach Hause gehen und lernen, aber in Pauls Miene lese ich, dass er mich unbedingt dabeihaben will. Also nicke ich. »Okay.«

»Dann gibt es heute Fish and Chips«, sagt er bemüht fröhlich und entspannt. Die Sache mit Martha liegt ihm offensichtlich genauso auf der Seele wie mir.

Aber Alice spürt die Spannung nicht. »Hurra!«, schreit sie und fuchtelt begeistert mit den Händen. Ihr Gesicht ist zu einem entzückten Grinsen verzogen.

Sie erinnert mich so sehr an ihren Bruder, dass ich wegsehen muss.

Als Alice keine Lust mehr auf Cartoons hat, schlage ich vor, mit Rudman spazieren zu gehen. Alice stöhnt zuerst, erwärmt sich dann aber für die Idee, schnappt sich Rudmans Leine und rennt zu ihren Schuhen. Aber als wir gerade das Haus verlassen wollen, klingelt das Telefon. Ich erinnere mich an den gestrigen stummen Anrufer und ich fröstele. Dann hebe ich vorsichtig den Hörer ab.

»Hannah ... Hannah?«

Marthas Stimme knistert und klingt unsicher. Der Empfang ist sehr schlecht. Sie muss mit ihrem Handy telefonieren.

»Ich höre dich kaum.«

»Moment.« Sie positioniert das Handy neu. »So besser?« Ihre Stimme hallt, aber wenigstens verstehe ich sie nun.

»Besser.«

»Ich habe hier nur schlechten Empfang. Sorry.«

»Wo bist du?«, frage ich voreilig.

»Paris«, sagt Martha schnell. »Hör zu, ich kann jetzt nichts erklären, Schätzchen. Aber das werde ich. Ich wollte nur fragen, ob alles okay ist. Paul hat gesagt, du passt auf Alice auf. Wie geht es ihr?«

»Gut. Sie vermisst dich und fragt immer wieder, wo du bist. Wir gehen jetzt mit Rudman spazieren.«

»Gut. Übermorgen bin ich hoffentlich wieder da.«

Im Hintergrund höre ich Stimmen. Männerstimmen mit ausländischem Akzent. Einer ruft Marthas Namen und ich bekomme Angst. Was geht hier vor?

»Ich wollte dir auch noch einmal für deine Hilfe danken, Hannah. Ich weiß, dass du eigentlich wegen deiner Prüfungen alle Hände voll zu tun hast.« Marthas Stimme wird ganz zittrig vor Emotion. »Ich weiß das sehr zu schätzen.«

»Das ist kein Problem«, sage ich. »Ich kann hier auch lernen.«

Und das meine ich ernst. Ich bin gerne hier, um auf Ally aufzupassen. Dannys Verschwinden hat ein Loch in Allys Leben gerissen, das ich versuche, so gut es geht zu füllen. Genau wie Martha es nach dem Tod meiner Mutter für mich getan hat.

»Okay, Schätzchen, ich muss los.« Martha klingt gehetzt. »Gib Ally einen dicken Kuss von mir, ja?«

»Mach ich.«

Sie legt auf, bevor ich mich verabschieden kann.

Wir gehen mit Rudman den Waldweg entlang, der sich durch die Church Woods schlängelt. Beim Laufen rede ich die ganze Zeit mit Alice, aber ein Teil meines Gehirns versucht herauszufinden, warum um alles in der Welt Martha in Frankreich ist.

Ich habe keine Ahnung. Mir fällt kein einziger sinnvoller Grund ein, aber mein Unbehagen wird immer größer.

Was auch passiert ist, es muss wichtig sein.

Rudman verschwindet im Unterholz, das den Pfad säumt. Er bleibt eine Ewigkeit weg, aber man hört ihn immer wieder aufgeregt japsen, wenn er wieder einen Kaninchenbau entdeckt hat.

»Dummer Hund«, sagt Alice feierlich, und ich muss lächeln.

Sie hat recht. Rudman lernt einfach nicht, dass Kaninchen viel schneller sind als er, vor allem, seit er in die Jahre gekommen ist. Aber das ist ihm auch egal – für ihn zählt nur die Jagd.

Wie aufs Stichwort schießt er hechelnd aus einem Dornengestrüpp, um die Schnauze ein breites Hundegrinsen und im Fell jede Menge Blätter. Alice kichert, und ich leine ihn an, damit wir ihn nicht noch einmal verlieren.

Wir spazieren durch die Buchenwälder hinter der Schlossruine, und zwischen den Wolken bricht die Sonne durch und lässt alles erstrahlen. Danny und ich waren früher sehr oft hier. Wir schoben unsere Räder auf den Hügel, dann schrie Danny: »Wer als Erstes unten ist!«, und wir rasten über Stock und Stein den Abhang hinunter, flogen über Erdhügel und landeten mit einer Wucht, die uns die Luft aus den Lungen presste.

Wenn man unten ankam, fühlte man sich, als hätten sich alle Zähne gelockert. Ich war immer weit hinter ihm, und er wartete mit einem triumphierenden Grinsen unten auf mich. Aber das war mir egal. Es ging mir nicht darum, zu gewinnen, ich war einfach nur gern mit ihm unterwegs.

Als Alice und ich den Pfad hinuntergehen, verkrampft sich mein Herz und seine Abwesenheit schmerzt mich körperlich. Ich vermisse unsere gemeinsame Zeit, obwohl schon beinahe vier Jahre seither vergangen sind und ich inzwischen zu alt für solche Fahrradabenteuer bin. Es fehlt mir, die ganze Zeit draußen zu sein – hier, am Strand oder in den Salzsümpfen. Ich vermisse diese langen Tage, die endlosen Stunden, in denen man jedes Zeitgefühl verliert.

Am meisten aber fehlt mir Danny. Und ich frage mich immer noch, warum all das ein paar Monate nach Mums Tod so plötzlich aufgehört hat. Der Spaß, den wir zusammen hatten, die Verbindung zwischen uns, die ich für unzerstörbar gehalten hatte. Warum hatte all das geendet?

Oder vielmehr, warum hatte Danny es beendet? Als hätte er plötzlich eine Allergie gegen all das entwickelt, was wir zusammen unternommen hatten. Als wäre er plötzlich allergisch auf mich. Er war nicht gemein oder so, sondern ging mir nur aus dem Weg. Verließ das Zimmer, sobald ich hereinkam. Erfand Ausreden, wenn ich mich mit ihm verabreden wollte. Verschwand in seinem Zimmer oder ging allein aus dem Haus, blieb Ewigkeiten weg und sagte mir nie, wo er gewesen war.

Ich hatte keine Ahnung, was los war. Einmal versuchte ich, ihn zu fragen, was ich falsch gemacht hatte, warum er mich nicht mehr mochte. Er schaute mich nur stumm an und versuchte gar nicht, es abzustreiten oder so zu tun, als sei alles in Ordnung. Er betrachtete mich nur hilflos.

»Es liegt nicht an dir«, sagte er.

Aber ich wurde das Gefühl nicht los, dass das gelogen war.

12
Damals

»Rutsch mal.«

Ich rückte zur Seite, um Lianna Platz zu machen, und sie ließ sich neben mich und Maisy aufs Sofa sinken. Es war ein bisschen eng, und ich musste die Beine anziehen, damit sie nicht im Weg lagen. Ich war nervös und fühlte mich vor lauter Aufregung unwohl in meiner Haut.

»Nur noch ein paar Minuten.« Maisy konnte ihre Vorfreude kaum verbergen. Ich sah, wie Dad sie anschaute, und bereute, dass ich die beiden eingeladen hatte. Ein Teil von mir war froh, dass sie gefragt hatten – in den sechs Monaten seit Dannys Verschwinden hatte ich außer ihnen all meine Freundinnen verloren, und ich wusste zu schätzen, dass sie zu mir gehalten hatten. Aber ein anderer Teil von mir fühlte sich entblößt, als würden sie gleich alles zu sehen bekommen, was ich sonst in meinem Inneren verbarg.

Der Dokumentarfilm über Dannys Verschwinden war eine große Sache, und überall in der Stadt warteten Kids mit ihren Eltern vor dem Fernseher darauf, dass er begann. In der Schule wurde schon seit Wochen mit wachsender Aufregung darüber geredet.

»Bist du auch zu sehen?«, hatte Rebekah Collins im Geschichtsunterricht gefragt.

Als ich den Kopf schüttelte, schaute sie mich so mitleidig an, als hätte ich etwas ganz Aufregendes verpasst. Dadurch fühlte ich mich noch schlechter.

Dabei hätte ich durchaus mit dabei sein können. Ich wollte sogar mitmachen, aber Dad hatte es nicht erlaubt. »Sie hat schon genug getan«, hatte er zu Martha gesagt, als sie versuchte, ihn doch noch zu überzeugen.

Ich wollte gerade widersprechen, als Martha schon zu argumentieren begann: »Es ist nur eine Fernsehsendung, David. Sie wollen nur mit ihr reden. Was kann das schon schaden?« Ihre Stimme klang frustriert. »Könnte Hannah nicht …?«

»Lass es, Martha«, unterbrach Dad sie mit ärgerlichem Gesicht. »Ich entscheide, was für meine Tochter das Beste ist. Nicht du.«

Martha schaute ihn wütend an, sagte aber nichts mehr. Und ich auch nicht.

Als die Werbung endete und der Moderator die Sendung ankündigte, wusste ich also genauso wenig davon wie alle anderen. Ich wusste nicht, was wir gleich sehen würden. Martha hatte nie mehr davon gesprochen, und irgendwie hatte ich das Gefühl gehabt, dass ich lieber nicht fragen sollte.

Als der Titel über den Bildschirm flimmerte, drehten Lianna und Maisy sich zu mir um und lächelten mir zu. Ich schaffte es, zurückzulächeln, aber meine Aufmerksamkeit wurde von der Musik gefesselt. Sie war zugleich klagend, ernst und unheimlich.

Ich schaute Dad an, der mit verkniffenem Mund auf den Fernseher starrte. Er wirkte beinahe genauso angespannt wie ich.

Es stellte sich heraus, dass es in der Sendung nicht nur um Danny, sondern um vermisste Teenager im Allgemeinen ging. Es kamen verschiedene Kids vor, die alle innerhalb des vergangenen Jahres verschwunden waren. Ein Junge, der in den Schulbus eingestiegen, aber nie zu Hause angekommen war. Ein Junge, der vor sieben Monaten verschwunden war – nur ein paar Wochen früher als Danny. Und ein Mädchen namens Jenny, das seit letztem Sommer vermisst wurde und von einer Party nicht nach Hause gekommen war. Immer wieder wurde ein Foto von ihr gezeigt, auf dem sie einen kurzen Rock und eine Menge Make-up trug und den Fotografen anschmollte. Sie hatte dunkles Haar.

Aber Jennys Freundin blieb mir am deutlichsten im Gedächtnis. Sie war an dem Abend ihres Verschwindens mit ihr zusammen gewesen. Jennys Freundin wirkte nicht erfreut darüber, im Fernsehen aufzutreten. Als sie gerade ihre letzten Augenblicke mit Jenny beschrieb, begann sie plötzlich zu weinen.

»Ich habe Angst, es könnte meine Schuld sein«, sagte sie und schlug die Hände vors Gesicht, um ihre Tränen zu verbergen. »Ich frage mich immer wieder, was ich übersehen habe. Vielleicht hätte ich es verhindern können.« Ich betrachtete sie ebenfalls mit Tränen in den Augen und hatte das Gefühl, als sei sie in meinen Kopf geklettert und habe sich meine Gedanken ausgeliehen.

Ein Psychologe mit krausem Haar und buschigen Augenbrauen sagte, Teenager würden aus den unterschiedlichsten Gründen von zu Hause ausreißen. Er listete die häufigsten auf: Ärger in der Schule, Stress, Depressionen, Drogensucht, körperliche und sexuelle Misshandlungen.

Ich sah, wie Maisy und Lianna sich mit großen Augen ansahen, und wurde rot – Martha und Paul sahen bestimmt auch gerade zu.

Konnte etwas davon auf Danny zutreffen?, fragte ich mich, als zu einem Interview mit einem Elternteil umgeschwenkt wurde. Und falls ja – falls er deprimiert gewesen war oder irgendwie misshandelt wurde –, warum hatte ich nichts davon gemerkt? Warum hatte er mir nichts davon gesagt?

Jetzt war wieder der Psychologe an der Reihe. Obwohl die meisten vermissten Teenager aus eigenem Antrieb von zu Hause wegliefen, könne man natürlich eine Entführung nie ausschließen.

Meine Freundinnen wechselten wieder einen Blick. Meine Brust wurde eng, und ich bemerkte kaum, dass sich die Szene wieder veränderte. Doch dann erkannte ich plötzlich den Anlagensee. Zwei Kinder radelten um ihn herum. Ein Junge und ein Mädchen in meinem Alter.

Ein elektrisches Kribbeln wanderte durch meinen Körper. Danny und ich.

Natürlich nicht wirklich wir. Schauspieler, die uns spielten. Was irgendwie noch schräger war. Ich starrte das Mädchen an. Sie sah genauso aus wie ich. Dasselbe hellbraune glatte Haar, hellgraue Augen, ziemlich dünn.

Es war, wie in einen Spiegel zu blicken. Oder die Zwillingsschwester zu sehen, von der ich bisher nichts gewusst hatte.

Ich sah Dad an. Er schaute fasziniert zu, den Kiefer angespannt, die Stirn gerunzelt. Ich wusste genau, was er dachte.

Martha musste ihnen ein Foto gegeben haben.

Ich schaute wieder nach vorne. Immer noch der Anlagensee, aber Danny und ich waren nicht mehr dort. Es war der Tag der Suche im vergangenen Oktober, die Taucher wateten durchs Wasser, die Schaulustigen standen im Hintergrund. Der Kameramann, dachte ich voller Panik – er hatte doch nicht für die Lokalnachrichten gefilmt.

Ich hielt den Atem an, als die Kamera über die Menge schwenkte, und betete, dass sie nicht auf mir landen würde. Aber das Bild löste sich schnell wieder auf. Jetzt standen wir vor dem Haus der Gellers, von der Einfahrt aus gefilmt. Die Kamera fuhr langsam zur Haustür, dann folgte ein Schnitt und wir sahen Martha und Paul gemeinsam auf dem Wohnzimmersofa sitzen.

»Martha, würden Sie uns sagen, wie Sie sich gefühlt haben, als Ihr Sohn verschwand?«

Das Zimmer sah komisch aus. Es dauerte einen Augenblick, bis ich begriff, warum: Die Filmleute hatten die Möbel umgestellt, sodass Martha und Paul mit dem Rücken zum Fenster saßen. Hinter ihnen war ein blauer Streifen Meer zu sehen. Aber es lag nicht nur daran. Alles wirkte kleiner und irgendwie unecht, als wäre es ein Filmset, ein erfundener Ort für eine erfundene Geschichte.

»Das ist schwer zu beschreiben.« Auch Marthas Stimme klang anders als sonst – unsicher und nervös. Sie trug Make-up und ihre Haut wirkte zu glatt, zu perfekt.

»Zuerst konnte ich es gar nicht glauben. Ich dachte, er kommt jeden Moment zurück. Aber gleichzeitig wurde meine Panik immer größer, der ständige Drang, nach ihm zu suchen.«

Sie zupfte an ihrem Haar, während sie sprach, und strich es so zurück, dass sie streng und wütend wirkte. Auch Paul war offensichtlich angespannt, sein Daumen zuckte, während seine Frau sprach. Er wirkte, als wäre er am liebsten irgendwo anders.

Alice war nicht zu sehen.

»Wann war Ihnen klar, dass er nicht wieder nach Hause kommen würde?«, fragte der Interviewer Paul.

Aber es war Martha, die mit einem gequälten Ausdruck in ihren Augen barsch antwortete: »Wenn wir das glauben würden, würden wir nicht hier sitzen.«

Die Kamera richtete sich wieder auf ihr Gesicht. »Wir glauben daran, dass Danny zurückkommen wird«, erklärte sie. »Deshalb machen wir bei dieser Sendung mit. Um Aufmerksamkeit zu erregen.« Martha legte eine Pause ein. »Irgendwo muss irgendjemand wissen, wo er ist.«

»Martha, was würden Sie Ihrem Sohn gerne sagen, falls er sich diese Sendung ansieht?«, fragte der Interviewer.

Lianna und Maisy tauschten einen skeptischen Blick. Offensichtlich hatten sie bereits ihre eigenen Schlussfolgerungen getroffen.

Auf dem Bildschirm hustete Paul, aber Marthas Gesichtsausdruck blieb unverändert. Sie blickte geradewegs in die Kamera. Es war, als stünde sie direkt vor uns.

»Danny …«, sagte sie und verstummte dann.

»Nur zu«, sagte der Interviewer ermutigend, aber Martha schüttelte den Kopf.

»Es ist egal. Wenn Danny diese Sendung sieht, dann weiß er genau, was er jetzt tun muss.«

13
Damals

Sechs Wochen später stand Paul vor unserer Haustür, die in eine Decke eingewickelte schlafende Alice auf dem Arm und eine Reisetasche in der Hand. Es war nach neun Uhr an einem Freitagabend, aber er trug immer noch seinen Arbeitsanzug, der schon ganz zerknittert war.

»Hi, Hannah.« Sein Lächeln war warm, aber ich sah ihm an, dass er extrem angespannt war. »Hör mal, kannst du deinen Vater holen? Ich muss euch beide um einen Gefallen bitten.«

Ich drehte mich um und wollte nach oben gehen, aber Dad stand bereits direkt hinter mir und starrte Paul mit eisiger Miene an.

»Was ist?«, fragte er brüsk.

Ich hätte ihm für seine Unhöflichkeit am liebsten einen Tritt verpasst, aber Paul tat so, als habe er nichts bemerkt. Das war allerdings kaum vorstellbar. Dads Tonfall war genauso kalt wie seine Miene.

»Könnte Alice heute vielleicht bei euch schlafen?«, fragte Paul.

»Warum?«, fragte Dad. »Was ist passiert?«

Paul seufzte und verlagerte Alice' Gewicht in seinen Armen. »Es tut mir wirklich leid, David. Du weißt, ich bitte dich nur darum, weil wir verzweifelt sind. Kann ich kurz reinkommen?«

Dad zögerte noch einen Moment lang, dann trat er beiseite und ließ Paul ins Haus.

»Bring Ally nach oben«, sagte ich, ohne Dad um Erlaubnis zu bitten. »Sie kann in meinem Bett schlafen.«

Paul lächelte mich dankbar an, und Dad war so klug, nicht zu widersprechen. Wie konnte er auch? Ich hatte schon sehr oft bei den Gellers übernachtet. Ich folgte Paul in mein Zimmer und zog die Decke zur Seite. Alice bewegte sich nicht einmal, als er sie aufs Bett rollte und ihr Gesicht in meinem Kissen versank. Paul reichte mir die Tasche, in der Bücher und Spielzeug waren.

Erst als ich ihm wieder in die Küche folgte, bekam ich Angst. Was war passiert? Ich wollte ihn unbedingt fragen.

Aber das musste ich gar nicht.

»Erzählst du uns jetzt bitte mal, was hier eigentlich los ist?«, fragte Dad in aggressivem Tonfall. Ich betrachtete sein unrasiertes Gesicht. Verglichen mit Paul wirkte er ungepflegt und wild.

Paul seufzte und fuhr sich mit der Hand durch sein Stoppelhaar. »Es ist wegen Martha«, sagte er. »Sie ist ein bisschen aufgebracht.«

Und damit meinte er sehr aufgebracht. Martha machte keine halben Sachen.

»Warum?«, platzte ich heraus. »Was ist passiert?«

Paul zögerte mit gerunzelter Stirn. Er betrachtete mich einen Moment lang nachdenklich, bevor er seine Entscheidung traf. »Du wirst es wahrscheinlich früher oder später sowieso erfahren. Also kann ich es auch sagen.«

Ich setzte mich auf den Stuhl neben Dad. Mir brach der Schweiß aus, mir war gleichzeitig heiß und kalt, und mein Mund war staubtrocken.

Paul legte beide Hände an den Hinterkopf, als ergebe er sich. »Gott, ich weiß nicht, wie ich euch das sagen soll.« Er atmete langsam aus und senkte die Arme wieder. Sie hingen schlaff an seinen Seiten herab. Geschlagen.

»Sie haben eine Leiche gefunden.«

Ein Pfeifen, als entströmte Luft einem Reifen. Ich merkte, dass es von mir kam. Niemand sprach, und ich versuchte, weiterzuatmen, aber meine Brust fühlte sich an wie eingeschnürt. Als ich zu Dad schaute, sah ich, wie es in seinem Gesicht arbeitete, als überlege er, was er tun sollte. Dann drehte er sich um und holte aus dem Schrank die Flasche Whiskey, die er dort für besondere Anlässe aufbewahrte. Oder für Notfälle.

Er nickte in Richtung des leeren Stuhls vor Paul, der sich ohne Widerstand setzte. Dad holte zwei Gläser und goss in beide einen Fingerbreit Whiskey. Paul kippte seinen in einem Zug, verzog das Gesicht und räusperte sich.

»Ein Fischer hat die Leiche im Kanal entdeckt, ungefähr zehn Meilen weit entfernt zwischen Weston und Brean. Ein … jung und männlich. Janet Reynolds war heute Abend bei uns.«

Ich starrte ihn mit offenem Mund an und suchte nach Worten. Meine Lungen fühlten sich so nutzlos an wie zwei luftleere Ballons.

»Ist es …?« Nicht einmal Dad konnte die Frage beenden.

»Wir wissen es noch nicht sicher. Aber wenn ich Janets

Worte interpretieren soll, dann ist es wahrscheinlich, dass es sich um Danny handelt.«

»Können sie das erkennen?«, fragte Dad. »Danny ist doch schon seit ... inzwischen acht Monaten verschwunden.«

Paul schaute mich zögernd an. Ich hielt seinem Blick stand.

»Sie ... äh ... sie müssen seine zahnärztlichen Unterlagen heranziehen«, sagte er. »Wir wissen erst in ein paar Tagen Bescheid.«

»Es ist also noch nicht sicher?«, fragte Dad langsam.

Paul verlagerte sein Gewicht. »Nein, erst wenn die Ergebnisse da sind. Aber sonst wird niemand aus der Gegend vermisst. Janet glaubt, wir sollten uns auf das Schlimmste vorbereiten.«

Eine Flutwelle der Panik stieg in mir auf, und einen Moment lang fürchtete ich, gleich in Ohnmacht zu fallen. Ich wagte nicht, Dad anzusehen, sondern konzentrierte mich nur darauf, nicht umzukippen.

»Es tut mir leid.« Paul schaute mich lange besorgt an. »Ich wollte eigentlich nichts sagen, bis wir es sicher wissen. Aber Martha ... sie hat es gar nicht gut verkraftet ... Ich hielt es für das Beste, Alice hierherzubringen.«

»Natürlich.« Diesmal lag keine Feindseligkeit in Dads Stimme.

»Wie geht es ihr?«, stammelte ich mühsam. »Martha, meine ich.«

Paul seufzte abgrundtief und rieb sich mit zitternden Fingern den Nacken.

»Ein bisschen besser, Hannah, danke. Der Arzt hat ihr

ein Beruhigungsmittel gegeben. Als ich gegangen bin, hat sie geschlafen.«

»Soll ich vorbeikommen?«, bot ich an. Dabei wollte ich auf keinen Fall zu ihr gehen. Ich wollte Martha jetzt nicht sehen, das würde ich nicht ertragen.

Paul schüttelte den Kopf. »Es reicht völlig, wenn du dich heute Nacht um Alice kümmerst, damit Martha sich ein bisschen ausruhen kann.«

Ich lag lange wach und lauschte Alice' gedämpften Atemzügen. Von ihrem kleinen zusammengerollten Körper ging eine ungewohnte Wärme aus. Schwaches Licht von der Straße drang unter den Vorhängen hervor und malte ein Schattennetz auf die Wand. Hin und wieder fuhr ein Auto vorbei und tauchte das Zimmer einen Moment lang in gleißendes Licht, bevor die Nacht wieder die Oberhand gewann.

Ich lag schon seit Stunden wach. Mein Magen schmerzte jedes Mal, wenn ich an Danny dachte. War er wirklich …? Ich erlaubte mir nicht, den Gedanken zu Ende zu denken. Ich würde mich erst damit auseinandersetzen, wenn mir keine andere Wahl mehr blieb.

Auch an Martha musste ich denken. Wie aufgeregt sie jedes Mal gewesen war, wenn sie dachte, wir hätten ihn gefunden. Die Gewissheit, mit der sie beschrieb, wo er gesehen worden war. Ihre Website und die Presseerklärung, die sie an die überregionalen Zeitungen geschickt hatte, hatten eine Menge Aufmerksamkeit erregt. Danny war anscheinend überall gewesen. Und nicht nur in England – er war in einem halben Dutzend europäischer Staaten gesichtet worden, in Amerika, Australien und sogar Brasilien. Jede Woche erhielt Martha Mails über die Website oder Internet-Foren, und in jeder einzelnen behauptete jemand, ihn gesehen zu haben.

Sie waren überzeugt davon – und überzeugend.

Aber kein Hinweis hatte uns weitergebracht. Meistens fand die Polizei nicht heraus, wer eigentlich gesehen worden war – und wenn doch, war es nie Danny. Dann war Martha ein paar Tage lang verkniffen und schweigsam, bis die nächste Mail sie wieder in Aufregung versetzte.

Ich hatte gelernt, nicht zu viel zu erwarten, aber Martha nicht.

Das hier jedoch, dachte ich, während es in meinem Zimmer langsam heller wurde, das hier fühlte sich anders an. Diesmal jagten wir keinem Phantom hinterher.

Dieses Mal sah es so aus, als hätten wir Danny wirklich gefunden.

14
Damals

Paul holte Alice am nächsten Vormittag ab, sein Gesicht war abgehärmt und blass vor Schlafmangel. Alice klammerte sich schreiend an meinen Beinen fest und weigerte sich, zu gehen. Paul starrte sie nur verstört an, seine Erschöpfung machte ihn völlig hilflos.

»Ich komme mit«, sagte ich.

»Bist du sicher?« Paul schaute Dad an, aber ich gab ihm keine Chance, Einwände zu erheben.

»Ich bin sicher«, sagte ich entschlossen.

Alice lutschte die ganze Fahrt über am Daumen und starrte aus dem Fenster auf die Spaziergänger, die mit ihren Hunden dem Regen trotzten. Es war einer dieser nassen, trüben Samstagvormittage, an denen man sich fragte, wozu man überhaupt Wochenenden brauchte. Man hätte genauso gut in die Schule gehen können.

Ich saß mit Alice auf der Rückbank und drückte fest die Daumen. Die Fäuste hatte ich unter meine Knie geschoben, damit Paul sie nicht sah. Bitte lass alles okay sein, wiederholte ich stumm wieder und wieder, bis die Worte keine Bedeutung mehr hatten. Bitte. Bitte. Bitte.

Sobald wir ins Haus kamen, sah ich, dass meine Gebete nicht erhört worden waren. Nichts war okay, gar nichts.

Martha stand tränenüberströmt im Flur, den Telefonhörer in der Hand. Ihr Haar war wirr, und ihr Gesicht so verzweifelt, dass sich mir der Magen hob.

»Um Himmels willen, Martha.« Paul ging zu ihr, nahm ihr den Hörer aus der Hand, lauschte und legte ihn dann wieder auf die Gabel.

»Wer war das? Die Polizei?«

Martha schüttelte kläglich den Kopf.

»Wer dann?«

Ich zuckte zusammen, so ärgerlich klang Pauls Stimme.

»Ich weiß es nicht.« Sie sank auf die Bank bei der Eingangstür.

Alice marschierte schmollend ins Wohnzimmer. Einen Augenblick später dröhnte der Kinderkanal los. Es klang so, als habe sie ihn auf volle Lautstärke gestellt.

»Was meinst du damit?«, fragte Paul beharrlich. »Hat derjenige sich nicht gemeldet?«

»Er ... hat gar nichts gesagt.«

»Und du hast nicht gefragt?«

»Natürlich habe ich gefragt«, schluchzte Martha. »Das tue ich immer. Aber er antwortet nie.«

Sie sprach so leise, dass ich sie bei dem Fernsehlärm kaum hörte. Aber was ich verstanden hatte, ließ mich erzittern.

Die Anrufe.

»Martha, wovon redest du?« Paul sah aus, als reiße ihm gleich der Geduldsfaden. Er war offenbar die ganze Nacht wach gewesen und hatte versucht, die Neuigkeiten zu verarbeiten.

Martha wischte sich die Augen. »Es klingelt. Ich gehe ran, aber es herrscht nur Schweigen.«

»Verwählt? Oder ein Marketing-Anruf vom Band?«

Martha schüttelte wieder den Kopf. »Nein, es ist auf jeden Fall jemand am anderen Ende. Jemand, der lauscht.«

»Willst du mir damit sagen, dass so etwas schon mehrfach vorgekommen ist?«

»Ja. Ich … normalerweise ist es mir egal, aber ausgerechnet jetzt … heute …« Sie begann wieder zu weinen und ihre Stirn legte sich in Falten, die über Nacht tiefer geworden zu sein schienen.

»Wie oft, Martha?«

»Keine Ahnung. Vielleicht ein Dutzend Mal?«

Paul starrte sie ungläubig und beinahe wütend an.

»Ich auch.«

Ich sagte es, ohne nachzudenken. Martha und Paul starrten mich an. Paul runzelte verwirrt die Stirn.

»Wann?«, keuchte Martha.

»Ich weiß es nicht genau. Vielleicht drei Mal? Einmal bei mir zu Hause.«

»Hannah, Schätzchen, warum hast du uns nichts davon erzählt?« Martha packte meine Hand und zog mich zu sich.

»Ich weiß nicht«, sagte ich achselzuckend. »Ich dachte, es erlaubt sich jemand einen dummen Scherz.« Es war einfacher gewesen, die Anrufe zu ignorieren. Wir hatten alle auch so schon genug um die Ohren.

»Und wie lange geht das schon so?« Paul wandte sich wieder seiner Frau zu.

»Ein paar Monate. Vielleicht auch schon länger.«

»Meine Güte, Martha, das ist doch verrückt! Warum hast du mir nichts davon gesagt?«

»Weil ich wusste, dass du so reagieren würdest«, sagte sie leise. »Ich wusste, dass du mir nicht glaubst.«

Zeit, abzuhauen. Ich griff nach meiner Tasche, aber Martha hielt meine Hand fest und schaute mich flehend an.

»Dir was glauben?« Pauls Stimme war weicher geworden, aber nur ein bisschen. »Warum sollte ich dir nicht glauben, dass wir solche Anrufe bekommen, Martha?«

»Du verstehst nicht, was ich meine«, sagte Martha nach einer Pause. »Ich dachte, es sei Danny. Ich weiß, dass das verrückt klingt, aber ich dachte, vielleicht kann er nicht mit mir sprechen, will aber meine Stimme hören. Unsere Stimmen«, sagte sie mit einem Seitenblick auf mich.

»Warum hast du der Polizei nichts gesagt und sie gebeten, den Anruf zu verfolgen?«

»Das hab ich doch«, jammerte Martha. »Und sie können es nicht. Ich habe jedes Mal den automatischen Rückruf betätigt, aber die Nummer ist nie zu erreichen. Und die Polizei konnte nur herausfinden, dass die Anrufe aus dem Ausland kommen und wahrscheinlich über eine Telefonkarte laufen. Man kann sie nicht zurückverfolgen.«

Paul schaute zu Boden und ballte die Hände zu Fäusten. Er schloss kurz die Augen und sah dann wieder seine Frau an. »Und sie glauben, dass es Danny sein könnte?«

Martha biss sich auf die Lippe und blinzelte die Tränen zurück. »Janet meint, es könnte jemand sein, der von ihm gehört hat und es jetzt unheimlich lustig findet, uns anzurufen.«

»Aber du bist anderer Meinung?«

Martha antwortete nicht.

Paul schwieg beinahe eine Minute lang, aber eine Ader an seiner Stirn begann zu pulsieren. »Martha, wach auf. Er ist es nicht. Er kann es nicht sein.«

Erneut drückendes Schweigen. Wir lauschten einem fröhlichen Lied aus dem Wohnzimmer.

»Alice scheint es gut zu gehen«, sagte ich und reichte Martha die Tasche mit den Stofftieren und Büchern. »Ich muss jetzt wirklich nach Hause.« Sie nickte stumm, drückte meine Hand und ließ sie dann los. Ihr Gesicht war schmerzverzerrt, als ich mich umdrehte und zur Tür gehen wollte.

In diesem Augenblick klingelte das Telefon.

Wir erstarrten, beobachteten das blinkende Licht an der Basisstation und hörten das Schrillen des Klingeltons.

Niemand machte Anstalten, dranzugehen.

Ein paar Sekunden später erschien Alice mit vor Wut gerötetem Gesicht. »Ruhe!«, kreischte sie, nahm den Hörer und warf ihn ihrem Vater zu. Paul legte ihn ans Ohr und hielt sich das andere Ohr gegen den Fernsehlärm zu. Ich sah, dass sein Kiefer zitterte.

»Hallo?«

Martha und ich beobachteten ihn. Am liebsten wäre ich aus der Tür gerannt und nie wiedergekommen. Aber ich konnte mich nicht bewegen.

Paul stand schweigend da und hörte zu. Es schien eine Ewigkeit zu dauern, und ich erinnerte mich an das Schweigen am anderen Ende der Leitung, das mir jedes Mal die Haare zu Berge stehen ließ.

Plötzlich sprach Paul. »Sind Sie sicher? Und daran besteht kein Zweifel?«

Er rieb sich mit Daumen und Zeigefinger die Stirn und zog die Haut zu einer Falte über der Nase. Ein Eisklumpen bildete sich in meinem Magen.

Dies war ein anderer Anruf.

»Okay, danke«, sagte Paul mit zitternder, unsicherer Stimme. »Ja ... gut ... danke. Danke für die Information.«

Ich schaute Martha an und sah meine Panik in ihrem Gesicht gespiegelt.

Paul legte den Hörer vorsichtig ab, starrte einen Moment lang zu Boden und drehte sich dann zu uns um. Aus seinem Gesicht war alle Farbe gewichen, es war aschfahl und von einem Schweißfilm bedeckt.

Martha sprach zuerst. Beinahe ruhig.

»Sag es uns, Paul.«

Er schaute sie an und suchte nach Worten.

»Es ist nicht Danny. Die Leiche im Wasser. Es ist nicht Danny.«

Ich sah, wie Marthas Gesichtsausdruck sich wie in Zeitlupe änderte. Erleichterung überflutete es und Tränen der Dankbarkeit stiegen ihr in die Augen, als sie ihren Mann mit offenem Mund ansah, als habe sie gerade ein Wunder erlebt. Ich starrte sie unverwandt an. Er war es nicht. Es war nicht Danny. Ich wartete darauf, dass die Neuigkeit mich mit dem gleichen Glück erfüllte, das ich auf Marthas Gesicht sah.

Aber da war nichts. Gähnende Leere. So leer wie die Stille am anderen Ende der Leitung.

Das ist eine gute Nachricht, sagte ich mir heftig. Eine gute Nachricht.

Warum fühlte ich mich dann so niedergeschlagen? Als es

mir endlich klar wurde, stieg heiße Scham brodelnd in mir auf.

Ein dunkler, tief in mir vergrabener Teil meiner selbst hatte gehofft, dass all das jetzt endlich vorbei sein würde.

15
Damals

In der Aula war es so still, dass ich mich beinahe gruselte. Man hörte nicht wie sonst das Summen von geflüsterten Gesprächen und unterdrücktem Kichern, nur gelegentliches Husten oder das Knarren von Stühlen, wenn die Schüler ihr Gewicht verlagerten.

Rektor Givens stand an seinem Stehpult. Er hatte die Hände in den Hosentaschen vergraben und wippte auf den Fußballen auf und ab, während er darauf wartete, dass auch die Nachzügler ihre Plätze einnahmen. Hinter ihm saßen die Lehrer im Halbkreis und starrten uns mit ausdruckslosen Gesichtern an.

Mr Givens räusperte sich, um unsere Aufmerksamkeit zu erregen, und schenkte uns dann ein anbiederndes Lächeln. Schon bevor er den Mund aufmachte, wäre ich am liebsten gegangen. Vielleicht konnte ich Übelkeit vortäuschen und ins Krankenzimmer gehen oder so. Vorwerfen würde mir das niemand. Nicht heute.

Aber ich saß in der Mitte einer Stuhlreihe fest, zwischen Lianna und Georgia aus meiner Klasse. Die ganze Schule drängte sich in der Aula. Ich konnte nicht verschwinden, ohne Aufsehen zu erregen.

»Ihr alle kennt Daniel Geller«, begann Givens, »und

wisst, dass er seit vergangenem Dezember leider vermisst wird.« Er legte eine Pause ein und ließ den Blick über die neunhundert Gesichter wandern, die zu ihm aufschauten. Wie ein Schauspieler, der sein Publikum begutachtet. »Sicher ist euch auch bewusst, dass Daniel trotz einer landesweiten Suchaktion und dem unermüdlichen Einsatz seiner Eltern auch heute, beinahe ein Jahr später, noch nicht gefunden wurde.«

Ein paar Schüler reckten die Köpfe, wahrscheinlich hielten sie nach Paul oder Martha Ausschau. Stattdessen fanden ihre Blicke mich. Ich ließ mich tiefer in meinen Stuhl sinken und fixierte den zurückweichenden Haaransatz des Rektors, der allmählich in Fahrt kam.

»Deshalb hielt ich es für angebracht, dass wir diesen Tag mit einem Moment des Schweigens begehen. Um an Daniel zu denken und daran, welche Auswirkungen sein Verschwinden auf uns alle gehabt hat.«

Vor mir fummelte Robby Burchill gähnend an seinem Krawattenknoten herum. Ich biss mir auf die Wange und widerstand dem Drang, ihn zu boxen. Wäre Danny hier gewesen, hätte er sich schließlich auch nicht besser benommen. Danny langweilte sich schneller als alle anderen Menschen, die ich kannte – Alice eingeschlossen.

»Er hatte die Lebenseinstellung, nach der wir alle streben: Immer bereit, sich einzusetzen. Ohne Angst, dabei Fehler zu machen.«

Ein paar der sensibleren Lehrer waren so anständig, mit Verlegenheit darauf zu reagieren, dass der Rektor in der Vergangenheit sprach. Offensichtlich war er davon überzeugt, dass Danny nicht mehr lebte.

»Er war ein sehr freundlicher und fröhlicher Schüler, der stets ein Lächeln auf den Lippen hatte …«

Lianna drehte sich zu mir um und grinste, und ich hätte beinahe laut gelacht. Danny hatte Givens immer Backenhörnchen genannt und jedes Mal grinsen müssen, wenn er ihn sah.

»… die Sorte Junge, die uns allen ein Beispiel sein sollte. Er widmete sich mit vollem Eifer seinen Studien, seinem Schwimmtraining, seinen Freundschaften …«

Seinen Studien? Du liebe Güte. Verwechselte der Rektor Danny mit jemand anderem? Ich schaltete auf Durchzug, beobachtete, wie der Sekundenzeiger der Uhr an der Wand sich langsam durch eine Minute tickte. Die Stimme des Rektors war nur noch ein fernes Dröhnen. Es interessierte mich nicht länger, was er noch alles über Danny zu sagen hatte – schließlich hatte Givens in Dannys gesamter Schulzeit höchstens zehn Worte mit ihm gewechselt.

Genauso wie damals der Pfarrer bei Mums Beerdigung – je länger er darüber sprach, wie wunderbar, fürsorglich und gütig sie gewesen war, desto klarer wurde mir, dass er eigentlich überhaupt nichts über sie wusste. Was er sagte, stimmte zwar, aber seine Worte machten sie zu einer Person, die zu perfekt war, um wahr zu sein. Eher eine Werbefigur als ein echter Mensch.

»Bevor wir nun schweigend ein Gebet für Daniel und seine Familie sprechen, möchte Mr Cozens gerne noch ein paar Worte sagen.«

Ein dumpfes Gemurmel erfüllte den Saal, denn die Schüler nutzten die Pause, um sich zu recken und mit ihren Sitznachbarn zu tuscheln. Ich hielt den Blick starr auf Mr

Cozens gerichtet. Er umklammerte einen kleinen Stapel Notizen, die er auf dem Stehpult vor sich ablegte. Sein Gesicht war nicht grimmig wie sonst immer, sondern puterrot angelaufen. Die Deckenstrahler ließen den Schweiß auf seiner Stirn glänzen, und er sah aus, als sei er gerade ein paar Bahnen in Höchstgeschwindigkeit geschwommen.

Er hüstelte in seine Faust und schaute dann auf. Wir starrten ihn alle an und warteten gespannt darauf, dass er sprach.

Das Schweigen wurde länger und Mr Givens warf ihm einen besorgten Blick zu. Dann nieste jemand im hinteren Bereich der Aula laut und das Geräusch holte Mr Cozens endlich in die Wirklichkeit zurück. Er nahm seine Notizen, schob sie in seine Hosentasche und kam hinter dem Pult vor, um einen unverstellten Blick auf die versammelten Schüler zu bekommen.

»Okay ... ich habe lange darüber nachgedacht, was ich über Danny sagen möchte ...« Er verstummte und räusperte sich noch einmal. »Aber eigentlich will ich gar nicht viel sagen. Ich will euch nicht davon überzeugen, dass Danny eine Art Heiliger war. Die meisten von euch haben ihn gekannt, einige sogar sehr gut. Ihr wisst, dass er ein netter Kerl war – und ein hervorragender Schwimmer. Aber in vielerlei Hinsicht ... war er einfach nur ein ganz normaler Junge.«

Ein paar Mädchen in der ersten Reihe drehten sich um und musterten mich. Ich biss mir auf die Unterlippe und tat so, als hätte ich sie nicht gesehen.

»Und dagegen ist überhaupt nichts einzuwenden«, fuhr Mr Cozens fort. »Rein gar nichts. Und das bedeutet nicht, dass seine Abwesenheit uns nicht schmerzt. Bei jedem Schwimmtraining, jeden Tag, schaue ich auf das Becken und spüre, dass etwas fehlt. Dass jemand fehlt. Dass Danny ein ganz normaler Junge war, macht es nur noch schlimmer. Er war einer von uns.«

Meine Augen begannen zu brennen, und ich blinzelte heftig und beugte mich vor, damit mir das Haar ins Gesicht fiel. Ich spürte, dass Lianna mich unverwandt ansah.

»Aber Danny war kein Mensch, der in der Vergangenheit gelebt hat. Wenn er jetzt hier wäre, würde er uns sicher alle auslachen. Weil wir hier mit todernsten Gesichtern sitzen und ihn mit schönen Worten bedenken.«

Eine Träne löste sich aus meinen Augen und rollte mir über die Wange. Ich wischte sie hastig weg und spürte, wie Lianna meine Hand nahm und sie drückte. Ich blinzelte wieder, hielt den Atem an und zwang mich, nicht zu weinen.

»Das ist alles, was ich sagen wollte«, schloss Mr Cozens verlegen, während der Rektor ihn fassungslos anstarrte. »Ich glaube nicht, dass Danny wollen würde, dass wir hier trauernd herumsitzen und ihn vermissen. Ich bin sicher, dass Danny – wo immer er auch sein mag – sein Leben weiterlebt. Und ganz bestimmt will er, dass wir das auch tun.«

16
Damals

Wir saßen um den Esstisch der Gellers herum und beobachteten, wie Martha versuchte, die Kerzen auf Dannys Geburtstagstorte anzuzünden. Vierzehn Stück. Und zwölf Freunde von Danny, die alle dasselbe dachten:

Wer zum Henker sollte sie ausblasen?

Ich schaute Joe an, der alarmiert beobachtete, wie Martha mit den Streichhölzern kämpfte. Eins flammte heftig auf und sie ließ es vor Schreck auf den Boden fallen. Joe trat es schnell aus und griff dann nach der Schachtel.

Martha schüttelte den Kopf und zündete das nächste Streichholz mit einer entschlossenen Miene an, die mich an Alice erinnerte. Wieder einmal wünschte ich, Paul hätte sich nicht geweigert, an der Feier teilzunehmen. Irgendwie machte seine Abwesenheit die ganze Situation noch instabiler. Sogar gefährlich, als würde gleich etwas Schlimmes passieren.

Ich musterte die anderen. Ewan starrte fasziniert zu den Apfelbäumen im Garten hinaus, und Ross betrachtete seine Füße. Lizzie Jenkins und Vicky Clough saßen zwischen Martha und Jamie, begutachteten ihre Fingernägel und strichen sich die Haare glatt. Neben ihnen saßen die Zwillinge aus Dannys Klasse. Die anderen drei Gäste waren aus dem Schwimmklub.

Alle, die Martha eingeladen hatte, waren gekommen. Ich glaube, es hätte niemand gewagt, abzusagen.

»Auf Danny«, sagte Martha, als auch die letzte Kerze endlich brannte.

Ich schluckte. Vor lauter Unbehagen war mir schwindelig. Würde Martha uns jetzt zwingen, »Happy Birthday« zu singen? Ein Blick in Lizzies und Vickys verängstigte Gesichter verriet mir, dass sie genau dasselbe befürchteten.

Aber Martha saß einfach nur stumm da und starrte die Kerzen mit verlorenem Gesichtsausdruck an. Alice saß auf ihrem Schoß.

»Ich will pusten!« Alice zeigte auf die Torte, und Martha half ihr, sich vorzubeugen und die Kerzen auszublasen. Es dauerte beinahe so lang wie das Anzünden. Alice blies die Backen auf und prustete lautstark, aber wirkungslos in die Flammen. Schließlich musste Martha sie selbst ausblasen.

»Wer möchte ein Stück?«, fragte sie betont fröhlich und ließ das Messer über der Torte schweben. Schokolade mit Himbeermarmeladen- und Buttercremefüllung. Dannys Lieblingstorte, die mir aber schon immer viel zu üppig gewesen war.

Alle meldeten sich gleichzeitig, außer Lizzie, die die Hand hob, als sei sie in der Schule. Als ihr klar wurde, was sie da getan hatte, ließ sie sie langsam sinken und wirkte fast so verlegen wie Jamie, der Danny tatsächlich eine Geburtstagskarte mitgebracht hatte. Eine Witzkarte, mit einem glotzäugigen Hamster und einem blöden Spruch. Sie stand auf dem Regal über der Spüle, wie eine verrückte Erinnerungstafel.

Die gesamte Veranstaltung war verrückt, dachte ich, als

ich mir einen Bissen Torte in den Mund schob. Paul hatte Martha das auch deutlich zu verstehen gegeben, aber sie hatte nicht auf ihn gehört.

»Er ist mein Sohn, und wir werden seinen Geburtstag feiern«, hatte sie nur gesagt.

Alle aßen schweigend und ich erinnerte mich an Dannys Geburtstag vor zwei Jahren. Er hatte darauf bestanden, dass wir traditionelle Geburtstagsspiele machten, obwohl wir eigentlich schon viel zu alt dafür waren. Es war unglaublich komisch gewesen. Joe und Ross hatten so erbittert um den Sieg bei der »Reise nach Jerusalem« gekämpft, dass es beinahe in eine Rauferei ausgeartet war. Martha musste schließlich eingreifen und sie beide zu Siegern erklären.

Aber das Beste war das Schokoladeauspacken gewesen. Danny hatte Alice das ganze Päckchen auspacken lassen und sich diebisch über ihr Entzücken darüber gefreut, als sie nach dem Entfernen etlicher Verpackungsschichten endlich die Schokolade in der Hand hielt. Sie betastete sie so ehrfürchtig wie ein Schatzsucher ein wertvolles Juwel.

Oh, Danny. Ich glaube, er wäre der Einzige gewesen, der sich bei dieser Veranstaltung amüsiert hätte. Wenn er uns jetzt gesehen hätte, wie wir am Tisch saßen und Geburtstagstorte für einen Jungen aßen, der nicht einmal hier war, hätte er sich totgelacht. Er hätte all das unheimlich lächerlich gefunden.

Sobald ich den letzten Bissen Kuchen geschluckt hatte, wurde mir schlecht. Und ich schwitzte, als hätte jemand die Heizung aufgedreht. Ich murmelte eine Entschuldigung und rannte zum Gästeklo, um mir kaltes Wasser ins Gesicht zu spritzen.

Auf dem Weg kam ich an Marthas kleinem Arbeitszimmer vorbei. Dort bewahrte sie einfach alles auf. Koch- und Gartenbücher, Stoffballen, Wollknäuel, Dosen mit Knöpfen und eine Schachtel mit buntem Nähgarn. In dem großen Schrank in der Ecke lagerte sie Geschenkpapier und Bänder, und im abschließbaren Teil bewahrte sie Geburtstags- und Weihnachtsgeschenke auf.

Wir durften das Zimmer nicht betreten, vor allem nicht Alice, die wie ein winziger Tornado dort gewütet und nichts wieder aufgeräumt hätte. Aber heute stand die Tür offen und im Vorbeigehen sah ich etwas. Ich blieb stehen. Dann drückte ich die Tür auf und schaute hinein.

Dort, auf dem alten Holztisch, den Martha als Schreibtisch benutzte, stand eine in blaurot gestreiftes Papier eingepackte Schachtel mit einem Geschenkanhänger und einer großen roten Schleife. Anhand der Größe und der Form konnte ich erraten, was sich darin befand. Es war die Spielkonsole, um die Danny ständig gebettelt hatte. Martha hatte sie ihm mit der Begründung verweigert, das sei reine Geldverschwendung.

Aus der Küche hörte ich das angespannte Gemurmel von elf Jugendlichen, die verzweifelt versuchten, so zu tun, als sei alles ganz normal. Ich glitt ins Zimmer und nahm den Geschenkanhänger in die Hand.

Alles Gute zum Geburtstag, Danny, stand in Marthas Handschrift darauf. *In Liebe, Mum und Dad xxx.*

Das war alles. Ich weiß nicht, was genau ich erwartet hatte, aber diese Banalität war irgendwie noch schlimmer. Mein Magen rebellierte und vor lauter Unbehagen brach mir der Schweiß aus.

»Hannah, ist alles okay?«

Marthas Stimme ließ mich zusammenfahren. Sie schien ganz in der Nähe zu sein, und als ich mich umdrehte, sah ich sie durch den Flur gehen. Sie blieb stehen, als sie sah, wo ich war.

»Ja, sorry«, murmelte ich, ging schnell aus dem Zimmer und schloss die Tür hinter mir. »Ich war … äh …«

Mir fiel nichts ein. Es war völlig offensichtlich, was ich gemacht hatte.

Martha schaute mich nur mit unergründlicher Miene an.

»Tut mir leid«, murmelte ich wieder. »Mir geht es nicht so gut …«

»Du bist kreidebleich, Hannah. Als hättest du ein Gespenst gesehen.«

Die Ironie brachte mich beinahe zum Lachen, aber mir war zu übel. »Ich glaube, ich habe zu viel Torte gegessen.«

»Willst du dich hinlegen?«

»Nein … nein, alles okay.« Aber plötzlich stimmte das ganz und gar nicht mehr. Mein Magen hob sich und ich rannte zum Klo.

Ich erreichte es gerade noch rechtzeitig, dann zog sich mein Magen zusammen, ich sank auf die Knie und übergab mich so heftig, dass meine Rippen schmerzten und mir das Wasser in die Augen stieg.

Ich hasse es, mich zu übergeben, aber diesmal kämpfte ich nicht dagegen an. Ich ließ die Tränen über mein Gesicht laufen, kauerte über der Toilettenschüssel und würgte so lange, bis auch der letzte Bissen von Dannys Geburtstagstorte aus mir heraus war.

17
Heute

»Ist das wirklich in Ordnung?«

Paul steht an der Hintertür und fummelt an seinen Autoschlüsseln herum. »Ich könnte auch jemand anderen bitten, auf Alice aufzupassen. Sophies Mutter hat es angeboten.«

»Es ist kein Problem«, wiederhole ich. »Fahr zu Martha.«

Er soll endlich abhauen. Je länger er hierbleibt, desto größer wird die Versuchung, ihn dazu zu zwingen, mir endlich zu sagen, was hier eigentlich los ist. Was Martha gemacht hat, warum Paul sie in London treffen muss, was das alles mit Danny zu tun hat – das Bedürfnis, es herauszufinden, wird immer unerträglicher. Wie ein Jucken, das immer heftiger wird, je länger man dem Drang zu kratzen widersteht.

Aber Paul zögert immer noch und mustert meinen Bücherstapel auf dem Küchentisch. »Wann beginnen deine Prüfungen?«

»In ein paar Monaten.«

»Und wirst du sie schaffen?« Er wirkt aufrichtig besorgt, und ich frage mich, warum. Vielleicht bin ich eine Erinnerung daran, dass Danny eigentlich hier sein und dasselbe durchmachen sollte.

»Das wird schon.« Ich nicke in Richtung Küchentür. »Du verpasst deinen Zug.«

Paul blickt auf und seufzt. »Okay, aber ruf sofort an, falls es Probleme gibt. Versprochen?«

»Das habe ich doch schon. Ungefähr zehn Mal.«

Er zwingt sich zu einem Lächeln. »Ich versuche, pünktlich wieder hier zu sein. Spätestens um neun, hoffe ich.«

»Mach dir keinen Stress. Dad muss heute Abend arbeiten.«

Paul zieht eine Augenbraue hoch.

»Irgendein Projekt, das länger dauert als geplant. Er sitzt schon seit Tagen im Labor fest«, erkläre ich.

Paul beißt sich auf die Lippe und umklammert den Türgriff.

»Du bist ein tolles Mädchen, Hannah. Dein Dad ... na ja ... er hat wirklich Glück, dass er dich hat.«

Sein Blick heftet sich auf mein Gesicht und plötzlich bin ich verlegen. Als stünde ich unter Beobachtung.

»Nun geh schon!«, sage ich schnell. Und diesmal tut er es.

»Siebenundneunzig ... achtundneunzig ... neunundneunzig ... hundert. Eckstein, Eckstein, alles muss versteckt sein«, schreie ich.

Aus dem Obergeschoss ertönt ein aufgeregtes Quieken, aber ich habe nicht die Absicht, gleich raufzugehen. Alice' Verstecke sind nie besonders einfallsreich, also geht es beim Versteckspielen mit ihr hauptsächlich darum, sie nicht zu schnell zu finden. Ich bin ziemlich gut darin, sie an den falschen Plätzen zu suchen – unter der Decke in Rudmans Körbchen, im Schrank unter der Spüle, hinter den dünnen Seidenvorhängen im Wohnzimmer.

Ich arbeite mich durch die Zimmer des Untergeschosses und achte darauf, dabei laut mit Schubladen und Türen zu knallen. Und ich frage mich, wie lange ich dieses Spiel wohl hinausdehnen und Alice davon abhalten kann, mich zu fragen, warum jetzt ihre beiden Eltern nicht mehr da sind.

Weil ich die Antwort nicht kenne. Oder vielmehr das ungute Gefühl habe, dass ich sie doch kenne, sie aber nicht dazu geeignet ist, Alice oder mich aufzuheitern.

Endlich steige ich mit schweren Schritten die Treppe hinauf, damit sie weiß, dass ich komme. Es funktioniert. Ich höre ein unterdrücktes, aufgeregtes Kichern.

»Vor mir, hinter mir, neben mir, gilt nicht. Eins, zwei, drei, ich komme!«

Noch ein Quieken, aber ich kann es nicht genau orten. Im Badezimmer ist sie wahrscheinlich nicht, also gehe ich dort zuerst hin. Ich öffne den Wäschekorb, der inzwischen viel zu klein für Alice ist, und lasse den Deckel dann krachend zufallen. Dann schaue ich in die Toilette. Und in den Wäscheschrank im Flur, obwohl dort nur Platz für den Boiler und ein paar Regale ist.

»Wo ist sie denn?«, rufe ich theatralisch, bevor ich in Marthas und Pauls Schlafzimmer gehe und alle Schränke öffne. Klappernd ziehe ich die Schubladen von Marthas Kommode auf. Zum Schluss suche ich unter dem Bett – dort versteckt sich Alice meistens –, aber heute finde ich nur Staub auf den nackten Dielenbrettern.

Ich wiederhole den Prozess im Gästezimmer, obwohl es dort kaum Versteckmöglichkeiten gibt. Dann gehe ich in Alice' Zimmer. Dort ist sie. Ich beginne mit ihrem Spielzeugschrank. Spiele und Puzzles fallen heraus, als ich die

Tür öffne – in dem Schrank ist nicht einmal mehr Platz für eine weitere Puppe oder einen weiteren Teddy, geschweige denn für Alice. Ich schaue in ihre Kommodenschubladen, die vor Kleidungsstücken überquellen. In ihrem Schrank schiebe ich schwungvoll die Kleiderbügel zur Seite. Nichts. Dann ist sie unter dem Bett. Ich lege mich bäuchlings auf ihr Bett und linse über die Kante.

»Raaaaaaaaaaaaahhh!«, röhre ich und schaue darunter.

Nichts.

Ich blinzele überrascht. Ich habe felsenfest damit gerechnet, dass sie mich entzückt und entsetzt von dort unten anstrahlt.

Wo zum Henker ist sie?

Verwirrt rappele ich mich wieder auf und sehe mich um. Ich bin mir ziemlich sicher, dass ich alle Plätze überprüft habe, an denen sich ein siebenjähriges Mädchen versteckt haben könnte.

Dann höre ich wieder ein Kichern. Und endlich begreife ich, woher es kommt.

Aus Dannys Zimmer.

Mit einem unguten Gefühl drücke ich die Tür auf. Sie gibt ihr typisches schrilles Quietschen von sich, das mich sofort an Danny erinnert. Er hatte Martha und Paul verboten, die Scharniere zu ölen; er sagte, die Tür sei sein Frühwarnsystem gegen Spione.

Ich öffne die Tür so weit, dass ich den Kopf durch den Spalt stecken kann, aber es ist zu dunkel, um viel zu sehen, und ich taste nach dem Lichtschalter. Plötzlich bin ich diejenige, die Angst hat. Ich gehe nicht gern in dieses Zimmer.

»Alice. Komm raus.«

Stille. Keine Bewegung. Mist.

Ich mache einen Schritt ins Zimmer und versuche, Dannys Sachen zu ignorieren. Dieses Zimmer ist falsch, beinahe unverändert seit seinem Verschwinden, obwohl Martha zumindest geputzt hat. Das Bett ist gemacht, die Bettwäsche gewaschen. Sie hat das Zeug weggeräumt, das Danny immer auf den Boden geschmissen hat, obwohl sie sich sicher war, dass er bald wieder Unordnung machen würde.

Aber dreieinhalb Jahre später liegt alles immer noch an seinem Platz. Alle Fußballzeitschriften, die DVDs, diese dämlichen Horrorromane mit den gruseligen Einbänden. Seine Schwimmpokale und das Poster der Bristol Rovers an der Wand. Sein Laptop, den die Polizei irgendwann zurückgegeben hat.

Es ist, als habe Danny nicht unser Leben, sondern nur dieses Zimmer verlassen. Es würde mich nicht überraschen, wenn er sich von hinten an mich heranschleichen und mir den Finger in die Rippen piken würde.

»Na, Kurze, schnüffelst du in meinen Sachen herum?«

Ich weiß, dass es irgendwie normal ist, dass Leute nicht ertragen, sich von den Sachen der Menschen zu trennen, die sie verloren haben. Aber mir stehen trotzdem die Haare zu Berge.

Und außerdem dürften wir beide nicht hier drin sein. Martha würde uns umbringen, wenn sie es wüsste.

»Alice?«, flüstere ich, obwohl ich nicht weiß, warum. Es ist niemand hier, der uns hören könnte.

Immer noch nichts. Oh Gott, ich muss sie suchen.

Ich schaue unters Bett, wo es seltsam sauber ist, und

dann im Schrank. Der Anblick von Dannys auf den Regalen zusammengeknüllten Klamotten, seinen an Bügeln aufgehängten guten Hemden, jagt mir eiskalte Schauer über den Rücken.

Ich muss an den Tag von Mums Beerdigung denken. Als wir wieder zu Hause waren, schnappte sich Dad einen Haufen Plastiktüten und Kartons, marschierte durchs ganze Haus und warf alles hinein, das ihr jemals gehört hatte. Kleider, Bücher, CDs, Schmuck, Bilder, sogar die Kräuter, die sie am Küchenfenster gezüchtet hatte. Alles, was ihn an sie erinnerte.

Er hörte nicht einmal auf, als er mich weinen sah. Er hörte auch nicht auf, als ich Martha anrief und sie anflehte, vorbeizukommen. Er konnte einfach nicht aufhören – bis er auch die letzte Spur von ihr entfernt hatte.

In diesem Moment wünsche ich mir, Martha hätte dasselbe getan.

»Alice?«

Ich öffne den nächsten Schrank, aber in dem sind nur Brettspiele und noch mehr Zeitschriften. Ich knalle die Tür schnell zu, bevor mich meine Erinnerungen überwältigen. Warum schmeißt Martha nicht wenigstens einen Teil von dem Zeug weg? Was nützt es, die Sachen aufzubewahren?

Es sind ja nicht seine materiellen Besitztümer, die uns an ihn erinnern. Und wir würden auch nicht aufhören, ihn zu vermissen, wenn dieses Zimmer leer wäre.

»Alice!«, zische ich. »Wo bist du? Komm raus, du weißt doch, dass Mummy nicht will, dass hier jemand reingeht.«

Ich kann meine Ungeduld nicht unterdrücken, denn ich

will so schnell wie möglich hier raus. Bevor ich noch genauso verrückt werde wie Martha.

»Alice! Na los …«

»Raaaaaaah!«

Ich schreie tatsächlich los, als ich herumwirbele und sehe, wie sich Dannys Morgenmantel an der Zimmertür bläht. Kreische voller Panik, bis Alice dahinter hervorkommt.

»Gewonnen!« Sie boxt in die Luft, genau wie ihr Bruder es immer getan hat, aber ihr Triumph verwandelt sich in Besorgnis, als ich zu Boden sinke und in Tränen ausbreche. Sie kauert sich neben mich auf den Boden und streichelt mein Haar, während ich schluchze und versuche, mich zusammenzureißen.

»Traurig wegen Danny?«

»Was?« Ich wische mir die Tränen mit dem Ärmel ab und schaue sie mit angehaltenem Atem an. Haben Martha und Paul ihr erzählt, was passiert ist? Ihr Gesicht gibt mir keinen Hinweis, aber ich bringe es nicht über mich, sie zu fragen.

»Ich weiß«, sagt sie und setzt sich neben mich. »Ich weiß, du bist traurig wegen Danny.«

Ich starre sie entsetzt an. Sie weiß es … oh Gott, sie haben es ihr gesagt. Es ist also wirklich wahr. Diesmal war es kein Fehlalarm.

Alice nickt, beugt sich dann vor und schaut mir in die Augen. »Bin auch traurig, weil Danny sich immer noch versteckt. Ich such ihn überall, aber ich find ihn nicht, Hannah. Ich find ihn einfach nicht.«

18
Heute

Um zehn nach neun höre ich ein Auto vor dem Haus vorfahren. Kurz darauf dreht sich der Schlüssel in der Haustür, aber es ist nicht Paul, der gleich darauf vor mir steht.

Es ist Martha.

»Hi!« Ich springe überrascht vom Sofa auf. »Ich hatte noch gar nicht mit dir gerechnet.«

Martha lächelt. »Tut mir leid, Hannah. Ich wollte dich anrufen, aber mein Handy-Akku hat den Geist aufgegeben. Paul bleibt über Nacht in London. Er muss noch einiges erledigen.«

Sie klimpert mit den Autoschlüsseln. »Schläft Alice?«

»Ja. Sie ist vor einer Stunde eingeschlafen.«

»Danke, Schätzchen.« Sie kommt zu mir und berührt meine Wange. »Was würden wir nur ohne dich machen?«

Ich zwinge mich, zu lächeln. »Kein Problem, mir macht das nichts aus. Ich liebe Alice.«

Dann hole ich meine Bücher und stopfe sie so hastig in meinen Rucksack, dass ich eins meiner Mathebücher versehentlich zerknicke.

»Hannah, würdest du bitte noch einen Moment lang bleiben? Ich muss mit dir reden.«

Oh Gott. Ich schaue Martha ausdruckslos an und versuche verzweifelt, mir eine Ausrede einfallen zu lassen. Aber ich weiß, dass es hoffnungslos ist.

Man kann der Wahrheit nicht für immer entfliehen.

»Ich muss dir etwas Wichtiges sagen. Dir und Alice. Aber ich will nicht warten, weil es ein ziemlicher Schock sein wird und ich dir genug Zeit geben will, es zu verarbeiten, bevor …«

»Bevor?«, stammele ich.

Aber ich kann mir denken, was sie sagen wird. Bevor er beerdigt wird. Es geht um Dannys Beerdigung, das ist offensichtlich. Es ist schrecklich, mir das einzugestehen. Weil ich im Moment gar nicht weiß, was ich fühle. Ich bin betäubt, mir ist schwindelig.

Ich fühle mich leer.

Martha beobachtet mich, sieht die Qual in meinem Gesicht.

»Hannah. Setz dich, Schätzchen. Nur einen Moment lang.«

Ich sinke aufs Sofa zurück und zwinge mich, sie anzusehen. Warum wirkt Martha so ruhig? Ihre Augen sind geschwollen und müde, aber sie hat nicht geweint, und ihr Mund zuckt, als unterdrücke sie ein Lächeln.

»Hannah, wir hätten es dir schon vorher sagen müssen, aber ich … wir wollten warten, bis wir absolut sicher sind.«

Martha hält inne und sucht offensichtlich nach den richtigen Worten. Ich bohre meine Fingernägel in die Handflächen.

»Deswegen war ich auch in Frankreich. Ich musste mich mit eigenen Augen überzeugen, und dann ist Paul nach

London gekommen, damit er ... Jedenfalls sind wir uns sicher.« Sie beißt sich auf die Unterlippe, aber ihre Mundwinkel kräuseln sich.

»Sicher?«

»Dass er es ist. Danny.«

Ich starre sie an. Sie lächelt.

Das ist verrückt.

»Hannah, nun schau doch nicht so traurig«, sagt Martha lachend, beugt sich vor und streicht mir die Haarsträhne aus dem Gesicht, die mir immer in die Stirn fällt. »Es ist wahr, meine Süße. Er ist es. Wir haben Danny gefunden.«

»Ihr h... habt ihn gef... gefunden?«, stottere ich. »Du meinst, seine Leiche?«

Martha zuckt zurück, die Augen erstaunt aufgerissen. »Oh Gott, nein. Wie kommst du denn ... Oh Gott.« Sie legt mir die Hände ums Gesicht und zwingt mich, sie anzusehen.

»Nein, Hannah. Er lebt, Schätzchen. Er kommt nach Hause.«

Ihre Worte pressen mir die Luft aus den Lungen. Ich kann mich nicht mehr aufrecht halten und klappe zusammen wie ein Strandstuhl.

»Hannah?«

Ich kann nicht antworten. Wo meine Lungen sein sollten, ist nur Schmerz. Atme, befehle ich mir. Atme.

Das Blut rauscht in meinen Ohren, als Martha mich in die Arme nimmt und fest an sich drückt.

»Es ist wahr, Schätzchen. Es ist wirklich wahr. Danny kommt nach Hause.«

Teil 2

Heute

Dad steht kurz nach sieben auf. Ich warte, bis ich das Teewasser kochen höre, dann ziehe ich meinen Morgenmantel an und gehe zu ihm in die Küche.

»Dad?«

»Hmmm ...« Mit müden Augen sieht er mich an – er ist erst nach Mitternacht aus dem Labor gekommen.

»Ich muss dir etwas sagen. Etwas Wichtiges.«

Das erregt seine Aufmerksamkeit. Er mustert mein aufgeregtes Gesicht. »Was ist los, Hannah? Ist alles okay?«

»Ja.« Ich nicke. »Besser als okay, ehrlich gesagt.«

Ich hole tief Luft. Selbst nach einer schlaflosen Nacht, in der ich versucht habe, Marthas Neuigkeiten zu begreifen, kann ich nicht glauben, was ich jetzt sagen werde.

»Sie haben Danny gefunden.«

»Was?« Dad schaut mich verständnislos an, als hätte ich in Rätseln gesprochen.

»Danny kommt nach Hause. Sie haben ihn gefunden.«

Ich sehe, wie bei Dad endlich der Groschen fällt. Er reißt die Augen auf und runzelt die Stirn.

»Danny?«

»Ja.«

Dad starrt mich an. »Sie haben ihn gefunden? Lebendig?«

»Ja«, sage ich grinsend. »Lebendig und gesund. Okay, Martha meinte, er sei ein bisschen mitgenommen. Aber es geht ihm gut. Und er kommt nach Hause.«

»Wow.« Dad setzt sich. Er wirkt völlig überwältigt. »Wann ist das passiert?«

»Gestern«, sage ich und setze mich ihm gegenüber. »Genauer gesagt vor ein paar Tagen. Martha hat es mir gestern Abend erzählt, als sie nach Hause gekommen ist.«

Dad schaut mich einen Moment lang schweigend an. »Oh Gott.«

»Ich wollte es dir eigentlich schon gestern Abend sagen, aber du warst erst so spät zu Hause.« Meine Wangen röten sich, denn das entspricht nicht ganz der Wahrheit. Ich war so durcheinander, so glücklich, so geschockt und überwältigt, und mir gingen so viele Sachen gleichzeitig durch den Kopf, dass ich ein bisschen Zeit für mich gebraucht habe, um das Ganze sacken zu lassen. Um mir die Erlaubnis zu geben, endlich daran zu glauben.

Wie ein Geheimnis, ein Geschenk des Glücks, das ich auskosten wollte.

»Aha.« Dad kaut auf seiner Wange herum. Ich gebe ihm noch zwei Minuten, um sich an den Gedanken zu gewöhnen. »Okay«, sagt er schließlich. »Noch mal ganz von vorn. Was genau hat Martha gesagt?«

Ich fasse zusammen, was sie erzählt hat. Dass Danny der Vermissten-Website gemailt und seinen Aufenthaltsort genannt hatte. Dass die französische Polizei ihn ein paar Tage danach abgeholt hatte. Dass er zusammengeschlagen worden war und sich jetzt in einem Londoner Krankenhaus erholte.

»Aber es geht ihm gut?«, fragt Dad.

»Sieht so aus. Martha sagt, er habe ein paar Schrammen und einen Schlag auf den Kopf bekommen. Sie wollen ihn noch ein paar Tage beobachten, bevor sie ihn nach Hause gehen lassen.«

Dad starrt auf den Küchentisch, hebt dann den Blick und schaut mich an. »Ist sie diesmal wirklich sicher?«

Ich nicke. »Sie hat ihn in Frankreich gesehen.«

Er wirkt immer noch nicht überzeugt.

»Martha hat ihn gesehen, Dad.« Meine Stimme überschlägt sich. »Sie hat mit ihm gesprochen und Paul auch. Er ist gestern nach London gefahren und hat sie am Flughafen abgeholt.«

Ich lege eine Pause ein und lasse meine Worte auf mich wirken. Es klingt fast so, als wolle ich mich selbst überzeugen. Martha und Paul haben Danny getroffen. Sie haben tatsächlich mit ihm gesprochen. Es kommt mir immer noch unmöglich vor.

»Aber warum jetzt?«, fragt Dad.

»Warum was jetzt?«

»Danny. Was hat ihn dazu gebracht, sich jetzt bei ihnen zu melden? Nach so langer Zeit?«

»Keine Ahnung«, antworte ich achselzuckend. »Aber wir werden es sicher bald herausfinden.«

»Was hat er denn gesagt?«, bohrt Dad weiter. »Wo war er die ganze Zeit? Und was hat er in Frankreich gemacht?«

»Ich weiß es nicht.«

»Hat Martha es dir nicht gesagt?«

»Ja. Ich meine nein, nicht wirklich. Ich habe sie gefragt, aber sie meinte, das habe Zeit, bis er wieder zu Hause ist.«

»Richtig.« Dad erinnert sich an seinen Tee und trinkt einen Schluck. Er lässt den Blick aus dem Fenster wandern und denkt über das nach, was ich ihm erzählt habe. Ich betrachte den Fleck auf seinem Pulli, sein Haar, das dringend geschnitten werden muss, weil die Seiten abstehen und ihm sein Pony in die Augen fällt. Wieder einmal frage ich mich, was mit meinem alten Dad passiert ist, der immer so gepflegt war und regelmäßig zum Friseur ging. Wird er auch eines Tages einfach wieder auftauchen?

Dann schaut Dad auf und stellt mir eine Frage, die mich aus dem Konzept bringt. »Und wie fühlst du dich?«

»Wie ich mich fühle?«, wiederhole ich.

»Ich meine, das muss doch ein ziemlicher Schock für dich sein, oder? Nach all dieser Zeit. So plötzlich.«

Ich schlucke und mein Lächeln verrutscht etwas. »Na ja, schon …«

»Und?«

»Äh … ich bin natürlich glücklich, Dad. Erleichtert. Ich freue mich einfach. Warum denn auch nicht?«

Er zuckt mit den Mundwinkeln. »Ich dachte nur, das muss doch ziemlich überwältigend für dich sein.« Er hält meinen Blick fest, bis ich auf den Tisch schaue, einen Krümel von der Platte aufhebe und ihn zu Boden schnipse.

»Ich hab nicht so gut geschlafen.«

Untertreibung. Ich habe gar nicht geschlafen. Als ich im Bett lag, war die Betäubung, die ich bei Martha gespürt hatte, einem Gefühlsaufruhr gewichen, der mich die ganze Nacht wach gehalten hat.

»Wann kommt er denn nach Hause?«, fragt Dad.

»In ein paar Tagen. Ein Sozialarbeiter bringt ihn her.«

»Und wann triffst du ihn? Du musst ziemlich nervös sein.«

Ich muss seinem Blick ausweichen. Wie macht Dad das nur? Ich meine, wir sehen uns oft wochenlang kaum, aber irgendwie scheint er immer genau zu wissen, was in meinem Kopf vorgeht. Als könne er ihn öffnen und hineinsehen, meine Gedanken wie DNA entschlüsseln.

»Ich weiß es nicht.« Bei dem Gedanken, Danny wiederzusehen, beginnt mein Herz zu rasen. Es ist ein seltsames Gefühl, beinahe eine Art Unbehagen.

Ich stehe auf, hole mir ein Glas Wasser, trinke es in einem Zug aus und eile dann nach oben, bevor Dad mich weiter verhören kann. Ich fühle mich klebrig und verschwitzt, weil ich nicht geschlafen habe. Jetzt brauche ich erst mal ein heißes Bad. Mit Bergen von Schaum.

Als ich in die Wanne steige, sehe ich mich im Spiegel. Mein Haar hängt schlaff und strähnig herab, mein Gesicht ist blass und verschlossen, als hätte ich mich bei etwas Verbotenem erwischt.

Ich kneife die Augen zusammen und lasse mich ins Wasser sinken. Die Hitze durchdringt mich und löst meine verknoteten Gefühle.

Danny.

Ich versuche, sein Gesicht heraufzubeschwören, aber ich finde nichts. Die vergangenen Jahre haben die Erinnerung an die Gesichtszüge meines besten Freundes beinahe ausgelöscht, und vor mir sehe ich nur ein Bild wie aus einem alten Film, zerkratzt und verblichen. Der Rücken eines Jungen mit vom Chlor gebleichtem Haar, dessen Füße auf den Pedalen seines Rads stehen, das ihn um die Kurve und aus meiner Sichtweite trägt.

Ich sinke noch tiefer ins Wasser und der Schaum kitzelt mich am Kinn. Dads Frage beschäftigt mich. Ja, ich bin glücklich. Auf eine rauschhafte Weise, in der mir alles unwirklich vorkommt. So müssen sich Leute fühlen, wenn sie erfahren, dass sie im Lotto gewonnen haben oder auf wundersame Weise von einer schrecklichen Krankheit geheilt wurden. Aber darunter brodelt noch etwas anderes. Warum macht mich die Vorstellung, Danny zu sehen, so nervös? Warum habe ich Angst davor?

Schließlich habe ich doch genau darauf gehofft und darum gebetet, dass es passieren würde.

Erst als aller Schaum verschwunden ist und ich nur noch in einer Seifenbrühe sitze, löst sich der Knoten in mir endgültig. Ich war überzeugt gewesen, dass Danny nie mehr wiederkommen würde. Natürlich nicht am Anfang. Anfangs erwartete ich, dass er jeden Augenblick zurückkehren würde. Immer wieder stellte ich es mir vor, konnte beinahe sehen, wie er durch die Tür kam und so tat, als sei er nie fort gewesen. Aber ganz allmählich hatte ich gegen meinen Willen zu glauben begonnen, was ich anfangs als undenkbar verleugnet hatte. Dass Danny niemals wieder nach Hause kommen würde.

Aber ich hatte mich getäuscht.

Während das Wasser um mich herum immer kühler wird, denke ich an die Geschichte aus der Bibel, in der Lazarus stirbt und wieder zum Leben erweckt wird. In der Version, die wir in der Grundschule gelesen haben, freuten sich alle unglaublich, dass er wieder da war. Die Illustrationen zeigten Menschen, die lachten, Gott dankten und vor Freude weinten.

Ich hatte das schon immer für blöd gehalten. Denn wenn so etwas wirklich passieren würde, wenn wirklich jemand von den Toten auferstehen würde, dann würde man doch vor allem eines empfinden: Angst.

2

Sechs Tage. Wer hätte geahnt, dass das eine Ewigkeit sein kann?

Sechs Tage, in denen Danny im Krankenhaus auf Herz und Nieren geprüft wird, alle Papiere in Ordnung gebracht werden und das Jugendamt beschließt, dass er nach Hause gehen darf. Nachdem ich bereits dreieinhalb Jahre darauf gewartet habe, meinen besten Freund wiederzusehen, müssten sechs Tage mehr eigentlich ein Klacks sein.

Aber das sind sie nicht.

Ich kann mich nicht einmal durch den Schulalltag ablenken. In den endlosen Osterferien kann ich nur für die Prüfungen lernen und Dad ist entweder in seinem Labor an der Uni oder in seinem Arbeitszimmer. Lianna und Maisy simsen mir ein paarmal und laden mich zu sich ein, aber ich erfinde jedes Mal eine Ausrede, um nicht hinzugehen. Ich weiß, dass sie nur über Danny reden wollen, und das würde alles nur noch schlimmer machen.

Je mehr ich an ihn denke, desto schwieriger wird es, bis zum Sonntag zu warten, an dem Marthas großes Willkommensessen stattfindet.

Als der Sonntagmorgen endlich anbricht, kann ich vor lauter Nervosität gar nichts machen. Wenn ich sitze, muss ich wieder aufstehen. Wenn ich stehe, muss ich mich sofort in Bewegung setzen. Ich versuche, französische Vokabeln zu lernen, aber die Worte verschwimmen auf der Seite und weigern sich, Sinn zu ergeben.

Als ich es nicht mehr länger aushalte, klopfe ich an Dads Arbeitszimmertür. Er gibt eine Art Grunzen von sich.

»Wir sollten gehen«, sage ich zu der geschlossenen Tür. Dads Stuhl kratzt über den Boden, und dann erscheint Dad, mit vor Konzentration ausdruckslosem Gesicht.

»Mittagessen«, erinnere ich ihn. »Wir treffen heute Danny. Weißt du nicht mehr?«

Dad schaut auf seinen Laptop, auf dessen Bildschirm die üblichen Zahlenreihen und Fußnoten zu sehen sind. Dann sieht er mich beinahe gequält an. Ich sehe, dass er mit sich kämpft.

Am Ende gewinnt die Genetik. »Kann ich noch eine halbe Stunde weiterarbeiten?«

Ich schaue auf meine Uhr. Es ist schon nach zwölf.

»Geh du schon vor«, sagt er. »Sag Martha, ich bin bald da. Spätestens in einer Stunde, versprochen.«

»Okay«, seufze ich. »Bis dann.«

Ich nehme nicht die Abkürzung, sondern die Straße, die hinter dem Park verläuft. Jetzt, da es endlich so weit ist, will ich das Treffen noch etwas hinauszögern. Genau das ist das Problem, denke ich, als ich in die Palace Avenue einbiege. Wenn man sich etwas so lange so sehnsüchtig wünscht, dann ist man einfach nicht bereit, wenn es dann endlich passiert.

Ich gehe schnell. Das Blut, das durch meine Adern

pumpt, und mein rhythmisches Atmen beruhigen meinen zitternden Magen allmählich. Es macht mir auch nichts aus, dass es zu regnen beginnt. Außer mir ist niemand unterwegs, nur gelegentlich fährt ein Auto vorbei, dessen Reifen über den nassen Asphalt zischen. Im Vorbeigehen schaue ich in alle Häuser hinein, in der Hoffnung, durch die Fenster einen Blick auf das Leben anderer Leute zu erhaschen. Ich will sehen, wie sie normale Dinge tun – essen, fernsehen, bei einer Tasse Tee plaudern.

Jetzt wäre mir ein solch normales Leben auf einmal viel lieber als das außergewöhnliche, das ich offenbar lebe. In dem weißen Haus am Ende der Straße sehe ich eine Frau und ein Kind. Sie stehen in der Küche, und die Frau hat das Mädchen um die Taille gefasst und hebt es hoch, damit es den Inhalt einer Schüssel auf dem Tresen verrühren kann. Ich bleibe einen Moment lang stehen. Sehe zu, wie das Mädchen einen Finger in die Mixtur steckt und seiner Mutter anbietet, die den Kopf zurückwirft und lacht.

Ein stechender Schmerz durchfährt mein Herz, als hätte sich ein Glassplitter hineingebohrt. Mum und ich haben das früher auch gemacht. Brownies und Kekse gebacken. Große, luftige Scones. Einmal sogar einen riesigen Geburtstagskuchen für Dad, der überall mit kleinen Silberkugeln und pastellfarbenen Zuckerblumen dekoriert war.

Fünf Jahre sind vergangen, und noch immer kommt meine Mutter in solchen Augenblicken zu mir zurück. In kleinen Details. In Momenten, die damals kaum Bedeutung hatten, aber auf einmal unheimlich wichtig sind.

Und auch in besonders wichtigen Momenten, begreife

ich. Wie heute, wo ich sie mehr gebraucht hätte als jemals zuvor.

Martha steht in der Küche und hantiert mit ein paar Töpfen herum. Sie trägt einen blau-gelb gemusterten Rock, den ich noch nie zuvor gesehen habe. Und Make-up.

Als sie mich sieht, klingt ihre Stimme glitzernd und fröhlich. So strahlend wie Sonnenschein. »Hannah! Steh doch nicht nur da, komm rein, Kleine! Du wirst ja tropfnass.«

Ich schlüpfe aus meinem Mantel und hänge ihn an die kleine Garderobe bei der Hintertür. Atme den warmen, verführerischen Duft ein, der aus dem Ofen steigt. Durch die Glastüren, die ins Esszimmer führen, sehe ich den großen Eichentisch voller Teller, Besteck und Blumendekorationen. Und Weingläsern, wie mir auffällt. Das gute Kristall, das Danny und ich nie anfassen durften. Alles blitzt und blinkt, als wäre es brandneu, gerade erst ausgepackt.

Wie früher, denke ich und erinnere mich an all unsere gemeinsamen Mittagessen. Damals saßen wir immer alle um diesen Tisch herum: Mum und Dad, Martha und Paul, Danny, Alice und ich. Es kommt mir vor, als sei das eine Ewigkeit her.

»Ist dein Dad nicht mitgekommen?«, fragt Martha.

»Er kommt bald nach. Er musste noch etwas Wichtiges fertigmachen.« Ich habe keine Ahnung, ob das wahr ist.

»Du bist ja halb erfroren.« Martha mustert meinen Rock und mein dünnes Sommertop – die einzigen schicken Sachen, die ich in meinem Schrank gefunden habe. »Geh zum Kamin und wärm dich auf. Paul hat Feuer gemacht.«

Ich schaue durch die Tür ins Wohnzimmer, wo ich mehrere Personen sehe. Paul trägt ein gestärktes blaues Hemd, hat aber wenigstens auf seine übliche Krawatte verzichtet. Neben ihm steht ein kleiner Mann in Lederjacke und beigefarbenen Hosen. Er hat einen seltsam ausrasierten Bart, der aussieht wie aufgemalt. Zu seiner Linken steht ein Stück entfernt ein großer Mann mit Baseballkappe, den Schirm tief ins Gesicht gezogen.

Keine Spur von Danny. Oder Alice. Wahrscheinlich spielt sie oben in ihrem Zimmer.

»Brauchst du keine Hilfe?«, frage ich.

Martha rührt in einem Topf und wischt sich die Hände an einem Geschirrtuch ab. »Danke, Schätzchen, aber ich habe alles im Griff. Ich hab nur etwas zu spät angefangen, weil ich Danny noch dazu überreden musste, zu duschen und sich zu rasieren. Und dann musste ich ihm noch etwas Anständiges zum Anziehen suchen.«

»Rasieren?« Ich runzele die Stirn und denke an Dannys glattes, gebräuntes Gesicht.

»Ich weiß«, sagt Martha lachend. »Mir ist beinahe das Herz stehen geblieben, als ich seine Stoppeln gesehen habe... Und wie groß er geworden ist! Unglaublich, wie schnell sich Jungs in diesem Alter verändern.« Sie lächelt mich an und nimmt meine Hand. »Bereit?«

Mein Magen hebt sich und vor Nervosität ist mir beinahe übel.

»Oh, Hannah.« Martha streicht mir das Haar aus dem Gesicht. »Immer so schüchtern.«

Anfangs bemerkt uns niemand. Der bärtige Mann redet von Budgetkürzungen durch die Regierung und fuchtelt dabei wild mit den Händen. Der andere steht breitbeinig daneben, die Hände in den Hosentaschen vergraben, und nickt zustimmend. Ich bleibe in einiger Entfernung von ihnen stehen, weil ich nicht unterbrechen will.

Paul sieht mich und kommt zu mir. Er legt mir beide Hände auf die Schultern und dreht mich zu dem Mann mit dem Bart hin. »Das ist Hannah, Dannys älteste Freundin. Eigentlich gehört sie zur Familie.«

»Tony Dickson.« Der Mann schüttelt mir energisch die Hand. »Freut mich sehr.«

»Mr Dickson hat Danny aus London hergebracht«, erklärt Paul.

Ich nicke und versuche, mir eine Antwort einfallen zu lassen. Mein Lächeln ist etwas verrutscht, und ich merke, dass der große Mann mich beobachtet. Ich drehe mich zu ihm um, registriere das NYC-Logo auf seiner Baseballkappe und seinen sauber rasierten Kiefer. Er trägt dunkle Jeans, die aussehen wie Pauls, und ein Polohemd, das ihm viel zu groß ist.

Alle schauen mich erwartungsvoll an. Offenbar soll ich etwas sagen. Mein Verstand versagt mir den Dienst, und meine Knie sind so schwach und zittrig, als würden sie gleich nachgeben und mich auf den Boden befördern.

»Na los«, drängt Martha. Ich hebe mit brennenden Wangen den Blick und widerstehe dem Drang, wegzusehen. Der große Mann lächelt mich an. Ein breites Lächeln, das viele Zähne freilegt.

Er macht einen Schritt auf mich zu. »Hannah«, sagt er, leise und voller Selbstvertrauen.

Ich hebe die Hand, weil ich annehme, dass er sie schütteln will, aber er breitet die Arme aus.

Ich starre ihn verständnislos an. Was um alles in der Welt soll das denn werden?

Und dann begreife ich, und mein Herz setzt einen Schlag aus.

Danny?

Ich erstarre, den Blick auf sein Gesicht geheftet. Er sieht völlig anders aus. Natürlich ist er älter geworden, und mir war klar, dass er sich verändert haben würde. Natürlich war mir das klar. Aber der Unterschied zwischen dem Jungen in meinem Kopf und diesem ... diesem Mann, der hier vor mir aufragt, raubt mir den Atem und versetzt mich in Schockstarre.

»Hannah«, zischt Martha hinter mir. Ich schaue mich verwirrt um. Sie kneift die Augen zusammen und nickt in Richtung des Mannes. Ich schaue ihn wieder an und sehe an seinen Wangen ein paar Stellen, die er vergessen hat zu rasieren.

Und plötzlich sehe ich es. Ein Schimmer des Dannys, der in meinem Kopf wohnt. Die himmelblauen Augen. Der vertraute blonde Schopf, der unter seiner Kappe kaum sichtbar ist.

Und dieses Lächeln. Wie konnte ich nur dieses Lächeln vergessen?

Danny.

Mein Atem dringt keuchend aus mir heraus und meine Stimme ist nur ein ersticktes Flüstern.

»Danny ... oh Gott ... Danny ... Bist du es wirklich?«

3

»Hey, Kurze!«

Dannys Grinsen wird noch breiter und er kommt mit immer noch ausgebreiteten Armen auf mich zu. Und ich Idiot zucke unwillkürlich zusammen und weiche einen Schritt zurück. Danny lässt die Arme sinken.

»Hannah!«, sagt Martha in schärferem Ton.

Ich hole tief Luft und reiße mich zusammen. »Tut mir leid«, murmele ich. »Es ist nur ... du siehst so ... so ...«

»Anders aus?« Danny lacht, sein Mund verzieht sich zu einer Mischung aus Lächeln und Grimasse. »Das stimmt wohl.«

Er schweigt einen Moment und mustert mich mit einem seltsamen, beinahe anzüglichen Gesichtsausdruck. »Aber du auch, Hannah. Wenn du auf der Straße an mir vorbeigelaufen wärst, hätte ich dich niemals erkannt. Du bist größer und siehst viel ...« Er verstummt, ohne den Satz zu beenden.

Ich starre ihn an. Mein Herz hämmert und mir schwirrt immer noch der Kopf. Dass Danny so groß geworden ist, überrascht mich eigentlich nicht. Er war schon immer groß für sein Alter, und alle hielten ihn für viel älter als mich, obwohl uns nur sechs Monate trennen. Aber an ihm hat sich alles verändert: Seine Art, seine Haltung, seine leicht gebeugten Schultern.

Und seine Stimme ... eine Männerstimme, tief und fremd. Das bringt mich mehr aus der Fassung als alles andere. Er klingt nicht einmal mehr wie Danny.

»Ich glaube, du solltest dich hinsetzen.« Paul fasst mich am Ellbogen und führt mich zum Sofa. Ich sinke in die Ecke beim Kamin, wo warm das Feuer knistert. Merke, dass ich zittere.

»Und?« Danny lässt sich in den Sessel mir gegenüber sinken. »Hast du nichts zu erzählen, Kurze? Ist ja schließlich ganz schön lange her.«

»Ich ... ich ... Gott ... tut mir leid ... ich glaube, ich stehe noch unter Schock.« Ich räuspere mich und fange noch einmal an. »Sorry, Danny. Wie geht es dir? Geht es dir wirklich gut?«

»Prima.« Er schnieft und lächelt seiner Mutter zu. »Ganz hervorragend.«

Alle lachen, aber ich glaube nicht, dass auch nur einer von ihnen weiß, warum. Schon gar nicht ich. Ich bin komplett betäubt. Nicht glücklich. Nicht erfreut oder aufgeregt. Ich fühle nichts von dem, was ich mir bei ... einem Wiedersehen mit Danny ausgemalt habe. Ich fühle mich nur platt, wie nach dem Weihnachtsessen, wenn man viel zu satt ist, alle Geschenke ausgepackt sind und der Fernseher bereits läuft. Oder am letzten Ferientag, wenn die Abreise schon wie eine Wolke über deinem Kopf hängt und es dir sinnlos erscheint, noch Spaß haben zu wollen.

Einen Moment lang fühlt es sich an wie Enttäuschung.

Denn erst jetzt, als Danny leibhaftig vor mir steht, begreife ich wirklich, wie viel sich verändert hat.

»Hab ich es dir nicht gesagt, Hannah?« Marthas Augen leuchten triumphierend. »Hab ich nicht immer gesagt, Danny würde nach Hause kommen?«

Wieder und wieder, denke ich. Aber ich habe schon seit Jahren nicht mehr zugehört.

Danny betrachtet uns beide und ein seltsamer Ausdruck zuckt über sein Gesicht. Er wirkt beinahe so angespannt, wie ich es bin.

»Wahrscheinlich ist sie einfach überwältigt, Mum. Es ist ja auch alles ein bisschen viel.« Er schaut mich um Bestätigung heischend an. »Ich kann mir denken, wie sie sich fühlt.«

»Ja, es war alles ziemlich dramatisch«, sagt Paul. »Das kann Hannah sich sicher vorstellen.«

Und das kann ich. Ich sehe Danny ins Haus treten, dieses breite, fröhliche Grinsen auf dem Gesicht. Sehe, wie er seine Tasche auf den Boden wirft, zu seiner Mutter geht und sie fest in die Arme schließt. Höre Marthas erst ungläubiges, dann entzücktes Aufschreien, und sehe Alice, die nach unten gerannt kommt und wie eine Kanonenkugel auf ihn zuschießt. Und Rudman, der sich ekstatisch um sich selbst dreht, bellt und winselt und mit seinem Schwanzwedeln beinahe die Möbel umreißt.

Natürlich weiß ich, dass es nicht wirklich so abgelaufen ist – aber ich finde die Vorstellung schön.

In diesem Moment klopft es an der Tür und Dad kommt herein. Er wirkt gehetzt und verlegen. Und unordentlich. Seine Hose ist zerknittert und seine Jacke hätte schon vor

Jahren in die Altkleidersammlung gehört. Aber wenigstens hat er sich ein frisches Hemd angezogen und die Haare gekämmt. Er scannt das Zimmer, grüßt Martha, nickt Paul zu und schaut dann zu Danny und mir.

Kurz wirkt er überrascht, aber dann kommt er zu uns und streckt Danny die Hand hin. »Schön, dass du wieder da bist, Daniel.«

Danny steht auf und gibt ihm die Hand. »Finde ich auch.« Er sieht ein bisschen nervös aus, und seine Finger zucken, als er die Hand wieder sinken lässt.

»Hannah war die ganze Woche über total aufgeregt«, sagt Dad. »Sie konnte den großen Tag kaum erwarten.«

Ich ziehe eine Augenbraue hoch. Dass ihm das aufgefallen ist?

Ganz plötzlich entspannt Dannys Gesicht sich. »Es ist schön, Sie zu sehen, Mr Radcliffe.«

»So hast du mich noch nie genannt«, sagt Dad stirnrunzelnd. »Bleiben wir doch lieber bei David.«

Danny wird ein bisschen rot. »Sorry. Es ist nur ... na ja ... ich weiß eben nicht, ob alles beim Alten geblieben ist oder ...«

»Das verstehen wir, mein Schatz«, unterbricht Martha und reicht Dad einen Drink.

Ich wende mich wieder Danny zu. »Also ... wie geht es dir? Ehrlich.« Diesmal will ich es wirklich wissen.

Danny rümpft die Nase. »Ach, keine Ahnung. Müde bin ich. Und froh, dass ich wieder hier bin.«

Mein Blick verlässt sein Gesicht nicht. Ich kann einfach nicht fassen, wie sehr er sich verändert hat. Seine Gesichtszüge sind irgendwie schärfer, er wirkt schmaler, beinahe hohlwangig. Aber es sind dieselben gebräunten Wangen wie früher, und die blauen Augen, obwohl man ihnen ansieht, wie erschöpft er ist.

Es ist Danny, das sehe ich jetzt. Derselbe, aber auch ein anderer.

Älter.

Ich nicke ihm zu. »Wann hast du dir die zugelegt?«

Er schaut mich verwirrt an.

»Die Baseballkappe«, sage ich. »Ich dachte, du hasst die Dinger. Du hast immer gesagt, dass man mit so einer Kappe strohdumm aussieht.«

Danny lüftet die Kappe so weit, dass ich einen großen Bluterguss um sein linkes Auge herum erkennen kann, der sich allmählich gelblich verfärbt. Dann zieht er sie wieder in die Stirn. »Steht sie mir etwa nicht?«

»Doch, doch«, sage ich grinsend. »Du siehst toll aus. Strohdumm, aber toll.«

Er lacht. »Du siehst auch toll aus, Kurze. Ehrlich. Ich meine, als ich dich das letzte Mal gesehen habe, warst du nur ein dürres Mädel auf einem Fahrrad. Und jetzt bist du erwachsen geworden.«

Ich erröte vor Freude und mein Atem beruhigt sich.

»Weißt du noch, unser Ausflug?«, fragt Danny. »Runter an den See? Als du dich nicht getraut hast, über die Mauer zu radeln?«

»Wie könnte ich das vergessen?« Wärme durchflutet mich und spült meine Angst weg. Danny ist wieder da, sage ich mir. Danny ist wieder da. Und endlich kann ich es wirklich glauben.

Von oben ertönt plötzlich ein schrilles Heulen. Alle

Köpfe drehen sich in die Richtung des Geräusches, und Martha eilt hinaus. Kurze Zeit später hören wir Alice gedämpft protestieren.

Einige stumme Minuten vergehen, bis Martha mit geröteten Wangen zurückkommt und Paul etwas ins Ohr flüstert. »Lass doch«, antwortet er und schüttelt den Kopf. »Gib ihr einfach Zeit.«

Mr Dickson redet ununterbrochen, sagt dabei aber nicht besonders viel. Ich höre heraus, dass es seine Aufgabe als Sozialarbeiter ist, sicherzustellen, dass Danny sich wieder gut zu Hause einlebt, aber er scheint sich mehr für Marthas Essen zu interessieren als für Danny oder uns andere.

Aber das kann ich ihm wirklich nicht vorwerfen. Martha hat sich heute selbst übertroffen. Es gibt eine riesige Quiche mit Salat, frisches Kräuterbrot und gebratenes Gemüse. Und im Ofen wartet ein großer, goldener Reispudding.

Ich weiß genau, warum es den gibt. Reispudding war schon immer Dannys Lieblingsnachtisch. An seinem Geburtstag bestand er einmal auf Pudding statt Torte, und als Martha versuchte, die Kerzen hineinzustecken, versanken sie in der Masse, bevor sie sie anzünden konnte.

Danny war das egal. Er zog sie einfach heraus und futterte los.

Ich stochere in dem Berg Essen auf meinem Teller und lausche den Gesprächen der anderen, die sich ums Wetter, um Immobilienpreise und Pauls Firma drehen. Die Erwachsenen plaudern, als wäre nie etwas passiert, als wäre Danny nicht jahrelang weg gewesen und dann genauso plötzlich wieder aufgetaucht.

Als gäbe es da nicht eine enorme Sache, die wir alle unbedingt erfahren wollen: Wo zum Henker ist Danny gewesen?

Ich beobachte ihn verstohlen und suche nach Hinweisen. Und sehe, dass Paul dasselbe tut. Er plaudert zwar mit Mr Dickson, schaut aber alle paar Sekunden zu Danny, als könne er immer noch nicht glauben, dass er wirklich wieder da ist. Dad hingegen isst schweigend mit gesenktem Kopf und ignoriert alle Anwesenden – ich sehe, dass er die Minuten zählt, bis er abhauen kann, ohne unhöflich zu wirken.

Auch Danny sagt nicht viel, sondern isst nur. Wenn ihn jemand anspricht, nickt er und lächelt. Aber ich sehe an der Anspannung in seinem Gesicht, dass es ihm nicht leichtfällt. Ich versuche, seinen Blick zu erhaschen und ein Gespräch zu beginnen, aber es ist, als habe er vergessen, dass ich da bin.

Ich will ihn gerade nach Frankreich fragen, da kommt Mr Dickson mir zuvor. »Daniel, ich glaube, du bist bald alt genug, um den Führerschein zu machen. Dein Dad erzählt gerade, dass er dich unterrichten will.«

Paul lächelt seinem Sohn ermutigend zu. »Du könntest Marthas altes Auto haben. Das kostet nicht so viel Versicherung.«

»Klingt super, Dad«, sagt Danny mit so wenig Begeisterung, als habe sein Vater ihm vorgeschlagen, den Rasen zu mähen oder die Garage aufzuräumen.

Paul blinzelt, überrascht von dieser Reaktion. Danny wollte schon immer Autofahren lernen. Als er noch klein war, fuhr er immer mit dem Fahrrad durch den Garten, machte Motorgeräusche und drehte den Lenker, als säße er am Steuer eines Wagens.

»Ich will Hannah nächstes Jahr auch Autofahren beibringen«, sagt Dad unvermittelt und schaut Paul direkt an.

Wie bitte?, denke ich und richte den Blick auf ihn. Davon hat Dad noch nie zuvor gesprochen. Paul wirft Dad einen Blick zu und schaut dann schnell wieder weg. Er wirkt auf einmal wie eingefroren. Dad isst weiter und ignoriert Marthas verkniffene Miene. Ich schaue zu Danny, der die drei beobachtet und seine eigenen Schlussfolgerungen zu ziehen scheint. Offenbar spürt auch er die Anspannung zwischen ihnen.

»Hannah am Steuer?«, ruft er plötzlich. »Also das muss ich sehen.«

Alle lächeln und mein Herz macht einen Sprung. Danny hatte schon immer die Gabe, eine Situation dadurch zu entspannen, dass er sich weigerte, irgendetwas ernst zu nehmen. In der Schule tanzte er den Lehrern auf der Nase herum und brachte sie dazu, über Dinge zu lachen, die anderen Schülern Nachsitzen eingebracht hätten.

Ich schaue ihn dankbar an, schneide dann ein Stück Rand von meiner Quiche ab, halte es unter den Tisch und warte auf die kalte Berührung von Rudmans Schnauze. Aber das Essen bleibt in meiner Hand. Ich beuge mich vor und schaue unter den Tisch. Nur menschliche Füße und Beine.

»Ich habe ihn rausgebracht«, sagt Martha, als ich mich wieder aufrichte.

Ich runzele erstaunt die Stirn. Martha vergöttert Rudman. Er darf beim Essen immer unter dem Tisch sitzen. Warum hat sie ihn nach draußen in den Regen verbannt?

Sie tut so, als bemerke sie meine Reaktion nicht, und steht auf, um den Tisch abzuräumen. Danny nimmt die Salatschüssel und will ihr in die Küche folgen, aber sie winkt ab. »Bleib ruhig sitzen«, strahlt sie. »Schließlich bist du der Ehrengast.«

Danny setzt sich wieder, und kurz darauf kommt sie wieder, die Platte mit dem Reispudding in den durch Kochhandschuhe geschützten Händen.

»Sieht das gut aus.« Mr Dickson lehnt sich zurück und tätschelt sich den vollen Bauch. »In meinem Job bekomme ich nur selten so gut zu essen.«

Martha schöpft ihm eine große Portion in seine Schüssel. Der Pudding duftet schwer und warm nach Vanille. Sie füllt die nächste Schüssel und reicht sie mir mit einem Nicken zu Danny. Ich gebe sie an ihn weiter und beobachte seinen Gesichtsausdruck. Ein leichtes, unwillkürliches Kräuseln der Lippen.

Ich beginne zu löffeln. Der Pudding ist perfekt, cremig und köstlich. Aber als Martha Nachschlag anbietet, sehe ich, dass Danny seine Portion kaum angerührt hat.

»Ich dachte, du liebst Reispudding«, flüstere ich und schaue zu Martha.

Danny sieht seine Mutter entschuldigend an und sagt mit einem Achselzucken: »Ich bin einfach satt. Aber es war sehr lecker.«

»Kein Problem, mein Schatz«, antwortet sie. »Ich hebe dir was für später auf.«

Nach dem Essen entschuldigt sich Dad sofort und eilt nach Hause in sein Arbeitszimmer. Mr Dickson beginnt, mit

Martha und Danny über die Schule zu reden, also hole ich eine Schüssel Pudding aus der Küche, schleiche nach oben und klopfe leise an Alice' Zimmertür.

Keine Antwort. Ich schiebe sie auf und schaue hinein. Alice liegt vollständig angezogen schlafend im Bett. Der gelbe und pinkfarbene Satin ihres besten Kleides zerknittert unter ihren nackten Beinen.

Plötzlich habe ich einen Kloß im Hals. Sie sieht auf einmal so klein aus, und an der geröteten Haut um ihre Augen kann ich sehen, dass sie geweint hat. Am liebsten würde ich zu ihr ins Bett kriechen, ihre Tagesdecke über uns beide ziehen und neben ihr auch einschlafen. Ich fühle mich plötzlich so ausgelaugt wie nach einer Bergwanderung oder einem Marathonlauf. Oder als wäre ich durch den Bristolkanal geschwommen.

»Mach dir keine Sorgen, Hannah. Es geht ihr gut.«

Pauls Stimme lässt mich zusammenzucken und ich wirbele herum. Er steht auf dem Treppenabsatz und sieht zu, wie ich seine Tochter beobachte.

Ich nicke. »Ich wollte nur Hallo sagen. Warum war sie nicht beim Mittagessen?«

»Sie hat sich geweigert, und zwar strikt«, lacht er. »Wie nur Alice es kann.«

Ich weiß genau, was er meint. Alice sieht ein bisschen anders aus als andere Kinder, und es fällt ihr schwer, Neues zu lernen, aber abgesehen davon ist sie eigentlich genau wie alle anderen. Manchmal kann sie unglaublich pampig werden, wenn sie etwas nicht einsieht.

Paul seufzt und kommt in Alice' Zimmer. »Um ehrlich zu sein, Hannah – sie hat große Probleme mit der Situation«, sagt er mit leiser Stimme. »Sie hat sich furchtbar aufgeregt, als Danny hier ankam. Gesprochen hat sie kaum mit ihm.«

»Aufgeregt?«

»Wir haben ihr gesagt, dass Danny nach Hause kommt. Wir haben versucht, es ihr zu erklären und sie vorzubereiten, damit die Überraschung nicht zu groß wird, aber sobald sie ihn gesehen hat, hat sie angefangen zu schreien.«

»Ehrlich?« Ich schaue sie besorgt an.

Paul setzt sich ans Fußende ihres Bettes und lässt die Schultern hängen. Er reibt sich das Kinn, als wolle er den Druck der vergangenen Tage entfernen. »Es war schrecklich. So außer sich habe ich sie noch nie erlebt. Am Ende musste ich sie in ihr Zimmer tragen und bei ihr bleiben, bis sie sich beruhigt hatte.«

Ich starre ihn an. Mir fehlen die Worte.

Er schließt die Augen und senkt seine Stimme zu einem Flüstern. »Ich glaube, sie erkennt ihn nicht mehr.«

»Ach herrje, die arme Alice. Wahrscheinlich war sie nur geschockt. Er hat sich schließlich auch sehr verändert.«

Paul seufzt. »Ich weiß. Wir waren alle geschockt, als wir ihn zum ersten Mal gesehen haben. Er sieht so erwachsen aus, so viel älter. Aber das ist ja normal … ich meine, er wird ja bald siebzehn, und Gott weiß, was er alles durchgemacht hat …«

»Weißt du was darüber?«, wage ich zu fragen.

Paul schüttelt den Kopf. »Tony Dickson hat uns geraten, ihn vorerst nicht darauf anzusprechen. Er muss sich erst wieder eingewöhnen. Es ist wichtig, dass Danny erst darüber reden muss, wenn er so weit ist.«

Er legt sich die Hände auf die Knie und knetet sie einen Moment lang. Dann steht er auf. »Jedenfalls war es zu viel für Alice. Wahrscheinlich dachte sie, er sieht noch genauso aus wie früher. Wie der Bruder, an den sie sich erinnert.«

Ich folge Paul nach unten. Das haben wir wohl alle gedacht.

Die anderen sitzen noch am Tisch und trinken ihren Wein aus. Danny muss schon sein zweites oder drittes Glas geleert haben, glaube ich. Ich schaue Martha an – sie tut sehr überzeugend so, als habe sie das nicht bemerkt.

Sie fängt meinen Blick auf. »Du siehst müde aus.«

»Das bin ich auch«, sage ich entschuldigend. »Ich glaube, ich gehe jetzt, falls das okay ist. Ich muss noch eine Menge Hausaufgaben machen.«

Martha nickt. »Schön, dass du da warst, Hannah.«

»Und danke fürs Essen, es war sehr lecker«, sage ich. Warum fühlt sich plötzlich alles so fremd und förmlich an?

Dann will ich mich von Danny verabschieden, aber er leert sein Glas und folgt mir in die Küche.

»Was ist los, Kurze? Warum gehst du wirklich so früh?«

Ich schaue ihn erstaunt an. Das klang nicht wie eine Frage, sondern eher wie ein Vorwurf. Er erwidert meinen Blick beinahe trotzig.

»Sorry«, murmele ich. »Es ist einfach ein bisschen …«

Er schaut mich noch ein paar Sekunden an, dann wird seine Miene weicher. »Ein bisschen viel. Ja, ich weiß.«

Ich bemühe mich um ein Lächeln. »Bist du wirklich okay?« Ich mustere sein Gesicht, vor allem diese Augen, dieses beinahe verstörend leuchtende Blau.

»Bald wieder. Jetzt bin ich ja zu Hause.«

»Das muss eine Erleichterung sein.«

Danny lächelt, erwidert aber nichts.

»Sieht schmerzhaft aus.« Ich zeige auf den Bluterguss, der zwischen seiner Augenbraue und dem Rand der Kappe sichtbar ist.

Er hebt die Hand und streicht sich mit den Fingern vorsichtig über die verfärbte Haut. »Ja. Aber es heilt allmählich.«

»Wer hat dich angegriffen?«

»Keine Ahnung«, sagt er achselzuckend. »Ein paar Männer haben mich verprügelt. Ich kann mich nicht wirklich daran erinnern. Eigentlich an kaum etwas.«

Ich kaue auf der Innenseite meiner Wange herum. »Hattest du Angst? Da draußen, ganz allein?«

Er antwortet nicht.

»Ich meine, wie hast du überhaupt überlebt? Was hast du in der ganzen Zeit gemacht, als du weg warst?«

Danny wendet den Blick ab. »Wie gesagt, Kurze, ich kann mich nicht wirklich erinnern.«

Als ich ihn betrachte, steigt unerwartet Frustration in mir auf. Mir war nicht klar gewesen, wie viele Fragen mir noch durch den Kopf schwirrten. Wie sehr ich auf Antworten gewartet hatte.

»Du hast mir gefehlt«, platze ich heraus. Eigentlich will ich nichts sagen, aber wenn nicht jetzt, werde ich es mich niemals trauen. »Uns allen«, füge ich hinzu, denn dass er nicht antwortet, macht mich verlegen.

Und ganz plötzlich verwandelt sich meine Frustration in Wut. Wie kann er nur so lässig dastehen, als wäre nichts passiert? Hat er denn keine Ahnung davon, was wir durchgemacht haben?

Ist es ihm egal?

Seine Wangen röten sich. Er schaut an mir vorbei und versucht, seine Gefühle zu verbergen. Auf einmal sehe ich wieder den alten Danny vor mir und meine Wut schwindet. Ich will ihn umarmen und noch einmal von vorn anfangen.

»Danny, ich …«

In diesem Moment höre ich draußen ein Jaulen, dann kratzen Rudmans Pfoten an der Hintertür. Ohne nachzudenken lasse ich ihn rein. Er schießt ins Haus, schüttelt den Regen ab und wedelt heftig mit dem Schwanz. Als sich seine großen braunen Augen auf Danny richten, erstarrt er. Dann macht er einen Schritt vorwärts und aus seiner Kehle erklingt ein leises, tiefes Knurren.

»Rudman!« Ich packe ihn am Halsband und reiße ihn zurück.

Rudman hört auf zu knurren, aber er lässt Danny nicht aus den Augen.

»Komm schon, Rudman, alter Junge. Ich bin's. Danny.« Er geht in die Knie und hält dem Hund seine offene Hand hin, als wolle er ihm etwas anbieten. Aber Rudman stellt die Nackenhaare auf und fletscht die Zähne.

»Rudman! Böser Hund! Was ist denn in dich gefahren?« Ich schiebe ihn mit dem Fuß wieder in den Garten hinaus und drehe mich dann um. Danny steht mit nachdenklichem Gesicht da, die Hände in den Hosentaschen.

»Er gewöhnt sich schon wieder an dich – er ist nur durcheinander«, sage ich. »So wie wir anderen auch.«

»Dabei heißt es doch immer, dass Hunde einen nie vergessen«, sagt Danny achselzuckend.

»Ich glaube, das verwechselst du mit Elefanten«, scherze ich, um die düstere Stimmung zu vertreiben, die sich auf uns gelegt zu haben scheint.

Danny schaut mich merkwürdig an, beinahe flehend. Als wolle er etwas von mir.

»Okay.« Ich hole meinen Mantel von der Garderobe. Auf einmal halte ich es nicht mehr aus. Ich will nur noch weg. »Tschüs dann.«

Danny beobachtet meinen Rückzug. »Tschüssikowski«, sagt er dann unvermittelt und geht wieder zurück ins Esszimmer.

Ich erstarre zur Salzsäule. Meine Kehle wird eng und meine Augen brennen.

Nur ein Wort, und ich bin wieder an diesen Sonntagnachmittag zurückversetzt und schaue Danny nach, der auf seinem Fahrrad die Straße hinunterfährt. Das Vorderrad gerät ins Schlingern, als er die Hand hebt, um mir zuzuwinken.

»Tschüssikowski.«

Das allerletzte Wort, das er zu mir gesagt hat.

4

»Komm schon, Hannah, spuck's aus.« Sophie Fox beugt sich über mein Pult, ihr Gesicht ist ganz Grübchen und Lächeln. »Erzähl uns von Danny. Du musst ihn doch gesehen haben.«

»Ja, mach schon, Radcliffe. Erzähl uns alle grässlichen Details.« Vicky Clough zieht sich einen Stuhl heran und setzt sich neben mich, dabei rutscht ihr der Rock über die Oberschenkel. Lianna zieht die Augenbrauen hoch und unterdrückt ein Grinsen. Wir sitzen im Zentrum eines Sturms aus neugierigen Blicken.

Die Nachrichten von Dannys Rückkehr haben sich wie ein Lauffeuer verbreitet – schon während der Osterferien. Offenbar weiß die ganze Schule Bescheid, aber sie wollen alle noch mehr erfahren.

»Wie geht es ihm?«, fragt Vicky ganz atemlos vor Aufregung. »Ist er okay?«

Vicky war ewig in Danny verknallt. Einmal versuchte sie ein halbes Jahr lang, sich mit mir anzufreunden, ließ mich aber sofort fallen, als sich stattdessen Rick Thomas mit ihr verabredete.

Ich gebe mich geschlagen. »Ja, ich habe ihn gesehen. Und es geht ihm gut.«

»Und wie sieht er aus?«

»Gut. Super.«

»Was meinst du mit ›super‹?«, fragt Vicky misstrauisch. Sie glaubt wahrscheinlich immer noch nicht, dass Danny und ich nur Freunde sind.

»Größer«, sage ich achselzuckend. »Älter.«

Vickys Blick wandert ins Leere. Ich sehe, dass sie versucht, sich diese neue Version von Danny vorzustellen. Und an der Art, wie sie ihre Lippen schürzt und in sich hineinlächelt, sehe ich, dass ihr gefällt, was sie da sieht.

»Aber die wichtigste Frage ist doch …«, Sophie schaut sich um und beugt sich dann verschwörerisch zu mir, »wo er …«

»Ich weiß es nicht«, unterbreche ich sie, bevor sie die Frage beenden kann. »Ich habe keine Ahnung, wo er gewesen ist.«

Sophie schnaubt. »Ach, komm schon …«

In diesem Moment kommt Mr Young ins Klassenzimmer und seine gestresste Miene und sein grimmiger Blick ersparen mir weitere Verhörfragen. Sophie schaut mich vorwurfsvoll an, als sie sich wieder an ihren Platz setzt, aber Vicky stupst mich sanft.

»Grüß ihn von mir, ja?« Sie lächelt mir zu. Dann huscht auch sie zu ihrem Platz.

5

Nach der Schule finde ich Danny auf dem Sofa vor einer Sendung über kanadische Trucker. Er hat den Blick fest auf den Bildschirm gerichtet, wo ein Lastwagen gerade in einem riesigen, zugefrorenen See einbricht. Ich bleibe stehen und warte darauf, dass er mich bemerkt.

»Hi«, sage ich, als das nicht geschieht. »Wie geht's?«

Er gähnt, schaut kurz zu mir hoch und dann wieder auf den Fernseher. »Was geht, Kurze?«

»Nichts. Hab mich nur gefragt, wie es dir geht. In der Schule fragen alle nach dir.«

»Ja?«

Ich lasse mich in den Sessel sinken, da Danny keine Anstalten macht, mir auf dem Sofa Platz einzuräumen. Außerdem kann ich ihn auf diese Weise beobachten, während ich so tue, als betrachte ich den Fernseher. Ich kann mich nicht an ihm sattsehen. Danny ist inzwischen schon ein paar Wochen wieder zu Hause, und er sieht bereits jetzt ganz anders aus. Der Bluterguss über seinem Auge ist verblasst, und sein Gesicht ist voller geworden, nicht mehr so schmal und müde. Ich lasse meinen Blick über die Stoppeln an seinem Kinn und auf seiner Oberlippe wandern, über die glatten Rundungen seiner Wangen.

Er hat wieder die Baseballkappe auf, aber die Haare, die sich unter ihrem Rand hervorkräuseln, wirken irgendwie dünner und glatter, und sie sind so lang, dass sie seine Ohren bedecken. Früher trug Danny sein Haar immer sehr kurz, damit es nach dem Schwimmen schneller trocknete.

»Grüße von Vicky.«

Ich warte darauf, dass er lacht, aber er blickt nicht einmal auf. Früher habe ich ihn immer damit aufgezogen, dass Vicky in ihn verknallt war. Ich konnte ihn zur Weißglut bringen, indem ich ihre schleppende Sprechweise imitierte.

»Sie platzt beinahe vor Freude darauf, dich wiederzusehen.«

»Wie nett.«

»Am Samstag siehst du sie ja«, sage ich. »Und all die anderen auch.«

Martha hat alle zu der Party eingeladen, mit der Dannys Rückkehr gefeiert wird. Der halbe Jahrgang wird kommen. »Freust du dich darauf?«

»Klar.« Danny wechselt den Sender. Ich merke, dass er mir gar nicht zuhört.

»Gehst du bald wieder? Zur Schule, meine ich.«

»Wahrscheinlich.«

»Aber du hast echt viel verpasst. Und bald sind Prüfungen. Lohnt sich das überhaupt noch?«

»Mum ist der Meinung, ich sollte hingehen«, sagt Danny achselzuckend. »Ich muss ein paar Prüfungen machen, damit sie wissen, wo ich eingestuft werde.«

Etwas erregt seine Aufmerksamkeit, er beugt sich vor und stellt den Ton lauter.

Eine Journalistin beschreibt einen Aufruhr in Marseille – es wird befürchtet, dass sich die Unruhen auf ganz Frankreich ausbreiten könnten. Ich sitze stumm da und beobachte Danny, der gebannt auf den Bildschirm starrt.

»... da die Unruhen sich bereits in angrenzende Bezirke ausgebreitet haben, hat die Polizei ...«

Ich denke daran, wie oft ich mir diesen Moment vorgestellt habe. Wie es sein würde, wenn er wieder da wäre. Was ich ihn fragen und was ich ihm sagen würde. Ich hätte nie gedacht, dass es so ablaufen könnte.

Gib ihm eine Chance, mahnt mich die Stimme der Vernunft.

Aber ich kann mir nicht helfen. Ich muss ihn einfach zum Reden bringen.

»Danny?«

Er sieht mich an, als habe er vergessen, dass ich da bin.

»Mmm?«

»Kannst du dich wirklich an nichts erinnern? Irgendetwas muss doch zurückgekommen sein.«

Danny kehrt in die Realität zurück. Er atmet tief ein und aus, strafft dann die Schultern und wendet mir seine volle Aufmerksamkeit zu. »Ja. Ich meine, nicht wirklich. Nichts Konkretes.«

»Konkretes?«

»Nur merkwürdige Eindrücke. Seltsame Träume.«

»Was für Träume?«

Danny starrt mich genervt an. Aber da liegt noch etwas anderes in seinen Augen. Wachsamkeit? »Ich weiß es nicht, Hannah. Albträume. In denen ich flüchte und Angst habe. Ganz allein bin.«

Er dreht sich wieder zum Fernseher um. Die Nachrichten bringen jetzt eine Story über Nahost. Soldaten in Tarnuniformen rennen durch eine Wüstenlandschaft. Er schaltet um.

»Aber an früher kannst du dich erinnern?«

»Natürlich.«

»Also ist nur die Zeit nach deinem Verschwinden weg.«

»Ja.«

»Bis du in Frankreich verprügelt wurdest. Kurz bevor die Polizei dich aufgegriffen hat.«

Statt einer Antwort richtet Danny die Fernbedienung auf den Fernseher und spielt mit dem Lautstärkeregler. Ich sehe, dass seine Finger dabei zucken.

»Ich meine, das ist doch seltsam, oder? Warum hast du nur das vergessen? Warum nicht dein ganzes Leben?«

»Woher soll ich das wissen?« Danny wirbelt herum, seine Stimme ist kalt. »Was soll dieses Kreuzverhör, Hannah? Es gibt schon genug Leute, die mir Fragen stellen. Kannst du das nicht einfach dem Psychiater überlassen?«

»Du gehst zum Psychiater?« Mir ist bewusst, dass ich überrascht klinge.

»Ja. Mums Befehl. Nichts unter den Teppich kehren und so. Also lass du mich wenigstens mit der Fragerei in Ruhe, okay?«

Ich schaue ihn fassungslos an. So habe ich Danny noch nie gesehen. So … so wütend. Ich werde brandrot.

»Sorry«, murmele ich. »Ich wollte dich nicht aufregen.«

Ich bin völlig aufgewühlt und mein Herz tut körperlich weh. Danny schaut mich kühl an und fährt sich mit der Zunge über die Zähne. Ich warte darauf, dass er etwas sagt, diesen Abgrund des Schweigens zwischen uns füllt. Aber er beugt sich nur vor und stellt den Fernseher ab. Dann steht er auf und geht ohne ein Wort zur Tür hinaus. Ich höre den dumpfen Klang seiner Schritte, bis er in seinem Zimmer ist.

»Was ist los?« Dad steht vor dem Sofa und schaut mich besorgt an. Ich liege schon seit mehr als einer Stunde hier, zupfe an meinen Fingernägeln herum und starre aus dem Fenster. Auf der gegenüberliegenden Straßenseite streichen die Nachbarn ihr Haus neu, einer steht auf einer Leiter und pinselt den Bereich über der Eingangstür an. Irgendwie kommt mir das Unterfangen sinnlos vor – es ist genauso cremeweiß wie vorher.

»He, Hannah, ich hab dich was gefragt.«

Dad beugt sich vor und lässt einen Stapel Zeitschriften auf den Couchtisch plumpsen. Ich lese den Titel der obersten. *Humangenomik und Proteomik*. Gute Güte. Damit wird er stundenlang beschäftigt sein.

»Nichts ist los.«

Dad sieht mich skeptisch an.

»Okay«, seufze ich. »Ich war bei Danny. Ist irgendwie blöd gelaufen.«

»Warum?«

»Weil ich versucht habe, mit ihm zu reden.«

»Worüber?«

»Über alles. Was passiert ist, woran er sich erinnern kann. Er ist total sauer geworden.«

»Ah.« Dad setzt sich in einen Sessel und stützt die Ellbogen auf die Knie. Er spreizt die Finger, legt die Fingerspitzen aneinander und stützt sein Kinn darauf ab. Seine Denkerpose.

»Ich weiß auch nicht. Ich habe nur das Gefühl …« Ich suche vergeblich nach Worten. »Ich weiß auch nicht, was ich fühlen soll.«

Dad schweigt einen Moment lang.

»Das klingt ganz normal, Hannah. Das ist ja auch eine sehr außergewöhnliche Situation. Es ist absolut verständlich, dass man verwirrt und traurig darauf reagiert. Das legt sich wieder.«

»Kann sein. Ich will ihm doch nur dabei helfen, dass alles wieder normal wird.«

Sobald die Worte meinen Mund verlassen haben, realisiere ich, wie absurd das klingt. Und wie sehr ich es mir gewünscht habe. Ein Teil von mir hat wahrscheinlich gehofft, Danny und ich könnten genau da weitermachen, wo wir aufgehört haben.

Oder vielmehr neu anfangen, und die seltsamen Monate ausradieren, die seinem Verschwinden vorausgegangen sind.

Aber jetzt wird mir mit einem eiskalten Gefühl in der Magengrube klar, dass es keinen Weg zurück in unser altes Verhältnis gibt. Und das tut weh.

Es ist, als würde ich ihn noch einmal verlieren.

6

Martha steht in Dannys Zimmer und wühlt in einem Haufen Zeugs auf dem Bett. Ich bleibe überrascht stehen. Dannys Kleider. Diejenigen, die seit Jahren unberührt im Schrank gehangen haben.

»Hi, Hannah.« Sie winkt mich zu sich. »Willst du mir helfen?«

»Eigentlich wollte ich zu Danny.« Seit unserem Streit vor ein paar Tagen habe ich ihn nicht mehr gesehen und ich will mich mit ihm versöhnen. Versuchen, unsere Freundschaft wieder in die richtige Spur zu lenken.

»Du hast ihn gerade verpasst, Schätzchen. Er ist mit Paul einkaufen. Ich glaube, es ging um ein neues Handy.«

Ich scanne den Raum. Es hat sich schon so viel verändert. Die Fußballposter sind von den Wänden verschwunden, genau wie die Zeitschriften und DVDs, die auf seinem Schreibtisch lagen. Dannys Schwimmpokale sind nirgends zu sehen, und es riecht anders – frischer, ganz leicht nach Zitrone.

»Passt das noch?« Ich nehme ein T-Shirt aus dem Haufen auf dem Bett und streiche über die Vorderseite. Es ist das mit dem aufgedruckten Känguru, das Paul ihm aus Sydney mitgebracht hat. Dannys Lieblings-T-Shirt. Er hatte es früher ständig getragen.

»Viel zu klein.« Martha nimmt das T-Shirt und legt es in eine Tüte. Dann hält sie mir ein Paar schwarze Hosen vors Gesicht. »Sind die gut genug für die Kleiderspende?«

Ich nicke und sehe aus dem Augenwinkel ein paar Farbmuster auf dem Fensterbrett lehnen. Eins ist ein bläuliches Bleigrau, das andere eher grünlich.

Martha folgt meinem Blick. »Ich dekoriere um. Es soll ein bisschen erwachsener aussehen.«

Ich lächele, um mein Unbehagen zu verbergen. Noch vor ein paar Wochen hätte Dannys Mutter nicht im Traum daran gedacht, irgendetwas aus seinem Zimmer anzurühren – und jetzt will sie neu streichen und schmeißt seine Sachen weg wie alte Lumpen.

»Ist er aus allem herausgewachsen?« Ich betaste ein Paar Shorts, die beinahe neu aussehen.

»Sieht so aus. Ich glaube nicht, dass er hiervon noch etwas anziehen kann.« Sie faltet die nächste Hose und legt sie in die Tüte. »Außerdem ist es Zeit für einen Neuanfang.«

Ein Quietschen ertönt aus dem Flur. Alice rennt ins Zimmer, springt aufs Bett und hüpft auf mich zu, ein kleiner, aufgeregter Wirbelwind. »Hannah, Hannah, Hannah!«

Ich schnappe sie, bevor sie mich umwirft.

»Hab dich lieb, Hannah.« Alice legt mir die Arme um den Hals und drückt mich fest.

Ich lache. »Ich hab dich auch lieb, Käfer.«

Sie lässt sich aufs Bett fallen, streckt die Beine aus und starrt auf ihre Füße. Ihr Mund ist zu einem Schmollen verzogen.

»Alles okay?« Ich ziehe an einer Zehe in ihrer Strumpfhose.

Sie tritt meine Hand beiseite. »Mag den bösen Mann nicht.«

»Den bösen Mann?«

»Alice!«, blafft Martha so heftig, dass ich zusammenzucke. »Ich habe dir verboten, so etwas zu sagen.«

Alice' Augen glänzen trotzig, ihre Unterlippe zittert. Sie springt auf, streckt ihrer Mutter die Zunge heraus und rennt dann aus dem Zimmer.

Martha stützt die Hände aufs Bett und seufzt. »Ich habe keine Ahnung, was mit ihr los ist.«

»Meint sie Danny?«

Martha nickt und ihr Gesicht verdüstert sich. »Dass er so plötzlich wieder aufgetaucht ist, hat sie völlig aus der Bahn geworfen. Sie erkennt ihn offenbar immer noch nicht.«

Ich erinnere mich an die Monate, die seinem Verschwinden folgten, in denen Alice ständig ein Foto von ihm mit sich herumtrug und es an sich drückte wie einen Teddybär. »Danny wieder da?«, hatte sie wieder und wieder gefragt und war mit keiner Antwort zufrieden gewesen, die wir ihr geben konnten.

»Wahrscheinlich hätten wir damit rechnen müssen«, sagt Martha. »Sie war noch so klein, als er gegangen ist.«

Ich schaue sie unsicher an. Kann es wirklich sein, dass Alice Danny vergessen hat, egal wie lange es her ist? Sobald sie krabbeln konnte, war sie ihrem Bruder mit einer Ergebenheit gefolgt, die sogar Rudmans übertraf. Wenn Danny aus der Schule kam, wartete sie bereits am Gartentor auf ihn, das Gitter mit weißen Knöcheln umklammernd, den Blick starr auf die Einfahrt gerichtet. Da sitzt sie schon seit Stunden, sagte Martha dann immer.

»Aber es gibt auch gute Neuigkeiten«, sagt Martha unvermittelt. »Der Arzt hat Danny für völlig gesund erklärt. Körperlich ist mit ihm alles in Ordnung, soweit sie erkennen können. Dabei macht er nichts außer essen und schlafen.«

»Das ist wahrscheinlich ein gutes Zeichen. Es bedeutet, dass er sich erholt.«

»Ja. Dr. Wilson hat gesagt, etwas anderes könne er ihm auch nicht verschreiben. Nur Essen und Ruhe.«

Ich beobachte, wie sie einen Berg Schuhe sortiert, die guten in die Spendentüte, die ausgelatschten auf den Wertstoffhaufen.

»Schade drum«, murmelt Martha und mustert ein Paar schwarze Lederstiefel. »Die waren brandneu.« Sie schaut sie noch einmal bedauernd an und stopft sie dann in die Spendentüte.

Ich betrachte sie noch einen Moment lang schweigend, dann räuspere ich mich und springe ins kalte Wasser. »Hat er schon erzählt, was passiert ist? Ich meine, wo er war?«

Martha erstarrt. »Nein, Hannah. Das hat er nicht.« Sie schaut aus dem Fenster, über die Bucht hinaus. »Er sagt immer noch, er könne sich an nichts erinnern, aber ich glaube, er will einfach nicht, dass ich ihn danach frage.«

Ich darf es auch nicht, denke ich.

»Offenbar weiß er nichts Konkretes mehr und erinnert sich nur an einzelne Szenen und Eindrücke. Nichts Zusammenhängendes.«

Ich schaue sie verblüfft an. »Aber ist das möglich? Ich meine, so viel zu vergessen?«

»Dr. Wilson meint, ja. Er glaubt, dass Danny bewusstlos

geschlagen wurde, aber Gott sei Dank keine bleibenden Schäden davongetragen hat. Er glaubt, Dannys Erinnerungen würden irgendwann zurückkehren.«

Wie lange ist irgendwann?, frage ich mich. Der Überfall ist inzwischen schon beinahe vier Wochen her.

»Er meint, es könnte Monate dauern«, sagt Martha, die meine Gedanken gelesen hat. »Oder noch länger. Das kann man nicht vorhersagen.« Sie löst den Blick von der Aussicht und schaut mich an. »Hat er irgendetwas zu dir gesagt?«

»Nichts«, antworte ich und denke an die Wut, mit der er auf meine Fragen reagiert hat. Den Blick, den er mir zugeworfen hat. Kalt und feindselig.

Martha schaut mich noch einen Moment lang an, schnappt sich dann einen Haufen Socken und wirft sie in den Abfalleimer. »Jedenfalls hat Dr. Wilson ihm einen MRT-Termin gegeben. Um ganz sicherzugehen.«

»Okay.«

»Ich finde, wir sollten ihn nicht bedrängen. Danny mag das offensichtlich nicht, und Dr. Wilson ist der Meinung, wir sollten ihm Zeit geben.« In ihrem Tonfall schwingt eine Warnung mit. Danny muss ihr gesagt haben, dass ich ihn ausgefragt habe.

»Okay«, sage ich und schaue zu Boden. Schließlich hat sie recht.

Wir haben so lange darauf gewartet, dass Danny nach Hause kommt, dass es uns nicht umbringen wird, noch etwas länger auf eine Erklärung warten zu müssen, warum er gegangen ist.

7

»Woran denkst du?«

Dad sitzt in der Ecke am Ende des Flurs. Er hält ein Glas Champagner in der Hand, aber es sieht nicht so aus, als sei er in Feierstimmung. Ich fühle mich schuldig, weil ich ihn dazu überredet habe, mitzukommen.

»Ach, nicht so wichtig.«

»Komm schon, Dad. Raus mit der Sprache«

Er mustert mich in meinem neuen Kleid und ein seltsamer Ausdruck erscheint auf seinem Gesicht. »Du siehst hübsch aus«, sagt er nach einer Pause. »Genau wie ...« Er verstummt. Schluckt.

Ich setze mich neben ihn und er lächelt mich schwach an. Er muss an Mum denken.

»Sorry«, sagt er. »Du weißt ja, Partys sind nicht so mein Ding.«

Früher schon, denke ich. Ich erinnere mich noch, dass Dad früher für jeden Spaß zu haben war. Mum und er liebten Kostümpartys. Einmal gingen sie als Flamencotänzerin und Matador. Mum sah in ihrem schwarzen Rüschenkleid wunderschön aus, aber Danny und ich lachten uns fast tot, als wir Dad in seinem roten Bolero und seiner schwarzen Kniebundhose sahen. Wenn ich ihn jetzt ansehe, kann ich kaum glauben, dass derselbe Mensch vor mir sitzt.

Ich möchte ihn umarmen, ihm sagen, dass es mich freut, dass er hier ist. Und sei es nur für eine halbe Stunde. Aber Dad sitzt so steif und angespannt auf seinem Stuhl, dass ich den Mut verliere. Berührungen scheinen nicht mehr zu unserem Familienleben zu gehören. Noch etwas, das mit Mum verschwunden ist.

»Danny ist in Hochform, wie ich sehe.«

Dad nickt in Richtung Eingangstür, wo Danny neben seiner Mutter steht und die eintreffenden Gäste begrüßt. Ich beobachte ihn eine Weile. Manche halten ihn auf Armeslänge von sich und studieren ihn wie ein Bild in einer Ausstellung oder klopfen ihm auf den Rücken und staunen, wie groß er geworden ist. Andere sind diskreter, absolvieren das Standardprogramm aus Umarmung und Händedruck und Wangenkuss, beobachten Danny dabei aber die ganze Zeit heimlich und nehmen alle Details, die sich verändert haben, in sich auf. Einer oder zwei fassen ihm tatsächlich ins Haar, als könnten sie nicht glauben, dass er wirklich vor ihnen steht. Es ist, als verspürten sie den Drang, ihn zu berühren, so wie man sich kneift, um sicherzugehen, dass man nicht träumt.

Danny schüttelt Hände, lächelt und lässt sich umarmen, aber ich sehe daran, wie er sein Gewicht von einem Bein aufs andere verlagert, dass es ihm unangenehm ist. Am liebsten würde er verschwinden.

»Er sieht definitiv gut aus«, sagt Dad.

»Fantastisch.«

Das meine ich ernst. Danny sieht in seinen beigefarbenen Chinos und einem langärmeligen Hemd, das er früher unter keinen Umständen angezogen hätte, sehr erwachsen aus. Ohne die Baseballkappe würde man ihn für viel älter als sechzehn halten.

»Daniel!«

Eine schicke Frau in Marthas Alter geht auf ihn zu, ergreift seine Hände, macht dann einen Schritt zurück und mustert ihn von Kopf bis Fuß. »Gott, es tut mir leid, dass ich so spät dran bin. Der Verkehr auf der Autobahn war fürchterlich.«

Sie zieht eine Augenbraue hoch und wartet auf seine Reaktion. Ich beobachte Dannys Gesicht. Unbehagen huscht darüber, wird aber sofort von seinem breiten Grinsen beiseitegedrängt. Er ist nervöser, als er aussieht.

»Hi!«, erwidert er, nur der Hauch eines Zögerns liegt in seiner Stimme.

Die Frau legt den Kopf schief. »Na?«

Dannys Lächeln verrutscht beinahe unmerklich, und ich sehe, wie er nach seiner Mutter Ausschau hält. Er hat Pech. Martha begrüßt gerade ein anderes Grüppchen Nachzügler.

»Komm schon, Danny, du erinnerst dich doch wohl an mich, oder?«, schnurrt die Frau, mehr amüsiert als beleidigt.

Danny lacht. »Natürlich.«

»Ich muss schon sagen, ich hatte mir eine herzlichere Begrüßung vorgestellt!« Ihre Stimme klingt neckend, als sie seine Hand loslässt und ihm die Wange zum Kuss hinhält.

Danny lächelt immer noch, aber ich kann an seiner Haltung erkennen, wie angespannt er ist. Er fühlt sich überhaupt nicht wohl. Er greift sich ein Glas Champagner von dem Tablett, das Paul gerade herumreicht, und nimmt einen gierigen Schluck. Das überraschte Stirnrunzeln der Frau vor ihm ignoriert er völlig.

Genau das ist so seltsam, denke ich. Nicht, dass Danny trinkt – oder dass er damit durchkommt –, sondern wie er es tut. So selbstverständlich, als käme er überhaupt nicht auf den Gedanken, dass er etwas Verbotenes tun könnte.

»Millie!«, ruft Martha, als sie die Frau sieht, die Danny gerade umarmt hat. »Millie! Endlich!«

Millie lacht. »Wenigstens eine erkennt mich. Ich glaube, Daniel hier hat keine Ahnung, wer ich bin.«

»So ein Quatsch.« Martha dreht sich zu ihrem Sohn um. »Er macht nur Spaß. Wie könnte er dich denn vergessen haben?«

Millie? Dann erinnere ich mich. Marthas alte Schulfreundin aus London. Ich habe sie nie kennengelernt, aber wenn Danny von den Besuchen bei ihr zurückkam, erzählte er immer begeistert von Bootsfahrten, dem Wissenschaftsmuseum und Tee im Ritz.

»Natürlich erinnere ich mich an dich, Millie«, sagt Danny grinsend und trommelt mit den Fingern seiner freien Hand ein nervöses Stakkato auf seinen Oberschenkel. »Ich konnte nur der Versuchung nicht widerstehen, dich ein bisschen aufzuziehen.«

Millie strahlt ihn an. »Typisch Danny. Manches verändert sich eben nie.«

Martha lacht, legt ihrer Freundin einen Arm um die Taille und drückt sie an sich. Sie strahlt übers ganze Gesicht. Ich glaube, ich habe sie noch nie so glücklich gesehen.

Als es passiert, bin ich offenbar die Einzige, die es sieht. Obwohl ich mir später nicht mehr sicher bin, ob ich es mir nicht eingebildet habe. Dass Danny sich mit voller Absicht seinen Drink über die Hose schüttet.

»Mist!« Mit gespielter Überraschung schaut er zuerst den Fleck auf seinem Hosenbein und dann Martha und Millie an. »Sorry. Ich muss mich kurz umziehen.« Er berührt Millies Arm. »Es ist wirklich schön, dich wiederzusehen.«

Damit dreht er sich um und geht nach oben. Uns wirft er nur einen kurzen Blick im Vorbeigehen zu.

8

Draußen im Garten, in dem Festzelt, das den halben Rasen überspannt, ist die Party in vollem Gange. Die Band spielt kitschige Hits der Achtziger. Die Tanzfläche ist voller Leute, die beim Schunkeln immer wieder zusammenstoßen, lachen und sich entschuldigen. Kleine Kinder schießen zwischen ihnen hindurch, verstecken sich unter den Tischen und bedienen sich an den Überresten des Buffets.

Onkel und Tanten und andere Verwandte von Danny, an die ich mich kaum erinnern kann, stehen plaudernd mit alten Freunden der Familie zusammen, die ich noch nie gesehen habe. Martha gehört zu den Leuten, die sehr gut darin sind, den Kontakt zu halten – und es sieht so aus, als habe niemand aus ihrem überquellenden Adressbuch die Einladung zu Dannys Willkommensparty abgelehnt.

Ich sehe den Ehrengast bei einem älteren Ehepaar stehen. Er trägt eine saubere Hose und sieht aus, als sei rein gar nichts passiert.

Hinter ihm haben sich alle Kids aus der Schule in einer Ecke zusammengedrängt, tuscheln miteinander und werfen ihm verstohlene Blicke zu. Ich sehe Lianna mit Maisy und Olivia Richmond reden und will gerade zu ihnen gehen, als Joe Rowling aufsteht und sich zu mir durchschlängelt.

»Du siehst gut aus«, sagt er nach kurzer Musterung. »Das Kleid steht dir super.«

Ich mache ein erfreutes Gesicht. »Danke. Dannys Mum hat es mir gekauft.«

Es ist wirklich schön, aus leichtem, fließendem Stoff. Bedruckt mit Farbwirbeln in Gelb und Grün, Farben, die ich eigentlich nie trage. Joe wirft einen Blick zu Danny. »Alle wollen unbedingt mit ihm reden und ich kann ihn einfach nicht festnageln. Jedes Mal, wenn ich in seine Nähe komme, zerrt ihn irgendjemand weg.«

»Warte hier«, sage ich, gehe zu Danny und hake mich bei ihm unter, entschuldigend lächelnd, weil ich sein Gespräch unterbreche. Ich stelle mich auf die Zehenspitzen und flüstere ihm ins Ohr: »Komm mal rüber zu den Leuten aus der Schule. Sie sind schon total gespannt auf dich.«

Dannys Mundwinkel heben sich, aber er beäugt die Gruppe in der Ecke mit Misstrauen.

»Na komm schon. Sie werden dich nicht beißen.« Ich ziehe an seinem Arm und er lässt sich von mir über die Tanzfläche führen. Alle starren uns an, als wir auf sie zukommen, versuchen dabei aber, so auszusehen, als ob sie genau das nicht tun.

»Hi, Danny«, sagt Joe mit einer Herzlichkeit, die seine Nervosität nicht ganz überdecken kann. Er geht mit ausgestreckter Hand auf Danny zu, zögert kurz und wirft dann die Arme um seinen alten Freund.

Dannys Gesicht verzieht sich zu einem Grinsen, als Joe ihn wieder loslässt.

»Junge, du hast dich verändert. Du hast ganz schön Kraft bekommen.«

»Keine Ahnung, wovon du redest«, erwidert Joe strahlend und beugt den Arm, um seinen Bizeps zu zeigen. »Ich bin immer noch derselbe alte Joe.«

»Ja, immer noch ein Idiot.« Danny lacht, dann dreht er sich um und zeigt auf Sophie. »Vicky, stimmt's?«

»Von wegen!«, kreischt Sophie, und Vicky boxt sie in den Arm. »Das ist Vicky. Ich bin Sophie. Du weißt doch, das wunderschöne Genie.« Sie wirft sich in Pose und macht einen Schmollmund. Vicky verdreht die Augen.

»Oje, sorry.« Danny schlägt sich mit der flachen Hand an die Stirn. »Natürlich. Ihr seht geschminkt nur so anders aus. Fantastisch, ehrlich gesagt.«

Vicky und Sophie strahlen vor Freude.

»Das macht doch nichts«, sagt Vicky und gafft ihn offen an. »Um ehrlich zu sein, habe ich dich auch kaum erkannt. Du siehst spitze aus. So groß!«

Lianna dreht sich zu mir um und grinst. Sie weiß alles über Vickys Schwärmerei für Danny. Ich muss mir auf die Lippe beißen, um nicht auch zu grinsen.

Ross Jacobs macht einen Schritt nach vorn und greift nach Dannys Hand. »Du weißt noch, wer ich bin, oder? Erinnerst du dich an die Abreibung, die ich dir bei unserem letzten Fußballspiel verpasst habe? Du warst in Zweikämpfen noch nie gut, Geller.«

»Ja, Ross. Und wenn ich mich richtig erinnere, warst du nicht so gut darin, den Ball zwischen die Torpfosten zu befördern.«

Alle Gesichter entspannen sich. Lachen. »Und, wie geht's dir?«, fragt Vicky, den Blick auf Danny geheftet. Aus dem Augenwinkel sehe ich Dad an Martha und Paul vorbeigehen. Er ignoriert sie beide und Paul steht danach da wie zur Salzsäule erstarrt.

Was ist bloß los mit ihnen?, frage ich mich zum tausendsten Mal. Diese Anspannung, diese … Distanz. Sie benehmen sich wie Leute, die sich aus dem Weg gehen wollen, nicht wie Menschen, die jahrelang eng befreundet waren.

»Hi Hannah, das weißt du doch noch, oder?« Der Klang von Joes Stimme zieht mich ins Gespräch zurück und ich drehe mich zu ihm um.

»Wie Danny in der Siebten so getan hat, als ertrinke er?«

Ich lächele. »Ja, klar.«

»John Whittaker hat dich dazu angestiftet, stimmt's?«

Danny lacht. »Der Mistkerl.«

»Erzähl«, sagt Vicky. »Ich liebe diese Geschichte.«

»Nee. Joes Version ist viel lustiger«, sagt Danny.

Also erzählt Joe die ganze Geschichte, von dem Moment an, in dem Danny so tat, als habe er einen Krampf, sich auf den Boden des Schwimmbeckens sinken ließ und tot spielte, bis zu dem Teil, in dem Mr Cozens ins Becken sprang und ihn herauszog.

»Das Beste war, wie du plötzlich wieder zum Leben erwacht bist, als er dich gerade mit Mund-zu-Mund-Beatmung wiederbeleben wollte«, kichert Joe und wischt sich die Lachtränen aus den Augen.

»Was hättet ihr denn getan?«, fragt Danny. »Ich meine, hättet ihr euch vom alten Cozens küssen lassen?«

Alle lachen wieder und Joe wirft mir einen dankbaren Blick zu. Mir wird klar, wie nervös es ihn tatsächlich gemacht hat, Danny wiederzusehen.

Über seine Schulter sehe ich, wie Dad mir zuwinkt und dann zur Gartentür geht. Plötzlich verspüre ich den Drang, ihm nachzulaufen. Ihn zu fragen, was zwischen ihm, Martha und Paul vorgefallen ist. Warum die Stimmung zwischen ihnen so schlecht ist, dass er ihre Gesellschaft kaum mehr als eine halbe Stunde lang ertragen kann.

Aber dann sehe ich Alice an einem Tisch ganz in der Nähe sitzen. Vor ihr steht ein unberührter Teller mit Essen und sie zupft an einer verkrusteten Schramme auf ihrem Knie herum. Sie sieht so elend aus, dass ich sie einfach nicht ignorieren kann. Ich entschuldige mich und gehe zu ihr.

»Hey, Ally. Wie geht's dir?«

Alice starrt nur ausdruckslos vor sich hin.

»Gute Party?«

Immer noch keine Antwort. So bedrückt habe ich sie noch nie gesehen. Sie hat das Kinn trotzig vorgestreckt, die Lippen schmollend verzogen. Sie strahlt eine Mischung aus Ärger und Verzweiflung aus.

Ich setze mich neben sie. »Was ist los, Kleine?«

Alice weigert sich immer noch, mich anzusehen. »Will ihn zurück.«

»Wen?«

»Rudman.«

»Oh, wo ist er denn?« Mir wird klar, dass ich ihn heute noch gar nicht gesehen habe.

»Im Schuppen.« Alice kratzt wieder an ihrer Schramme. »Mummy hat ihn eingesperrt, weil er wieder unartig war.«

»Unartig? Was hat er denn gemacht?«

»Gebellt«, sagt Alice schwermütig. »Und *er* mag das

nicht, also hat Mummy Rudman in den Schuppen gesperrt. Mit seinem Körbchen, aber es ist ganz dunkel da und Rudman mag das nicht.«

Tränen steigen ihr in die Augen, und ich weiß nicht, wer mir mehr leidtut: sie oder Rudman.

»Mach dir keine Sorgen.« Ich beuge mich vor und flüstere ihr ins Ohr: »Ihm geht's gut. Wahrscheinlich hat Mummy ihn in den Schuppen gebracht, weil es hier viel zu laut ist.«

Alice kaut auf ihrer Unterlippe herum und schweigt. Auch durch ihre dicken Brillengläser sehe ich, dass ihre Augen traurig und müde wirken.

»Willst du ein Eis?«

Sie schüttelt den Kopf.

»Bist du sicher? Ich glaube, es gibt Schokolade und Himbeere.«

Endlich hebt sie den Kopf und sieht mich an, aber ihr Interesse weicht sofort einer Grimasse. Ich schaue mich um und sehe, dass Danny an uns vorbeiläuft, ohne auch nur einen Blick in unsere Richtung zu werfen.

Ich schaue ihm nach, bis er im Haus verschwindet, und blicke dann wieder auf Alice. Was ist denn zwischen ihr und Danny passiert? Erinnert sie sich immer noch nicht an ihn?

Dann begreife ich. Alice hat Danny überhaupt nicht vergessen – sie ist wütend auf ihn. Wütend, weil er sie verlassen hat.

Dies ist ihre Art, ihn zu bestrafen.

Ich betrachte ihre gebeugten Schultern und meine Verwirrung wächst. Aber das erklärt nicht, warum Danny sich seiner Schwester gegenüber so kühl verhält, beharrt eine unwillkommene Stimme in meinem Kopf. Er muss doch verstehen, wie sie sich fühlt? Er wird gerade ihr doch sicher vergeben?

Von dem Moment an, als Martha Alice aus dem Krankenhaus nach Hause brachte, vergötterte Danny das winzige Bündel, das in seinem Strampler fast verschwand. Er zeigte sie allen voller Stolz. Es störte ihn nicht, dass sie am Downsyndrom litt. Im Gegenteil – er schien sie deshalb nur noch mehr zu lieben.

Ich hatte nur ein einziges Mal erlebt, dass Danny die Beherrschung verlor: als John Harding Alice in der Grundschule einen Spasti nannte. Danny ist zu ihm gegangen und hat ihm eine runtergehauen.

»Will den alten Danny zurück«, sagt sie und wiederholt damit meine Gedanken. »Nicht den da. Den mag ich nicht.«

»Das wird nicht so bleiben, Alice. Wir brauchen nur noch ein bisschen mehr Zeit, um uns wieder aneinander zu gewöhnen, das ist alles.«

»Nein«, murmelt sie und ihr Gesicht verdüstert sich. »Nein, nein, nein. Und Rudman auch nicht.«

Seufzend verwuschele ich ihr Haar. »Ich glaube, du brauchst jetzt eine Schüssel Eis. Und dann vielleicht eine Geschichte?«

Ich stehe auf und strecke ihr die Hand hin. Alice betrachtet sie einen Moment, dann klettert sie von ihrem Stuhl und ergreift sie.

9

Als Alice eingeschlafen ist, sind die meisten Gäste bereits in der Dunkelheit verschwunden. Nur die engsten Freunde und Verwandten sitzen noch zusammen im Wohnzimmer.

»Hey, Hannah, setz dich zu uns.« Paul winkt mich zu einem leeren Sessel und reicht mir ein Glas Cola, das ich eigentlich gar nicht will.

Auf dem Sofa sitzt Danny zwischen Martha und Millie, die in ein großes Fotoalbum blicken, das auf seinem Schoß liegt.

»Schau mal, hier ist eins von dir, Hannah!« Martha hebt das Album an und zeigt auf ein kleines Mädchen, das direkt hinter Danny steht und versucht, sein Gesicht zu verstecken.

»Meine Güte, saht ihr euch ähnlich«, sagt Millie. Das stimmt. Wir wurden früher oft für Bruder und Schwester gehalten. Danny und ich wechseln einen Blick. Wir denken sicher dasselbe – heute sehen wir uns überhaupt nicht mehr ähnlich. Martha blättert die Seite um, und Danny zeigt auf ein weiteres Bild von mir, auf dem ich einen kurzen, schiefen Pony trage. »Hey, Kurze, an die Frisur erinnere ich mich! Hat die dir nicht deine Mum geschnitten?«

Ich nicke stumm, hebe dann den Kopf und erhasche

Pauls Blick. Bekomme wieder einmal das Gefühl, dass er mich still beobachtet und auf meine Reaktion wartet.

Martha zeigt auf einen unscharfen Schnappschuss, der einen dunkelhaarigen Jungen in Shorts zeigt. »Oh, da ist … äh … Danny, erinnerst du dich noch an deinen Freund aus der Grundschule? Wie hieß er noch mal?«

»Äh …« Danny beugt sich vor und schaut sich unter dem Schirm seiner Kappe das Foto genauer an.

»Ach, du weißt schon«, sagt Martha, »er ist immer so komisch gelaufen, hat die Füße so hochgehoben wie eine Katze auf der Jagd …«

»Klar«, sagt Danny. Er starrt das Foto immer noch an.

»Billy«, sage ich. »Billy Crossland.«

Danny lächelt mich dankbar an. »Danke, Kurze. Es lag mir auf der Zunge.«

Freude durchströmt mich. Wenn Danny einem seine Aufmerksamkeit schenkte, ging schon immer die Sonne auf. Offensichtlich hat er nichts von seinem Charme eingebüßt.

»Weißt du noch, wie er mit einem Kricketball das Gewächshaus eingeschmissen hat?«, kichert Martha. »Und du so getan hast, als wärst du es gewesen?«

Danny lacht. »Wie könnte ich das vergessen? Er hatte solche Angst, dass er mir seine Playstation angeboten hat, wenn ich die Schuld auf mich nehme.«

»Ich wusste gleich, dass er es war, mein Schatz.« Martha lehnt sich an ihn und drückt seinen Arm.

Danny legt seinen Kopf an ihren, und ich sehe, dass seine Mutter vor Glück zu glühen scheint. Millie blättert noch einmal um und enthüllt ein Bild von Danny und mir.

Wir sind klein und dürr und waten im Meer, grau und fröstelnd vor Kälte.

»Ich weiß noch, wann ich das gemacht habe.« Martha schaut zu mir auf. »Kurz nachdem du dich am Arm verletzt hattest.«

Ich lächele. »Das hatte ich Danny zu verdanken.« Ich hebe meinen linken Arm und zeige die kleine Narbe beim Handgelenk.

Martha lacht, aber Millie schaut mich fragend an. »Und wie ist das passiert?«

»Frag Danny«, sagt Martha. »Das soll er dir erzählen.«

Millie wendet sich ihm zu.

»Ach Gott, nicht diese ollen Kamellen«, stöhnt Danny.

»Na los, Danny. Ich will die Geschichte unbedingt hören«, sagt Millie.

Danny beugt sich vor, hebt sein Glas vom Boden auf und leert das letzte Drittel in einem Zug. Dann lehnt er sich zurück und holt tief Luft, wie ein Schauspieler, der sich auf eine Performance vorbereitet. Ein langes Schweigen folgt, und wir alle warten darauf, dass er zu sprechen beginnt. Ich betrachte sein Gesicht, die Konzentration in seinen Augen. Doch da ist noch etwas. Ein Hauch Aufregung.

Ich blicke zu Paul und sehe, dass er seinen Sohn stirnrunzelnd beobachtet.

Als ich gerade den Mund öffnen will, um Danny wieder zu retten, steht er auf und geht in die Mitte des Zimmers. Er streckt die Arme aus, als balanciere er auf einem Skateboard, und erzählt, wie er mich dazu herausgefordert hat, den steilen Pfad auf der Westseite des Parks hinunterzuradeln. Als er zu dem Teil kommt, an dem ich die Kontrolle verlor und in Mr Campbells Garten schoss, stellt er pantomimisch nach, wie ich vom Rad falle und kopfüber in den Teich stürze.

Alle lachen. Ich auch, obwohl ich die Geschichte ehrlich gesagt nie besonders witzig fand. Zumal ich diejenige war, die am Ende mit einem tiefen Schnitt im Arm im Wasser lag.

»Erzähl noch eine Geschichte«, gurrt Millie, als Danny sich wieder gesetzt hat.

Er schüttelt den Kopf.

»Ach, bitte.« Martha drückt seinen Arm. »Weißt du noch, wie du und Andy Summers aufs Dach des Kricket-Pavillons geklettert seid?«

Ich schaue wieder zu Paul. Sein Blick ist immer noch auf Danny gerichtet, der sich jetzt vorbeugt, das Fotoalbum auf den Couchtisch legt und abrupt aufsteht.

»Die Show ist vorbei«, sagt er und geht dann aus dem Zimmer. Martha schaut ihm erstaunt nach.

Ein verlegenes Schweigen senkt sich über das Zimmer. Millie beugt sich zu Martha und legt ihr eine perfekt manikürte Hand auf den Arm. »Vergiss es, Süße. Es ist nichts. Danny ist nur müde, das ist alles. Es war ein langer Tag.«

Marthas Blick verweilt auf dem offenen Türrahmen. Als sie aufsteht und die leeren Gläser einsammelt, versuche ich, ihren Blick einzufangen, weil ich ihr mitfühlend zulächeln will.

Aber sobald sie mich sieht, schaut sie weg, als erinnere mein Anblick sie an etwas, das sie lieber vergessen will.

10

Auf dem Heimweg von der Schule klingelt mein Handy schrill. Eine gehetzte, besorgte Stimme: Martha.

»Hast du Rudman gesehen?«

»Nein … warum?«

»Er ist weg. Ich habe ihn im Haus gelassen und bin einkaufen gefahren. Vor ein paar Minuten bin ich wiedergekommen und er war weg.« Ein tiefer Seufzer. »Ich dachte, vielleicht bist du vorbeigekommen und mit ihm Gassi gegangen.«

»Nö. Aber vielleicht Danny.«

Noch während ich das sage, merke ich, wie dumm es klingt. Obwohl ich nicht genau weiß, warum eigentlich. Wahrscheinlich, weil Danny jetzt schon beinahe einen Monat wieder hier ist und seither noch kein einziges Mal mit Rudman spazieren war.

»Ich habe ihn schon gefragt«, sagt Martha. Im Hintergrund höre ich jemanden weinen. Alice. »Vielleicht habe ich ihn im Garten gelassen. Ich glaube es zwar nicht, aber ich kann es nicht ausschließen.«

»Aber dann wäre er doch nicht einfach abgehauen, oder?«

»Na ja, es gibt schließlich für alles ein erstes Mal.«

Das Weinen wird lauter. Alice schreit etwas von einem Mann.

»Du meine Güte«, murmelt Martha. »Das hat mir gerade noch gefehlt.«

»Soll ich ihn suchen gehen? Ich könnte im Park nachsehen.«

»Oh Hannah, das wäre sehr lieb, Schätzchen. Wie du hörst, habe ich mit Alice genug zu tun. Und Danny ist irgendwo hingegangen – keine Ahnung, wohin. Komm doch danach zum Abendessen«, fügt sie noch hinzu. »Wir haben von der Party noch eine Menge Essen übrig.«

Ich zögere. Eigentlich wollte ich heute Abend mit Dad reden. Ihn endlich auf das Zerwürfnis zwischen ihm, Martha und Paul ansprechen. Jetzt, da Danny wieder zu Hause ist, können wir hoffentlich darüber reden und dann neu anfangen.

Aber ich würde auch gern ein bisschen Zeit mit Danny verbringen. Ich bekomme ihn zurzeit kaum zu Gesicht – und ich habe keine Ahnung, wo er sich herumtreibt.

»Okay«, sage ich zu Martha. »Bis später.«

Die Unterhaltung mit Dad muss eben warten.

Ich gehe durch die Hintertür hinaus. Wir haben keinen großen Garten – nur eine kleine Terrasse, die zu einer Rasenfläche führt, die von zwei geraden Blumenbeeten gesäumt wird. Als Mum noch am Leben war, sah alles gepflegt und schön aus, aber jetzt hat das Gras die Rabatten so sehr überwuchert, dass man nur noch ein paar Blumen sieht. Der Rasen ist so hoch, dass ich mir einen Pfad zum Gartentor trampeln muss.

Ich gehe am Kricketplatz vorbei zum Spielplatz und folge dem Pfad, der sich zum Ryall Hill hinaufwindet. Die Sonne steht schon tief am Himmel, aber es ist noch so warm, dass ich in meiner Jacke zu schwitzen beginne.

Unterwegs mustere ich meine Umgebung und halte nach Rudmans kleinem braunen Hundekörper Ausschau. »Rudddmaaaan«, schreie ich und füge dann einen langen Pfeifton mit einem schrillen Triller am Ende hinzu. So haben Danny und ich ihn immer gerufen.

Ich umrunde den Hügel und gehe zu den Kaninchenbauten, die den Abhang durchziehen. Rudman liebt es, Kaninchen zu jagen. Meist zum Spaß, in letzter Minute wird er immer langsamer oder biegt in die falsche Richtung ab, damit sie davonhoppeln können. Er will eigentlich keins fangen – er wüsste gar nicht, was er damit anfangen sollte.

Trotzdem überprüfe ich die Eingänge. Manchmal folgen Hunde Kaninchen so tief in ihre Löcher, dass man sie ausgraben muss. Ihr gedämpftes Bellen unter der Erde führt die Besitzer an die richtige Stelle. Ich beuge mich an allen Tunneleingängen vor, schaue hinein, pfeife und lausche auf eine gebellte Antwort.

Schweigen.

Als ich oben auf dem Hügel angekommen bin, mache ich mir allmählich Sorgen. Rudman ist kein Hund, der einfach so abhaut. Er ist nicht mehr der Jüngste und ziemlich faul. Manchmal setzt er sich beim Gassigehen einfach auf den Gehweg und weigert sich, weiterzulaufen. Du hast die Wahl, scheint er dann zu sagen. Trag mich oder zieh mich nach Hause.

Ich bleibe stehen, um wieder zu Atem zu kommen. Die

Luft riecht hier oben sehr frisch, kaum salzig, und die Aussicht ist wundervoll. Man überblickt die ganze Stadt und den Kanal, und in der Ferne glitzern Fabrikgebäude und die dunstigen Waliser Hügel. Ich bleibe einen Moment lang stehen und betrachte alles – die winzigen Strichmännchen auf der Promenade, die Tanker, die die Docks ansteuern, die grün schimmernden Inseln Steep Holm und Flat Holm.

Ich war schon über ein Jahr nicht mehr hier, denke ich bedauernd. Früher waren Danny und ich fast jeden Tag auf diesem Hügel. Wir kannten jeden Grashalm, die Dornbüsche, die Birkenwäldchen, den Betonmonolith, der die Spitze des Hügels markiert. Wir haben Alice hierher mitgenommen, sobald sie laufen konnte. Und Rudman auch, auf seinem ersten Auslauf als Welpe.

»Schöne Aussicht, was?«

Die Stimme lässt mich zusammenfahren und herumwirbeln. Danny sitzt im Gras, den Rücken gegen den Monolith gelehnt. Warum habe ich ihn auf dem Weg hier hoch nicht gesehen?

»Du solltest dein Gesicht sehen, Kurze«, lacht er. »Du siehst aus wie ein erschrockenes Reh.«

Ich schaue auf ihn herunter. Eine halb aufgerauchte Zigarette baumelt von seiner linken Hand. Ich starre sie schockiert an. »Du rauchst? Das wusste ich gar nicht.«

»Tja, wir wissen eben noch nicht alles übereinander«, sagt Danny achselzuckend. Er nimmt einen Zug und hält sein Gesicht wieder in die Sonne. »Und was führt dich hierher?«

»Ich suche nach Rudman. Er ist verschwunden.«

Danny schweigt.

»Hast du ihn gesehen?«

Er atmet tief ein und dann langsam aus, ein langer Seufzer.

»Nö.«

Ich starre ihn an und in mir steigt Ärger auf. Meine nächsten Worte sind nur ein Krächzen. »Ist dir das egal? Ich meine, Rudman war dein Hund, Danny. Du hast ihn früher abgöttisch geliebt.«

Als ich das sage, sehe ich die beiden vor mir, schlafend im selben Bett. Offiziell durfte Rudman nicht nach oben gehen, aber irgendwie endete er immer auf Dannys Decke, den Kopf auf dem Kissen neben ihm. Es war ein Wunder, dass Danny nie Flöhe bekam.

»Außerdem ist Alice völlig aus dem Häuschen«, füge ich hinzu. »Ist dir das auch egal?«

Er nimmt einen weiteren Zug von seiner Zigarette. »Ich glaube, wir haben uns einfach auseinandergelebt.«

»Wer? Du und Rudman? Oder du und Alice?« Oder du und ich, denke ich und starre ihn an. Hat er das gemeint? Danny antwortet nicht.

»Verdammt, Danny, was ist bloß los mit dir? Warum bist du zurückgekommen, wenn dir alles hier scheißegal ist?« Meine Stimme ist jetzt lauter, denn Dannys Gleichgültigkeit regt mich auf. Ich merke, dass ich kurz davorstehe, ihm alles an den Kopf zu werfen, was ich offenbar fühle, mir aber bisher nicht eingestanden habe.

Danny dreht sich mit blitzenden Augen zu mir um. Er wirft seine Kippe auf den Boden und tritt sie mit dem Absatz aus. Dann sieht er mich durchdringend an, beinahe forschend.

»Jetzt hör aber auf, Hannah. Ich bin erst seit ein paar Wochen zu Hause. Es geht eben nicht so schnell, sich wieder an alles zu gewöhnen.«

Die Wahrheit in seinen Worten trifft mich und mein Ärger verfliegt sofort. Ich hole tief Luft. »Entschuldige«, sage ich. »Es ist nur ... Ach, ich weiß auch nicht ...«

»Dass alles anders ist als früher?«, beendet Danny meinen Satz für mich. »Das ist doch ganz normal. Menschen werden erwachsen, sie ändern sich. Das musst du akzeptieren, Kurze. Es ist sinnlos, sich an die Vergangenheit zu klammern.«

Ich denke an das Foto von uns in Marthas Album. Wie ähnlich wir uns waren. Und ich begreife, dass es mehr als eine Art gibt, sich auseinanderzuleben.

»War das der Grund, damals?«, frage ich, ohne nachzudenken. »Hast du mich deshalb gemieden, bevor du verschwunden bist? War ich einfach nicht mehr gut genug für dich?« Mein Herz beginnt zu hämmern, als diese neue Emotionsflut in mir aufsteigt. »Was zum Henker, Danny? War dir egal, wie ich mich dadurch gefühlt habe? Nachdem Mum ...« Ich verstumme und merke, dass ich kurz davorstehe loszuheulen.

Danny beobachtet mich abschätzend, und ich sehe, dass sein Mundwinkel zuckt. Wenn er jetzt lächelt, dann trete ich ihn, denke ich.

Aber das tut er nicht. Keine Bewegung. Kein Wort. Ich warte auf eine Erklärung, aber er schweigt.

Es liegt nicht an dir.

Das hat er gesagt, als ich ihn damals gefragt habe, bevor er verschwand. *Es liegt nicht an dir.*

Warum bin ich dann immer noch davon überzeugt, dass es sehr wohl an mir lag?

Danny fährt sich mit der Zunge über die Zähne und presst dann die Lippen zusammen. »Mach dich mal locker, Hannah. Ehrlich.«

Locker?

Ich versuche, in seinem Gesicht zu lesen, aber seine Augen verraten nicht, ob er das ernst meint oder mich nur aufzieht. Sein Sarkasmus ist inzwischen oft höhnisch, geradezu bösartig. So war er früher nie. Wie kann sich jemand nur so sehr verändern?, frage ich mich wieder.

Was hat ihn nur so werden lassen?

Etwas Großes, sagt eine Stimme in meinem Kopf. Etwas Dunkles. Etwas Schlimmes. Etwas, an das er sich nicht erinnern will.

Vielleicht Drogen. Oder Gangs. Irgendwie muss Danny dort draußen überlebt haben und einen legalen Job hätte ein Junge seines Alters niemals bekommen. Musste er kriminell werden?

Und wie ist er überhaupt ohne Pass nach Frankreich gekommen? Auf legalem Weg hat er das sicher nicht geschafft. Je mehr ich darüber nachdenke, desto logischer erscheint mir das Szenario. Und es erklärt auch, warum er jetzt wieder hier ist. Danny ist wieder abgehauen – nur diesmal in die andere Richtung.

»Ich muss gehen«, sage ich. Ich halte es hier nicht mehr aus. »Ich muss weiter nach Rudman suchen.«

Danny antwortet nicht einmal, und auf dem ganzen Weg den Hügel hinunter, den ich beinahe renne, spüre ich, wie er mich beobachtet.

11

Am Ende passiert es vor dem Supermarkt. Sicher nicht der idealste Ort für eine schwierige Unterhaltung, vor allem nicht mit meinem Dad. Und ich fühle mich ohnehin schon schlecht und bin gereizt, weil ich gerade bei Alice war, die nach drei Tagen ohne Rudman gerötete Augen hat und kaum noch spricht.

Aber dies ist meine erste Gelegenheit, mit Dad zu sprechen, ohne dass er nur DNA im Kopf hat. Und ich bin entschlossen, der Sache auf den Grund zu gehen, jetzt, da Danny wieder da ist. Ich habe genug Drama für ein ganzes Leben hinter mir.

Ich warte, bis wir alle Einkaufstaschen in den Kofferraum geladen haben – die übliche Mischung aus Brot, Pizza und Tiefkühlgerichten für Mikrowelle oder Backofen. Als wir fertig sind, steigt Dad ein und steckt den Schlüssel ins Zündschloss. Dann hält er inne und stößt einen tiefen Seufzer aus, als hätten wir gerade eine monumentale Leistung vollbracht und nicht nur den wöchentlichen Einkauf erledigt.

»Kann ich dich was fragen?«, sage ich schnell, bevor er den Motor anlässt.

Dad schaut mich an, genauer gesagt wirft er mir einen

kurzen Blick zu und schaut dann wieder weg. Sein Gesichtsausdruck ist wachsam.

»Du und Martha und Paul. Was ist los mit euch?«

Dad erstarrt. Er starrt durch die Windschutzscheibe. »Wovon sprichst du?«

Eine Frau schiebt einen mit umweltfreundlichen Baumwolltaschen voll beladenen Einkaufswagen an unserer Stoßstange vorbei. Sie manövriert ihn vorsichtig vor sich her, um unser Auto nicht zu zerkratzen, obwohl das eigentlich nichts ausmachen würde. Es ist alt und dreckig, der grüne Lack blättert an einigen Stellen ab und die Sitze sind schon fast durchgewetzt.

»Du weißt, was ich meine. Ihr wart so gute Freunde, bevor Mum …« Ich verstumme. Eigentlich muss ich ihm nichts erklären.

Dad schweigt. Ich muss es also wirklich aussprechen.

»Und jetzt seid ihr … ich weiß auch nicht«, fahre ich mit angespanntem Kiefer fort. »Jetzt sieht es so aus, als könntet ihr euch nicht ausstehen.«

Ich sehe, wie Dad langsam und tief einatmet, und warte darauf, dass er etwas sagt.

Er schweigt.

»Dad?«

Er atmet hörbar aus. »Hannah, es tut mir leid.«

»Was denn?«

»Ach, ich weiß nicht. Alles. Ich war kein besonders guter Vater, stimmt's?«

»Das habe ich nicht gesagt«, stammele ich verlegen. »Ich habe nicht gesagt, dass du daran schuld bist. Ich will nur wissen, was los ist.«

»Ich weiß, dass ich nicht oft genug für dich da bin, seit …« Er bricht ab. Er muss es nicht aussprechen.

»Okay. Aber darum geht es mir nicht, Dad.«

Wir starren beide auf die Frau mit dem Einkaufswagen, die jetzt ihre Nahrungsmittel in den Kofferraum des Autos neben uns hievt. Ein riesiger Wagen, aus dem Kinder beim Überholen auf dich herabschauen können. Ich sehe Gemüse aus den Taschen ragen, Lauch, Karotten, ein paar Artischocken, die wie riesige Knospen aussehen, und ein gigantischer Blumenkohl, so groß wie ein Fußball. Sachen, die man waschen, schneiden und zubereiten muss.

»Martha und Paul sind sehr gut zu mir gewesen«, fahre ich fort, da Dad offenbar nicht mehr sprechen kann. »Gut zu uns. Sie waren deine Freunde, und Mums Freunde. Ich finde es schrecklich, dass die Stimmung zwischen euch so schlecht ist. Wir sollten versuchen, das wieder hinzukriegen.«

Mehr Schweigen. Im Hinterkopf fange ich an, mir um die Packung Vanilleeis Sorgen zu machen, die gerade im Kofferraum auftaut. Darf man die überhaupt noch einmal einfrieren?

»Warum jetzt?«, fragt Dad. »Warum fragst du mich gerade jetzt danach?«

Ich überlege. »Danny«, sage ich. »Na ja … dass er wieder zu Hause ist, fühlt sich an wie eine zweite Chance. Ich meine – darauf, alles wieder in Ordnung zu bringen.« Ich hätte beinahe gesagt, darauf, dass alles wieder wird wie früher, aber ich weiß, dass das ohne Mum nicht passieren kann.

Dad schweigt wieder. Eine Minute vergeht, dann seufzt

er abgrundtief. »Okay …«, beginnt er. Pause. »Wir haben uns einfach gestritten. Das ist alles.«

»Worüber denn?«

»Nichts Wichtiges. Ich kann mich kaum daran erinnern.«

Frustration steigt heiß und schwer in mir auf. »Du musst dich doch an etwas erinnern.« Meine Güte, es ist, als würde ich mit Danny reden.

Dad räuspert sich. »Das ist alles vor langer Zeit passiert, als deine Mum noch …« Er umklammert das Lenkrad. »Kurz, bevor es passiert ist. Wahrscheinlich haben wir uns nie wieder richtig versöhnt.«

»Warum redest du dann nicht mit ihnen? Klärst das Ganze? Ich meine, das ist jetzt beinahe fünf Jahre her. Ich bin sicher, sie …«

»Hannah.« Dad dreht sich zu mir um. Er hat einen Gesichtsausdruck, den ich so noch nie an ihm gesehen habe. Eine Art Verzweiflung, als stünde er am Abgrund. »Bitte«, sagt er mit zitternder Stimme. »Hannah, können wir bitte nicht mehr davon reden?«

Meine Augen brennen schmerzhaft.

»Manchmal enden Freundschaften eben, das ist alles«, fügt Dad hinzu. »Es ist sinnlos, zu versuchen, sie wieder zusammenzuflicken.«

Ich blinzele und denke wieder an Danny. Vielleicht hat Dad recht. Vielleicht gibt es wirklich keinen Weg zurück, und es ist sinnlos, um etwas Verlorenes zu kämpfen.

»Aber es geht nicht nur um sie. Es geht auch um uns.« Die Worte kommen aus meinem Mund, bevor mir überhaupt klar wird, dass ich sie aussprechen will. »Seit Mums

Tod ist es so, als …« Jetzt rollen mir die Tränen unaufhaltsam über die Wangen. »Es ist … manchmal habe ich das Gefühl, als wären wir Fremde, die zufällig zusammenwohnen.«

Ein Bild steigt in mir auf. Dad jagt mich über den Weston Beach, und ich renne und kichere dabei so heftig, dass ich kaum noch Luft bekomme. Dad fängt mich und wirbelt mich so lange lachend herum, bis wir beide atemlos keuchend in den Sand sinken.

»Ich weiß einfach nicht, was ich falsch gemacht habe«, sage ich leise. Meine Stimme klingt jämmerlich schwach. Plötzlich fühle ich mich allein. Verlassen. Als hätte ich vor fünf Jahren meine beiden Eltern in diesem Fluss verloren.

»Oh, Hannah.« Dad legt den Kopf aufs Lenkrad und bleibt eine volle Minute so sitzen, während ich versuche, mich zusammenzureißen. Dann dreht er sich zu mir um, legt mir die Hand unters Kinn und hebt meinen Kopf an. »Es tut mir so leid. Wirklich.«

Er beugt sich vor und nimmt mich ungeschickt in die Arme.

»Du bist für mich das Kostbarste auf der Welt, Hannah. Ich weiß, dass ich dir das nicht oft genug zeige, und das tut mir leid.«

Seine Arme umschließen mich noch ein paar Sekunden lang, aber ich spüre, dass es ihm unangenehm ist. Ich ziehe mich zurück. Zwinge mich zu einem Lächeln.

»Danke«, schniefe ich, obwohl ich nicht genau weiß, wofür. Schließlich bin ich jetzt genauso schlau wie vorher.

Dad lehnt sich zurück und dreht den Schlüssel im Zündschloss. Dann schaut er mich noch ein paar Sekunden bei laufendem Motor an.

»Es wird leichter, Hannah«, sagt er leise und ernst. »Das verspreche ich dir. Es wird alles leichter.«

Das hoffe ich, denke ich, als er uns nach Hause fährt. Das hoffe ich wirklich.

12

»Geller!«

Mr Richards knallt seinen Marker heftig auf den Tisch. Fast alle Schüler zucken alarmiert zusammen und drehen sich um. Wie hat Danny es in die Schusslinie geschafft?

Danny hat sich mit ausgestreckten Beinen in seinem Stuhl zurückgelehnt und die Hände hinter seinem Kopf verschränkt. Er wendet den Blick von dem Fußballspiel ab, das draußen gerade stattfindet, und schaut Mr Richards gleichgültig an. Ein träges Lächeln breitet sich auf seinem Gesicht aus.

»Ja?«

»Sir!«, bellt Mr Richards. »Ja, *Sir.*« Er macht eine bedeutungsschwangere Pause. »Ist es zu viel verlangt, dass Sie meinem Unterricht ein wenig Aufmerksamkeit schenken, Geller? Schließlich müssen Sie die Prüfung bestehen. Ich muss Ihnen nur bei der Vorbereitung helfen.«

Mr Richards Lippen sind sein Stimmungsbarometer; im Moment sind sie zu einer schmalen Linie zusammengepresst und zucken bereits leicht.

»Aber nein …« Danny schaut ihn kühl und unbeteiligt an. »Sir.«

Mein Magen verkrampft sich. Mr Richards sollte man

nicht ärgern – außer, man will den Rest seines Lebens nachsitzen. Oder noch Schlimmeres.

Mr Richards registriert Dannys Benehmen. Er legt den Marker auf sein Pult, geht langsam auf ihn zu und starrt ihn dabei so drohend an, dass mir ganz mulmig wird. Die meisten Lehrer lassen sich durch Dannys lockeres, beinahe freches Verhalten ihnen gegenüber verunsichern und gehen nicht auf Konfrontationskurs. Wahrscheinlich haben sie Angst, das könnte ihn dazu bringen, wieder zu verschwinden.

Aber Mr Richards ist anders. Mr Richards wird Danny nicht mit Samthandschuhen anfassen, auch wenn er erst seit ein paar Tagen wieder in der Schule ist.

»In diesem Fall, Geller …«, er beugt sich vor, stützt beide Hände auf Dannys Tisch und knurrt ihn an, »… wird es Ihnen sicher nichts ausmachen, die Sätze an der Tafel zu lesen und mir genau zu sagen, was sie bedeuten?«

»Gerne, Sir.«

Danny wirft einen Blick auf die Tafel, liest alle Sätze in akzentfreiem Französisch ab und übersetzt sie mühelos. Er macht dabei keinen einzigen Fehler. Alle schauen ihn staunend an. Niemand sonst hier spricht so gut Französisch – nicht einmal Robert Chasson, und dessen Vater ist Franzose.

Ich bin völlig verblüfft. Früher habe ich nämlich nicht viel Unterricht mit Danny zusammen gehabt. Ich war immer höher eingestuft als er, außer im Sport. Aber seit er diese Prüfungen gemacht hat, um zu sehen, wie viel er nachholen muss, sitzt er in meinen Kursen. Und er wird auch die meisten Prüfungen ablegen, obwohl er seit der achten Klasse gefehlt hat.

Was auch immer Danny verpasst haben mag, während er weg war: Seine Hausaufgaben hat er gemacht.

»Ist das alles, Sir?«

Mr Richards steht vor Danny und überlegt, was er als Nächstes tun soll. Dann schnaubt er, dreht sich um und geht zur Tafel zurück.

»Sir?«

Mr Richards bleibt stehen.

»Der zweite Satz, Sir. Beim Adjektiv fehlt noch ein ›e‹, denn ›lapine‹ ist weiblich, Sir. Und Sie haben den Accent grave in ›élève‹ vergessen. Sir.«

Dannys letztes »Sir« ist so langsam und deutlich, dass es komplett unverschämt klingt. Die Klasse hält den Atem an. Mr Richards geht zur Tafel und stellt sich davor. Röte steigt ihm wie eine rote Flut in den Nacken. Dreißig Augenpaare sind auf ihn gerichtet. Alle warten darauf, was er jetzt tun wird.

Als er nach dem Marker greift, halte ich den Atem an. Wird er ihn nach Danny werfen? Oder ihn am Kragen aus dem Klassenzimmer zerren, wie damals, als er Josh Crawford dabei erwischt hat, wie er Liam Penfold angespuckt hat?

Mr Richards' Schultern sacken nach unten. Offenbar hat er eine Entscheidung getroffen. Ohne ein weiteres Wort geht er wieder an die Tafel und fügt die Korrekturen ein.

Ich schaue nach hinten zu Danny. Er hat die Arme vor der Brust verschränkt, die Beine ausgestreckt und schaut aus dem Fenster, als wäre nichts passiert.

Und von da an tut Mr Richards so, als bemerke er es gar nicht.

13

Zehn Tage nach seinem Verschwinden ist Rudman so plötzlich wieder da, wie er verschwunden ist. Als ich Marthas SMS bekomme und zu den Gellers rübergehe, liegt er in seinem Körbchen und sieht aus, als sei er in einen Hundekrieg geraten. Alice kauert neben ihm und streichelt seinen Kopf.

Sie schaut kläglich zu mir auf. »Rudman hat Aua, Hannah. Schlimm Aua.«

Ich bücke mich und streichele ihn. Sein Fell ist verfilzt und an einigen Stellen ausgerissen. Er hat einen tiefen Kratzer auf der Nase und eine Wunde an der Seite, vor seinem Hinterbein.

Ich kitzele ihn sanft hinter den Ohren und kraule sein seidiges Fell auf die Art, die er am liebsten hat. Er hebt nicht einmal den Kopf, sondern wedelt nur schwach mit dem Schwanz.

»Rudman hat Aua«, sagt Alice wieder.

»Sie will mit zum Tierarzt«, flüstert Martha, als wir Alice endlich dazu überredet haben, sich an den Tisch zu setzen und etwas zu essen. »Aber ich halte das für keine gute Idee. Ich weiß nicht, was er hat, und ich will nicht, dass sie dabei ist, falls es schlechte Neuigkeiten gibt. Falls der Tierarzt meint, es wäre das Beste, ihn …«

Sie muss ihren Satz nicht beenden. Ich weiß genau, was sie meint.

»Macht es dir etwas aus? Auf sie aufzupassen, bis ich wieder da bin?«

»Natürlich nicht«, sage ich. »Wie habt ihr ihn gefunden?«

»Gar nicht. Er ist nach Hause gekommen. Paul hat gestern Nacht ein Kratzen gehört, und da saß er an der Hintertür.«

»Der arme Rudman.«

»Paul glaubt, dass er sich irgendwo eingesperrt hat und sich erst jetzt wieder befreien konnte.«

»Aber er muss etwas zu fressen gehabt haben«, sage ich verwirrt. »Und Wasser. Ohne Wasser hätte er niemals so lange überlebt.«

In diesem Moment schlendert Danny in die Küche. Er trägt nur einen offenen Morgenmantel über seinen Hüftjeans. Alice erstarrt, ein Stück Toast kurz vor dem Mund.

Danny wirft uns einen Blick zu, kauert sich dann neben Rudman und tätschelt ihm den Kopf. »Armer alter Junge.«

Rudman senkt den Blick und bewegt sich nicht. Danny schaut Alice an, verzieht den Mund zu einem Lächeln und wendet sich dann an seine Mutter. »Brauchst du Hilfe? Ich könnte Rudman zum Tierarzt bringen.«

»Lass nur, Liebling«, sagt Martha. »Das mach ich schon.«

»Ich könnte mich auch um Alice kümmern«, bietet er an und steht auf. Martha zögert, ihr Blick wandert zwischen Alice und ihrem Bruder hin und her. »Danke, aber

Hannah hat schon gesagt, dass sie bleiben will.« Sie presst die Lippen zusammen. »Falls du ausgehen willst, meine ich.«

»Wie du willst«, sagt Danny achselzuckend und lässt uns allein.

Was war das denn?, frage ich mich, als ich ihn nach oben gehen höre. Warum will Martha, dass ich anstatt Danny auf Alice aufpasse? Es würde ihn doch nicht umbringen, noch eine Stunde lang hierzubleiben.

Ich schaue Alice an, die den Platz fixiert, an dem Danny gerade noch gesessen hat. Dann dreht sie sich zu Rudman um, einen Ausdruck auf dem Gesicht, den ich noch nie an ihr gesehen habe. Es dauert einen Moment, bis ich begreife, was er bedeutet.

Sie sieht völlig verängstigt aus.

»Mach dir keine Sorgen, Süße.« Martha beugt sich vor und umarmt sie. »Er wird schon wieder.«

Alice beißt sich auf die Lippe. Es sieht aus, als wolle sie etwas sagen, aber sie nickt nur. Tränen rollen ihr über die Wangen.

»Ich sollte gehen«, sagt Martha und hebt Rudmans Körbchen hoch. Normalerweise würde er versuchen, herauszuspringen, aber heute liegt er nur still da und lässt sich von ihr zur Tür tragen.

»Danke, dass du dich um Alice kümmerst, Hannah. Würdest du ihr ein Bad einlassen, falls ich bis sechs noch nicht wieder zurück bin? Paul muss heute länger arbeiten.«

»Kein Problem«, sage ich, und sie schließt die Tür hinter sich.

Alice starrt ihrer Mutter nach. Ich bin sicher, dass sie ihr gleich nachlaufen wird, aber sie bleibt sitzen. Sie sieht völlig geschockt aus.

»Na komm.« Ich streichele ihr Haar. »Lass uns Karten spielen.«

»Kann ich mitspielen?«

Alice und ich schauen von unserer Partie Schnipp-Schnapp auf und sehen Danny vor uns aufragen. Er trägt seine Kappe verkehrt herum, und das helle Deckenlicht des Wohnzimmers wirft Schatten auf die Stoppeln, die sein Kinn säumen. Irgendwie sieht er dadurch leicht bedrohlich aus, denke ich.

Aber ich sage: »Klar«, und rücke beiseite, um ihm Platz zu machen. Hoffentlich hat er meine Überraschung nicht bemerkt.

Was soll das denn jetzt plötzlich? Seit er wieder hier ist, hat er nicht das geringste Interesse daran gezeigt, mit uns Karten zu spielen – obwohl er und ich das früher oft getan haben, Rommé und Quartett und Bettelmann. Danny gewann beinahe jede Runde, selbst wenn es reine Glücksspiele waren. Manchmal fragte ich mich, ob er vielleicht schummelte, aber ich erwischte ihn nie dabei.

Ich strecke Alice auffordernd die Hand hin, und sie schaut ihren Bruder an und zieht eine Schnute. Dann reicht sie mir die restlichen Karten. Ich mische und teile sie in drei Stapel auf, wobei Danny mich nicht aus den Augen lässt. Unter seinem Blick fühle ich mich entblößt und beobachtet, und mir wird heiß.

»Du fängst an, Kleine.« Danny lächelt Alice zu. Ohne ihn anzusehen, legt sie eine Karte auf den Tisch. Ich lege eine darauf und versuche, mich auf das Spiel zu konzentrieren. Aber mir schwirrt der Kopf, und es fällt mir schwer, aufmerksam zu bleiben.

Danny legt auch eine Karte ab und es vergehen einige Runden ohne einen passenden Zwilling. Alice hat den Blick fest auf den wachsenden Stapel gerichtet, ihr Gesicht ist hochkonzentriert.

»Schnapp!«, ruft sie, als sie die Pik-Drei auf den Tisch knallt. Voller Stolz zieht sie den Stapel zu sich und versucht, ihn fein säuberlich auf die Hand zu nehmen. Es dauert eine Ewigkeit. Alice ist ziemlich ungeschickt, und es fällt ihr schwer, alle Karten auf einmal zu halten.

Ich schaue Danny an. Er beobachtet sie, ein Lächeln aufs Gesicht gepflastert, aber ich sehe, dass er seine Ungeduld kaum bezwingen kann.

»Fertig! Schnipp!« Alice wirft mit herausforderndem Grinsen eine Karte auf den Tisch. Wir legen Runde um Runde ab. Danny legt eine Herz-Sechs auf den Stapel. Ich bedecke sie mit einer Karo-Vier und Alice legt eine Kreuz-Vier darauf.

»Schnapp!« Danny knallt seine Hand auf den Stapel, bevor Alice registriert hat, dass sie einen Zwilling gelegt hat.

Sie beißt sich auf die Lippe und starrt auf den Tisch.

Ich schaue Danny vielsagend an, als er seine Karten einordnet. Hoffentlich begreift er, was ich ihm sagen will. *Gib Alice ein bisschen mehr Zeit. Nimm Rücksicht darauf, dass sie langsamer ist als wir anderen.*

Danny beginnt die nächste Runde, und wir spielen, bis die Hälfte der Karten auf dem Tisch liegt.

»Schnapp!«

Danny nimmt sich die Karten und legt sie unter den Stapel in seiner Hand. Ich sehe, dass Alice nur noch ein paar Karten übrig hat. Ich stupse ihn unter dem Tisch an, aber er ignoriert mich.

Wir spielen, bis Alice nur noch eine Karte auf der Hand hat. Die Karo-Fünf. Ich schaue in mein Blatt und hole heimlich die Herz-Fünf heraus. Die lege ich langsam auf den Stapel, damit sie sie gut erkennen kann.

»Schnapp!«

Mit triumphierendem Gesicht packt Danny sich die restlichen Karten. Alice starrt ihn wütend an und bricht in Tränen aus.

»Hasse dich!«, schreit sie, den Mund voller Spucke. »Geh weg, geh weg, GEH WEG!«

»Was denn?«, fragt Danny und sieht zuerst seine Schwester und dann mich an.

Achselzuckend beiße ich mir auf die Lippe. Was soll ich dazu sagen?

Er starrt uns beide noch ein paar Sekunden lang wortlos an und schmeißt dann seine Karten hin. Sie schliddern über den Tisch, einige fallen zu Boden.

»Scheiß drauf!« Er steht so schnell auf, dass sein Stuhl beinahe umkippt. Nach einem wütenden Blick auf Alice dreht er sich um und rennt nach oben.

Ich schaue seine Schwester an. Sie verschränkt die Arme auf dem Tisch, legt den Kopf darauf und weint bitterlich.

Hat Martha mich deshalb gebeten, auf sie aufzupassen?, frage ich mich und gehe damit meinem Unbehagen auf den Grund. Vertraut Martha ihrem eigenen Sohn nicht mehr?

Sobald ich den Gedanken ausformuliert habe, weiß ich, dass ich recht habe. Und mehr noch. Ihm folgt eine Frage, die ich mir eigentlich nicht stellen will.

Vertraue ich Danny noch?

Allein die Frage lässt mir den Atem stocken.

Schließlich ist Danny mein bester Freund. Oder … war es zumindest. Neben Mum … und Dad … war er der Mensch, der mir am nächsten stand.

Ich knuddele Alice, bis sie sich beruhigt hat, dann helfe ich ihr dabei, die Karten aufzulesen und einzeln zu einem neuen Stapel zu ordnen. Ich denke an all die anderen Spiele, die Danny und ich gespielt haben. Mensch-ärgere-dich-nicht und Monopoly und Malefiz, und das, bei dem man raten muss, wer der Mörder ist. Damals war Alice noch viel zu klein, um mitzuspielen, aber sie beobachtete uns immer gerne dabei und jubelte laut, wenn einer von uns gewann.

Und doch sitzen Alice und ich jetzt allein im Wohnzimmer und Danny schmollt in seinem Zimmer. Wie um Himmels willen konnte das passieren? Hat Danny sich wirklich so sehr verändert? Oder vielleicht wir?

Als Alice mir den Stapel zum Mischen reicht, wird es mir klar. So schwierig die Situation für Alice, Martha, mich und die anderen auch sein mag – für Danny muss sie noch viel schlimmer sein. Vielleicht ist ihm etwas so Schreckliches zugestoßen, dass es ihn für immer verändert hat? Etwas so Furchtbares, dass er die Erinnerung daran nicht mehr ertragen kann. Und nachdem er endlich zu Hause angekommen ist, erwarten alle von ihm, dass er genauso ist wie früher. Dass er sich benimmt, als sei alles in bester Ordnung.

Hätten wir etwa keine Schwierigkeiten damit, uns wieder anzupassen? Normal zu sein? Genau wie früher?

All das geht mir im Kopf herum, während wir eine neue Runde beginnen. Aber diesmal achte ich darauf, dass Alice beinahe immer gewinnt. »Schnapp!« Als sie ihre Karte auf meine knallt, klingelt das Telefon. »Ich«, sagt Alice, steht auf und hebt mit entschlossenem Gesicht den Hörer ab. Seit Kurzem besteht sie darauf, immer ans Telefon zu gehen.

»Alice«, sagt sie fröhlich in die Muschel. In ihrer Erwachsenenstimme.

»Wer ist dran?«, flüstere ich, als sie nichts mehr sagt. Hoffentlich ist es nichts Wichtiges.

Sie ignoriert mich und hält den Hörer dichter ans Ohr.

»Wer ist da?«, zische ich drängend.

Aber Alice steht nur da und lauscht wie gebannt am Hörer.

Ich stehe auf, nehme ihr das Telefon aus der Hand und halte es mir ans Ohr. »Hallo?«

Der Anruf wird beendet.

Ich schaue Alice an. »Wer war das, Ally? Weißt du es?«

»Niemand«, sagt sie achselzuckend, setzt sich hin und nimmt ihre Karten auf.

»War es Mummy?«

»Nein.«

»Daddy?«

»Niemand, hab ich gesagt.« Sie schiebt ihre Unterlippe vor und ich bohre nicht länger nach.

Ich wähle die 1471, um den Anruf zurückzuverfolgen, aber eine elektronische Stimme sagt mir, dass das nicht möglich ist. Vielleicht hat sich nur jemand verwählt, aber ich muss an diese Scherzanrufe denken. Damals, als Martha behauptete, sie kämen von Danny, hat Paul noch einmal versucht, sie zurückzuverfolgen. Aber ohne Ergebnis, und kurz danach wurden sie sehr viel seltener. Wann war der letzte? Ich denke nach. Als Martha nach Frankreich fuhr, um Danny zu treffen. Seither habe ich keinen mehr erlebt. Hängt beides irgendwie miteinander zusammen?

Aber das ergibt keinen Sinn. Wenn sie von Danny gewesen wären, hätte er sicher nicht mehr angerufen, als er in Paris in Polizeigewahrsam war. Oder jetzt. Offenbar hat sich doch irgendjemand einen schlechten Scherz erlaubt.

»Hannah, los.« Alice sieht ungeduldig aus.

Ich setze mich wieder und lege eine Karte auf ihre. Dabei beobachte ich, wie Alice sich im Rhythmus des Spiels verliert. Man kann sie leicht unterschätzen, denke ich, annehmen, dass sie ihre Umwelt weniger sensibel wahrnimmt als ihre Altersgenossen.

Doch inzwischen habe ich das Gefühl, dass Alice viel mehr weiß, als sie uns sagt.

»Schnapp!«, ruft sie grinsend. »Gewonnen!«

Ich schaue auf den Tisch und sehe, dass sie all meine Karten genommen hat. Ich muss lächeln. Diesmal musste ich sie nicht einmal gewinnen lassen.

14

In der Mittagspause sehe ich Joe alleine vor der Bank bei der Turnhalle sitzen. Er liest nicht und betrachtet auch nicht das spontane Fußballspiel auf den Tennisplätzen, sondern sitzt nach vorne gebeugt da und starrt ins Leere.

»Bis gleich«, sage ich zu Lianna und Maisy.

»Wo gehst du hin?«, fragt Lianna, während ich meine Lunchbox in meine Tasche zurückstopfe.

»Ich muss mit Joe reden.« Ich nicke in seine Richtung und sehe, dass Maisy zu grinsen beginnt. »Nein, so ist es nicht«, seufze ich. »Ich will ihn nur etwas fragen.«

Ich spüre, dass mich die beiden trotzdem beobachten, als ich zu ihm rübergehe.

Ihre Blicke machen mich lächerlich verlegen, und einen Moment lang überlege ich, das Ganze abzublasen. Aber Joe sieht mich schon auf sich zukommen, dreht sich zu mir und legt sich die Hand über die Augen, um sie gegen die Sonne abzuschirmen.

»Hannah Radcliffe«, sagt er gespielt galant. »Wie komme ich zu der Ehre?«

Ich lächele. »Kann ich mich zu dir setzen?«

»Aber bitte.« Er schiebt seinen Rucksack beiseite und

ich lasse mich neben ihm ins Gras sinken. Dabei achte ich darauf, nicht zu meinen Freundinnen zu blicken.

»Was gibt's?«, fragt Joe neugierig. Wir sind ja schließlich nicht befreundet, sondern kennen uns nur über Danny.

»Nichts Besonderes«, sage ich und suche nach den richtigen Worten. Aber Joe kommt mir zuvor und nickt zu einem Grüppchen Schüler hinüber, das neben der Turnhalle steht. Ich blinzele in die Sonne und sehe Danny und Dean Simpson mit Alison Heppall und ein paar anderen Zwölftklässlerinnen reden.

»Danny ist in Hochform«, sagt Joe. »Er ist ein richtiger Charmeur geworden, stimmt's?«

Ich nicke. Danny hat sich lässig gegen die Mauer gelehnt, und die Mädchen suchen seine Nähe und wetteifern um seine Aufmerksamkeit.

»Das war eine Hammer-Performance in Französisch«, fährt Joe fort. »Der alte Richards hat einen ebenbürtigen Gegner gefunden.«

Ich lächele bei der Erinnerung. Unglaublich, dass Danny den Mut dazu hatte. Eine Woche später reden die Schüler immer noch davon.

»Danny eins, Mr Richards null«, sagt Joe. »Keine Nachspielzeit nötig.«

Ich frage mich immer noch, wie Danny das geschafft hat. Dass er alle Unterrichtsfächer mit links zu meistern scheint, seit er wieder an der Schule ist. Sogar Fächer, in denen er früher erbärmlich schlecht war. Ist er irgendwo anders zur Schule gegangen? Oder hat er sich alles selbst beigebracht?

»Er ist inzwischen der Schulpromi«, seufzt Joe, den

Blick auf die kleine Gruppe gerichtet. »Wenn es so weitergeht, wird er bald zur Legende.«

Es stimmt, dass Danny für einigen Aufruhr gesorgt hat. Obwohl sich nur die älteren Schüler an ihn erinnern können, wissen auch die jüngeren, was er durchgemacht hat. Und obwohl er erst seit ein paar Wochen wieder hier ist, hängt Danny jetzt schon mit Leuten wie Dean und Alison rum – mit Leuten, die eindeutig cooler sind als wir anderen.

Die drei lachen und schubsen sich spielerisch. Es sieht aus, als seien sie seit Ewigkeiten Freunde.

»Ich wollte dich fragen, ob er mal mit dir geredet hat«, sage ich.

»Du machst Witze, oder?«, schnaubt Joe und reißt einen Grashalm aus. »Ich sitze hier, weil ich darüber nachgrübele, was um Himmels willen ich falsch gemacht habe.«

Ich schaue ihn an. »Wie meinst du das?«

»Ach, keine Ahnung«, sagt er achselzuckend. »Ich frage mich nur, warum er mir ausweicht. Er hat seit der Party kaum mit mir gesprochen.« Er schüttelt den Kopf. »Vor ein paar Tagen hab ich ihn gegrüßt und er ist wortlos an mir vorbeigegangen. Ich kapier das einfach nicht. Wir haben so viel zusammen erlebt, und jetzt tut er so, als kenne er mich nicht.«

»Ich bin sicher, er …«

»Ich weiß ja, dass es lange her ist«, unterbricht Joe meinen Versuch, ihn zu beschwichtigen. »Das ist mir bewusst. Aber ich hätte gedacht, er würde sich wenigstens ein bisschen Mühe geben.«

Er beißt auf den Grashalm und wirft ihn dann weg.

Dabei kämpft er darum, seine Emotionen unter Kontrolle zu behalten. Ich würde gerne etwas Nettes zu Joe sagen, damit er sich besser fühlt. Aber mir fällt nichts Überzeugendes ein.

»Du weißt es also auch nicht, richtig?« Er wendet sich wieder mir zu.

»Was denn?«

»Was mit Danny passiert ist.«

Ich schüttele den Kopf. Dann schaue ich zu Lianna und Maisy rüber, aber zu meiner Erleichterung sind sie schon weg.

Joe runzelt die Stirn. »Ehrlich? Ich meine, ihr zwei wart doch seit dem Kindergarten Freunde. Er muss dir doch irgendwas erzählt haben. Oder meidet er dich etwa auch?«

Trauer und Übelkeit steigen in mir auf, denn sobald Joe das fragt, merke ich, dass es stimmt. Danny meidet mich. Wenn ich zu den Gellers komme, ist er entweder in seinem Zimmer oder irgendwo unterwegs, und in der Schule redet er nur das Allernötigste mit mir.

Aber vielleicht wäre das sowieso passiert, sage ich mir schnell. Vielleicht bedeutet Erwachsenwerden immer auch, seine alten Freunde zu verlieren.

»Ich hab ihn danach gefragt«, sage ich und denke an meine gescheiterten Versuche, mit Danny zu reden. »Aber er sagt nur, er könne sich nicht erinnern. Der Arzt glaubt, er hat eine Amnesie.«

»Das hab ich gehört.« Joe schweigt einen Moment und kratzt sich mit der Daumenspitze an der Nase. »Aber das ist doch komisch, oder nicht? Dass man alles vergessen kann, was in den vergangenen Jahren passiert ist. Kann man das nicht durch Hypnose heilen oder so? Die Erinnerungen wieder wachrufen?«

»Ich glaube, ganz so einfach ist es nicht.« Ehrlich gesagt habe ich keine Ahnung.

»Hat seine Mum ihn zum Arzt geschickt?«, fragt Joe.

»Glaube schon«, sage ich. Den Psychiater erwähne ich nicht.

»Ich habe meinen Onkel danach gefragt. Er ist Arzt. Kein Nervenarzt, aber in ihrer Ausbildung müssen sie auch lernen, wie das Gehirn funktioniert. Er sagt, die meisten Leute bekommen ihr Gedächtnis irgendwann wieder.«

Ein paar kichernde, tuschelnde Mädchen aus der achten Klasse laufen an Danny vorbei und starren ihn dabei ungeniert an. Er tut so, als habe er es nicht bemerkt, aber er richtet sich ein bisschen auf, und daran sehe ich, dass er ihre Aufmerksamkeit genießt.

»Und das mit dem Schwimmen ist auch merkwürdig, findest du nicht?«

Ich schaue Joe verständnislos an.

»Hast du das nicht mitbekommen?«, fragt er überrascht. »Danny hat sich geweigert, wieder in den Schwimmklub einzutreten. Er hat Mr Cozens gesagt, er dürfe nicht mehr schwimmen.«

»Wie bitte? Warum darf er nicht mehr?«

»Aus gesundheitlichen Gründen offenbar. Aber ich glaube, er hat einfach keinen Bock mehr.« Joe starrt ins Leere. »Das ist doch total irre. Danny war ein verdammter Fisch – ständig im Wasser. Er wollte überhaupt nie raus.«

Ich denke an all die silbernen Pokale. Das ganze Training in den Mittagspausen und nach der Schule, Wenden üben und Bahnen schwimmen. Meint Joe das ernst?

Seinem wütenden und fassungslosen Gesichtsausdruck nach zu urteilen, tut er das. Ich sehe ihm an, wie verzweifelt er versucht, all das zu verstehen. Aber genau wie er habe auch ich keine Antworten. Im Gegenteil. Jeder Tag wirft neue Fragen auf.

»Glaubst du, ihm ist irgendetwas Schlimmes zugestoßen?«, frage ich Joe. »Während er weg war?«

»Was genau meinst du?«

»Weiß nicht«, sage ich achselzuckend. »Vielleicht ist er irgendwie auf die schiefe Bahn geraten.«

Joe kaut auf einem weiteren Grashalm herum und denkt darüber nach. »Ja, daran habe ich auch schon gedacht. Ich meine, wie um alles in der Welt hat er überhaupt überlebt? Er war doch erst dreizehn, als er verschwunden ist. Wir dachten alle, er sei tot, aber stattdessen war er irgendwo da draußen und musste überleben.«

»Das verändert einen, meinst du nicht? Hinterher ist man nicht mehr derselbe.«

Wir beobachten beide, wie Danny seine Kappe ins Gesicht zieht. Gott weiß, wie er in der Schule damit durchkommt. Wahrscheinlich haben die Lehrer beschlossen, auch seine Kleidung zu ignorieren.

»Ich weiß es nicht«, sagt Joe, steht auf und wirft sich seinen Rucksack über die Schulter. »Und allmählich interessiert es mich auch nicht mehr. Soll er doch machen, was er will.«

Er schaut mich an, mustert mein Gesicht.

»Und das würde ich auch dir raten«, sagt er mit einem kurzen Blick zurück auf Danny. »Vergiss ihn einfach.«

15

Zehn Tage später stelle ich mich gerade mit Lianna und Vicky fürs Mittagessen an, als Ed Billington mit vor Aufregung geröteten Wangen hereinstürmt.

»Prügelei!«, brüllt er ein paar Jungs am Nachbartisch zu. »Danny Geller und Ross Jacobs. Spielplatz.«

Wer sein Essen selbst mitgebracht hat, packt es ein und eilt nach draußen. Andere schlingen ihr Essen eiligst hinunter und rennen dann aus der Cafeteria. Als ich draußen ankomme, hat sich um die kämpfenden Jungs ein kleiner Kreis Schaulustiger gebildet. Ich drängele mich nach vorne durch. Danny sitzt auf Ross, die Hände um seine Kehle gelegt.

»Lass mich«, gurgelt Ross. »Du erwürgst mich.«

Bevor mir einfällt, was ich tun könnte, lässt Danny Ross' Hals los, packt ihn dann am Hemdkragen und schlägt seinen Kopf auf den Boden. In diesem Moment stürzt sich Zach Brandon auf Danny und reißt ihn um. Ross springt auf und tritt ihn kräftig in die Seite. Danny gibt ein heiseres Grunzen von sich und rollt sich zu einer Kugel zusammen. Sein Gesicht ist schmerzverzerrt.

»Was zum Teufel geht hier vor?«

Mr Brading drängt sich durch die Menge und zerrt

Danny auf die Füße. Er ist blass, krümmt sich und atmet keuchend.

Ross schämt sich sichtlich. »Er hat angefangen, Sir.« Er zeigt auf Danny. »Er … er hat gesagt, meine Schwester sei eine …« Er beendet den Satz nicht.

»Erspart mir die Details!«, bellt Mr Brading. »Kommt sofort rein. Alle beide!«

Er zerrt Danny zum Eingang der Cafeteria, aber Danny macht sich los, kniet sich hin und übergibt sich aufs Gras.

Ross Jacobs ist mit blauen Flecken und einer Beule am Hinterkopf davongekommen. Danny wird in den Ruheraum und dann ins Krankenhaus gebracht, weil er nicht aufhört, sich zu übergeben. Ich hole Alice von der Schule ab, und als Martha mit Danny nach Hause kommt, ist schwer zu sagen, wer schlechter aussieht: Marthas Gesicht ist zerknittert vor Erschöpfung und Sorge; Danny ist leichenblass, was den großen Bluterguss auf seinem Backenknochen umso stärker hervortreten lässt.

Falls er mich bemerkt, zeigt er es nicht – er marschiert durch die Küche und geht nach oben. Seine Zimmertür fällt laut knallend ins Schloss.

Martha lässt sich auf einen Stuhl sinken und starrt ins Leere.

»Ist er okay?«, frage ich.

»Ich glaube schon.« Sie nickt. »Ich habe nicht selbst mit dem Arzt gesprochen – Danny hat darauf bestanden, alleine reinzugehen. Aber sie haben einen Scan gemacht, und offenbar hat er keine inneren Verletzungen.«

»Du siehst nicht gerade erleichtert aus«, wage ich mich vor.

Martha schüttelt den Kopf. »Nein. Ja. Ich meine, es geht ihm bestimmt gut. Es ist nur …« Sie verstummt.

»Nur was?«

Sie seufzt tief und wählt ihre nächsten Worte sehr sorgfältig »Ich weiß nicht, wie ich es beschreiben soll, Hannah. Er ist so … Er lässt mich nicht in seine Nähe. Ich darf ihm nicht helfen. Ich wollte mit dem Arzt reden, aber er …« Tränen steigen ihr in die Augen und sie versucht, sie wegzublinzeln. »Er hat mich angebrüllt und mir gesagt, ich solle mich um meinen eigenen Scheiß kümmern. Aber ich bin doch seine Mutter, verdammt noch mal. Ich versteh das einfach nicht.«

Ich weiß nicht, was ich darauf sagen soll. Martha wischt sich die Augen und dreht sich zu mir um. »Hannah, glaubst du … ich habe mich gefragt, ob dir etwas aufgefallen ist …«

»An Danny?«

Martha nickt. »Ich will nur wissen, ob er … Ach, ich weiß auch nicht.« Sie fährt sich durchs Haar. »Er ist nur so …«

Ich denke lange über meine Antwort nach. Ich denke daran, wie Danny Ross' Kopf auf den Boden geschlagen hat, an den Ausdruck, den sein Gesicht dabei hatte. Die Zähne gefletscht, eine schreckliche Energie in seiner Miene.

Wie soll ich Martha sagen, dass ich glaube, ihr Sohn könnte in etwas Schlimmes verwickelt sein? Dass der Danny, den wir kannten, nicht der Danny ist, den wir jetzt gerade kennenlernen?

»Mummy!«

Alice stürmt ins Zimmer und fällt ihrer Mutter um den Hals. Martha vergräbt ihr Gesicht an ihrer Schulter und verbirgt ihre Tränen. »Hallo, Schätzchen.«

Alice windet sich. »Das kitzelt«, sagt sie lachend.

Martha lächelt, aber Alice legt ihr die Hände auf die Wangen und schaut ihr direkt in die Augen. »Traurig?«

Ihre Mutter holt tief Luft. »Ach was, Süße. Sollen wir zu Abend essen? Wie wäre es mit etwas ganz Tollem? Willst du vielleicht … Pizza?«

Am nächsten Nachmittag wird Martha ins Büro des Rektors bestellt. Ross Jacobs' Eltern waren bereits dort. Es wird über einen Schulausschluss gesprochen, aber weil es unmöglich ist, festzustellen, wer genau den Kampf angefangen hat, und weil die Prüfungen in einer Woche beginnen, suspendiert Mr Givens beide nur für drei Tage.

Die Gerüchteküche brodelt natürlich, aber Ross weigert sich, weitere Details preiszugeben.

Das ist seltsam. Ross ist niemand, der sich gerne prügelt – ganz anders als Luke Devenish oder Alex Howarth und ihre Freunde. Ross ist ein stiller Typ.

Noch seltsamer ist, dass er und Danny früher enge Freunde waren.

16

»Ich dachte, die brauchst du vielleicht.«

Danny wendet den Blick nicht vom Fernseher ab, als ich ihm die Physikhausaufgaben reiche.

»Danke.« Er wirft sie achtlos auf den Couchtisch. Ich halte Ausschau nach Anzeichen dafür, dass er gelernt hat, aber ich sehe weder Notizen noch Schulbücher.

»Wann kommst du zurück?«, frage ich.

»Wohin?«

»In die Schule. Deine Suspendierung ist doch vorbei, oder?«

Er hebt die Schultern. »Ab nächster Woche sind Prüfungen, also hat Mum gesagt, ich könnte genauso gut zu Hause lernen. Und mich dabei erholen.«

Danach ignoriert er mich wieder. Ich knirsche mit den Zähnen und rufe mir in Erinnerung, wie schwierig alles für ihn sein muss.

Als ich gerade aufgeben und gehen will, erregt der Fernseher meine Aufmerksamkeit. Über den Schirm rennen zwei kleine Kinder in Badesachen durch einen Garten und ein nicht sichtbarer Erwachsener spritzt sie mit dem Gartenschlauch nass.

Schlagartig wird mir klar, dass das keine Fernsehsendung

ist. Das sind Danny und ich, klein und dünn, die Wangen mit Sommersprossen übersät. Jetzt jagt Danny mir mit einem Wurm in der Hand hinterher, ein fröhliches Grinsen im Gesicht. Ich renne quietschend davon, muss aber auch lachen.

Das Bild zittert kurz, als jemand die Kamera justiert. Das muss Martha sein. Sie hat beinahe alles gefilmt, was Danny und Alice jemals gemacht haben. Meine Laune bessert sich ein bisschen. Es freut mich, dass er sich wenigstens für unsere gemeinsame Vergangenheit interessiert. Vielleicht habe ich zu schnell über ihn geurteilt. Vielleicht liegt Danny mehr an mir, als er zeigen kann.

»Schaust du dir die alle an?« Ich nicke in Richtung der Schachtel mit alten VHS-Kassetten, die neben dem Sofa steht.

»Mum will sie digitalisieren lassen«, erklärt Danny. »Ich sichte sie für sie, damit sie weiß, was drauf ist. Sie denkt nie daran, sie ordentlich zu beschriften.«

Ich schaue fasziniert zu, wie die Gartenszene von einem Schwimmbad abgelöst wird, wo ein halbes Dutzend Jungs um die Wette schwimmt. Die Schwimmgala, bei der Danny seinen ersten Pokal gewonnen hat.

»Fängst du wieder an?«, frage ich.

»Womit?«

»Mit dem Schwimmen.«

Danny dreht sich um und schaut mich tatsächlich an. »Warum willst du das wissen?«

»Reine Neugier«, sage ich achselzuckend.

»Die Antwort ist: Nein, glaube ich nicht.«

Auf dem Bildschirm hievt sich eine jüngere Version von

Danny aus dem Becken, lächelt breit und strahlt vor Stolz. Marthas Kopf erscheint im Bild, als sie ihn umarmt.

»Vermisst du sie gar nicht? Die Wettkämpfe?«

»Jetzt hör doch endlich auf«, knurrt Danny. »Du klingst schon genau wie Martha.«

Ich bin geschockt. *Martha?* Habe ich gerade richtig gehört?

»Außerdem darf ich nicht«, sagt er. »Es ist nicht gut für meinen Rücken.«

»Für deinen Rücken? Seit wann denn das?«

Danny schaut mich noch einmal an, sein Gesicht ist vor Ärger ganz starr.

»Hannah, jetzt hör um Himmels willen mit dem Verhör auf, okay?«

Ich wende den Blick vom Bildschirm ab und starre ihn an. Sehe die Feindseligkeit in seinem Gesicht und denke an Joes Rat.

Vergiss ihn einfach.

Aber irgendetwas hält mich davon ab. »Du machst dir also keine Sorgen wegen Ross?«

Danny spannt den Kiefer an und versucht, ruhig zu bleiben. »Ross geht es gut – es gibt keinen Grund, sich Sorgen zu machen.«

Ich lasse ihn ein paar Minuten schmoren. Aus dem Fernseher dringen Stimmen – eine davon gehört Danny. Seine alte Stimme – oder besser gesagt, seine jüngere – höher und irgendwie fröhlicher.

Ich schaue weiter den Danny vor mir an und lasse mich nicht ablenken. »Worum ging es denn, als du dich mit Ross geprügelt hast?«

Er schaut mich kurz an und wendet dann den Blick ab, leckt sich über die Zähne und antwortet: »Um nichts.«

»Aber ich hab gesehen, wie du seinen Kopf auf den Boden geschlagen hast. Es kann nicht um nichts gegangen sein …«

»Hör zu«, sagt Danny mit lauter Stimme, »ich hab dir gesagt, du sollst mich in Ruhe lassen, okay, Hannah? Es war nur ein Missverständnis.«

»Ein Missverständnis? Aber er war dein Freund, Danny«, bohre ich weiter. Ich bin entschlossen, diesmal zu ihm durchzudringen, ihn dazu zu zwingen, sich mir zu öffnen. »Wie konntest du …«

»Verpiss dich, Hannah.«

Ich starre ihn fassungslos an. Hat er das gerade wirklich gesagt?

Danny wendet sich wieder dem Fernseher zu. Ich atme langsam und zitternd ein und will dann gehen. Aber dann höre ich eine Stimme. Eine Frauenstimme. Oh Gott …

Ich schaue auf den Fernsehschirm und da ist sie. Das helle Haar zu einem Pferdeschwanz gebunden, eine grüne Glasperlenkette um den Hals. Die Kette, die in einer Schachtel unter meinem Bett liegt.

Sie steht zwischen Paul auf der einen und Martha und Dad auf der anderen Seite. Sie alle halten hohe Gläser mit bunten Strohhalmen in den Händen, und sie lachen über etwas, das man nicht sehen kann.

Sie schaut in die Kamera, lächelt und sagt, dass sie ein Sandwich möchte. Dann rennt eine Miniaturausgabe von mir ins Bild und wirft sich gegen ihre Beine. Mum taumelt lachend zurück.

Schmerz durchzuckt mich wie ein Messer und mir steigen Tränen in die Augen. Oh mein Gott. Mum. Ich habe sie schon so lange nicht mehr gesehen. Alles, was ich von ihr habe, sind die paar Fotos, die ich gerettet habe, bevor Dad alle Familienbilder auf dem Dachboden versteckt hat.

»Schalt das aus«, zische ich und schlucke mühsam.

Danny bleibt bewegungslos sitzen.

»SCHALT DAS AUS!«

»Warum?« Dannys Hand schwebt über der Fernbedienung und er beobachtet dabei mein Gesicht. Einen Moment lang glaube ich, den Hauch eines Lächelns auf seinem zu sehen.

Ich antworte ihm nicht, sondern marschiere einfach aus dem Haus, in den Garten. Hitze und Verzweiflung drohen mich zu überwältigen.

Wie konnte er nur? Ich ringe keuchend nach Luft, kämpfe meine Tränen nieder und würde am liebsten schreien. Wie konnte er das nur tun?

Danny weiß genau, was mit Mum passiert ist. Und wie nah mir das geht. Und dass ich jeden Tag das Gefühl habe, dass mein Leben in dem Augenblick geendet hat, in dem sie starb.

Das kann er nicht vergessen haben. Auf keinen Fall.

Ich surfe auf einer Flutwelle der Emotionen. Wut, Trauer und Schmerz steigen schäumend in mir auf. Und plötzlich ist mir eines sonnenklar.

Danny sind wir völlig egal. Ich. Alice und Rudman. Ross und alle anderen.

So viel ist sicher.

Die Frage ist nur, warum? Ich weiß es nicht, denke ich und wische mir die Augen trocken. Zwinge mich, zu atmen, mich zu beruhigen. Ich habe nicht die geringste Ahnung, warum Danny so geworden ist.

Aber eines weiß ich. Ich werde nicht eher ruhen, bis ich es herausgefunden habe.

17

»Ist das wirklich in Ordnung, Hannah? Ich kann immer noch absagen.«

Dad rollt seine Hosen und Hemden zusammen und legt sie wie Riesenwürste dicht an dicht in den Koffer. Er schwört darauf, dass sie nur so nicht zerknittern. Er ist ein sehr ordentlicher Packer, wenn man bedenkt, wie wenig ihm das Chaos ausmacht, in dem er ansonsten lebt.

»Ich hab doch gesagt, das ist völlig okay, Dad. Wirklich.«

Dad sieht nicht überzeugt aus. Ich weiß, dass es ihm nicht recht ist, mich kurz vor meinen Prüfungen allein zu lassen, aber das Angebot, eine Reihe von Vorlesungen in Amerika zu halten, musste er einfach annehmen. Und mich freut es, dass seine Karriere wieder gut läuft – nach Mums Tod hat Dad ein halbes Jahr lang kaum gearbeitet. Zu seinem Glück hielt die Universität seine Stelle für ihn frei.

»Es sind ja nur vier Wochen«, füge ich hinzu. »Und ich lerne sowieso die ganze Zeit.«

Dad schaut mich an und rollt ein weiteres Hemd zusammen. »Und es ist okay für dich, bei Martha und Paul zu wohnen?«

»Natürlich. Außerdem hat Lianna gesagt, ich kann auch zu ihr ziehen, falls ich mal eine Pause brauche.«

»Ich fände es trotzdem besser, wenn du mitkommen würdest«, sagt Dad wehmütig und schaut aus dem Fenster auf den blühenden Fliederbusch der Nachbarn. Er hat jetzt schon Heimweh.

»Ich auch. Aber ich komme schon klar hier. Wirklich.«

Ehrlich gesagt bin ich ganz froh darüber, dass ich nicht mitkann. Einmal habe ich ihn eine Woche lang begleitet – in dem Jahr, bevor Mum starb. Anfangs machte es noch Spaß – die Einkaufszentren, Autobahnen und die riesigen Dimensionen –, aber als der erste Reiz verflogen war, habe ich mich ziemlich gelangweilt. Ich kannte niemanden auf dem Campus, also saß ich nur vor der Glotze und schaute irgendeinen der 500 Fernsehsender, solange Dad arbeitete.

Außerdem ist es mir recht, einen Grund zu haben, bei den Gellers zu wohnen. So kann ich Danny im Auge behalten und versuchen herauszufinden, was mit ihm los ist.

Dad seufzt. Dann nickt er, schuldbewusst und erleichtert zugleich. Er mag ja an seiner Entscheidung zweifeln, aber ich weiß, wie sehr er es liebt, all diese Biologen zu treffen und mit ihnen über Dinge zu reden, die wir anderen niemals verstehen würden.

Er klappt versuchsweise den Kofferdeckel zu. Es kostet Kraft, ihn zu schließen. Dad beißt sich auf die Lippe und betrachtet den Kleiderstapel, der immer noch auf seinem Bett liegt.

Ich muss lachen. »Du weißt schon, dass es dort Waschmaschinen gibt, oder?«

Dad zieht eine Grimasse. »Hannah …« Er zögert und schaut in unseren verwilderten Garten hinaus, in dem Gras und Pflanzen in der Sommerhitze wuchern. Ich mache mir keine Gedanken mehr darum – im Winter stirbt sowieso alles ab.

»Ich dachte, wenn ich wieder hier bin, sollten wir uns vielleicht mal unterhalten«, sagt er.

»Worüber?«

Dad wirkt unsicher und weicht meinem Blick aus. Dann fährt er sich durch das wirre Haar. »Du bist jetzt sechzehn, beinahe erwachsen. Es gibt da ein paar Dinge, die ich dir erklären muss. Du hast ein Recht darauf, sie zu erfahren.«

Er hat offenbar über das nachgedacht, was ich ihn vor dem Supermarkt gefragt habe, folgere ich. Er will mir sagen, was zwischen ihm, Martha und Paul vorgefallen ist.

»Warum nicht gleich?«, frage ich, denn am liebsten würde ich es sofort erfahren.

Dad hebt den Blick und sieht mich ausnahmsweise einmal richtig an. »Lass uns bis nach deinen Prüfungen warten, Schätzchen. Danach könnten wir beide vielleicht ein paar Tage wegfahren. Du verdienst eine Belohnung und ich könnte auch ein bisschen Urlaub gebrauchen.«

Ich lächele. In unserem letzten Urlaub waren wir mit Mum auf der Isle of Wight, und das ist schon … sechs Jahre her.

»Klingt toll«, sage ich und bezwinge meine Ungeduld. »Ich kann es kaum erwarten.«

Als Dad sein Taxi erwischt hat und ich bei den Gellers eintreffe, ist es schon beinahe dunkel. Alice begrüßt mich mit einem Stirnrunzeln. »Supersauer«, sagt sie feierlich. »Alle supersauer.«

Martha bügelt, ein schlechtes Zeichen. Martha hasst Bügeln und macht sich nur daran, wenn sie übelste Laune hat. Sie schaut zu mir auf und lächelt, als ich meine Schuhe ausziehe. Die Art Lächeln, die einem nicht leichtfällt.

»Ich hab mich schon gefragt, wo du bleibst. Ist dein Dad gut weggekommen?«

Ich nicke. »Ist alles okay?«, frage ich so beiläufig wie möglich.

Martha schiebt das Bügeleisen über ein Hemd von Paul und bleibt im Kragenansatz hängen. Mit einer Grimasse zieht sie es wieder gerade.

»Nö«, sagt eine Stimme hinter mir. Danny. »Mum ist sauer, weil ich einen Zahnarzttermin verpasst habe. Als wäre das wichtig.«

Martha wirbelt herum, hebt das Bügeleisen und fuchtelt damit herum. »Du hast nicht nur einen Termin verpasst, Danny, sondern zwei. Und ich hätte nie etwas davon erfahren, wenn die Praxisgehilfin nicht angerufen und sich beschwert hätte.«

Achselzuckend lehnt sich Danny gegen den Türrahmen. »Ich hab mich doch schon entschuldigt. Aber was ist denn so schlimm daran? Mit meinen Zähnen ist alles in Ordnung.«

Er zieht die Lippen zurück und zeigt sie vor. Dabei sieht er aus, als wolle er gleich zubeißen.

»Das Problem ist, dass du mich angelogen hast, Danny«, sagt Martha langsam und überdeutlich. »Ich habe dich gefragt, wie die Untersuchung war, und du hast gesagt, sie sei gut gewesen.«

»Ich hab dir doch schon gesagt, dass ich anderweitig beschäftigt war.«

»Und womit? Was ist so wichtig, dass du einen zehnminütigen Zahnarzttermin nicht wahrnehmen kannst?«

Danny antwortet nicht, sondern starrt seine Mutter nur wütend an.

Sie sehen beide nicht aus, als wollten sie nachgeben, und ich sehe, wie Alice sie wachsam beobachtet. Dann dreht Danny sich auf dem Absatz um und stolziert aus dem Zimmer.

Ich schaue Martha an, deren Gesicht gerötet ist. Ist sie wütend oder muss sie gleich weinen? Ich weiß es nicht.

»Jesses«, zischt sie halblaut, damit Alice sie nicht hört. »Ich weiß einfach nicht, was mit ihm los ist. Er wird von Tag zu Tag launischer und schwieriger.« Sie fährt mit dem Bügeleisen wütend über Pauls Hemd und verursacht mehr Falten, als vorher da waren.

»Lass mich das machen«, biete ich ihr an.

Martha schüttelt den Kopf. »Lass nur, Hannah. Du solltest lieber lernen.« Sie schließt kurz die Augen und schaut dann an die Decke. »Vielleicht könntest du Danny ja dazu bringen, dasselbe zu tun.«

Sie hält das Bügeleisen schief, und ein Strahl Dampf entweicht ihm und feuchtet den Ärmel ein.

»Gib her.« Ich strecke die Hand aus. »Mir macht das nichts aus. Ich will dir helfen, solange ich hier wohne.«

Martha reicht mir das Bügeleisen mit einem dankbaren Seufzer. Dann schenkt sie sich ein Glas Wein ein und sinkt in einen Sessel. Ich frage mich, ob dies der richtige Augenblick ist, mir ihr über Danny zu reden. Sie zu fragen, was ihrer Meinung nach mit ihm passiert ist, während er weg war. Ihr von meinem Verdacht zu erzählen, dass er in Schwierigkeiten steckt.

Aber nein. Es ist nicht der richtige Zeitpunkt. Alice sitzt am Küchentisch und isst eine Scheibe Toast und Martha sieht müde und aufgewühlt aus. Ihr Gesicht ist blass und von Falten durchzogen.

Ich lege das Hemd richtig aufs Bügelbrett und glätte die Falten, die sich unter dem Dampf auflösen. Wenn sich nur alles im Leben so leicht glätten lassen würde.

18

»Haaaaaannnnnnaaaaaah!«, schreit Alice, als ich von meiner Matheprüfung nach Hause komme. Sie rennt mir mit solcher Wucht in die Arme, dass mir die Luft wegbleibt.

In der Woche, die ich jetzt hier bin, scheint sie gewachsen zu sein, und ihr Gesicht wirkt glücklicher, weniger verkniffen. Rudman springt hinter ihr her und wedelt mit dem Schwanz. Er hat zugenommen und die Kratzer sind beinahe verheilt – sein Fell wächst auch nach an den Stellen, die der Tierarzt vor dem Nähen rasiert hat.

Alice trägt ihr Partykleid und ein Diadem aus Plastik. Sie nimmt meine Hand und zieht mich nach oben, ins Schlafzimmer ihrer Eltern.

»Hannah!« Martha, die gerade ein paar schwarze, glänzende Schuhe anprobiert, umarmt mich herzlich. »Wie ist es gelaufen?«

»Ganz okay, glaube ich«, sage ich und lasse mich von Alice aufs Fußende des Bettes drücken. »Ich konnte die meisten Fragen beantworten.«

»Hast du Danny gesehen? Ist er schon wieder da?«

»Er war in der Prüfung, aber wo er jetzt ist, weiß ich nicht.« Ich sage ihr nicht, dass er ganz in meiner Nähe saß und nach der ersten halben Stunde nichts mehr geschrieben, sondern nur noch gelangweilt aus dem Fenster geschaut hat.

»Du solltest deinen Dad anrufen«, sagt sie, »und ihm sagen, wie es war.«

»Ich rufe ihn heute Abend an. Wenn er mit der Arbeit fertig ist.«

»Und?« Martha macht eine Pirouette und zeigt mir ihr Outfit für das Abendessen im Rotary Club. Sie trägt ein tailliertes grünes Kleid mit V-Ausschnitt. Mit ihrem kirschroten Lippenstift sieht sie gut aus.

Besser als gut. So toll hat sie seit einer Ewigkeit nicht mehr ausgesehen.

Sie dreht sich noch einmal und endet mit einem Knicks und einer eleganten Geste, die Alice zum Kichern bringt. Dann schneidet sie eine Grimasse und Alice lacht noch mehr.

»Fantastisch«, sage ich. »Ehrlich.«

»Diese Ohrringe?« Sie hält einen langen, mit Diamanten besetzten an ihr Ohr. »Oder diese?« An das andere hält sie einen schwarzen Knopf.

»Ich weiß nicht … du kennst mich doch … ich kann so was nicht.«

»Schwarz«, sagt Alice entschieden.

»Dann Schwarz.« Martha lässt die anderen in ihr Schmuckkästchen fallen und schließt es wieder in ihrem Schrank ein.

»Warum ist Alice so schick?«, frage ich. Sie wird ja wohl kaum mit Paul und Martha ausgehen.

Martha lacht. »Du kennst sie doch, sie muss immer alles

mitmachen. Wenn ich mich aufdonnere, dann tut sie das auch. Deshalb brauche ich auch immer so lange, um mich fertigzumachen.«

Alice schmollt, wirft sich dann aufs Bett und strampelt mit den Beinen.

»Diese ganze Schönheit nur für mich«, sage ich und packe sie an den Knöcheln. »Na komm, Käfer. Lass Mum weitermachen. Sollen wir Rudman dazu bringen, die Eichhörnchen zu jagen?«

»Erwischt!«, quiekt Alice, als sie auf meinem Spielstein landet und ihn wieder einmal in meine Ecke zurückbefördert. Wir spielen Mensch-ärgere-dich-nicht in ihrem Zimmer, eine selbst erfundene Version, in der Spielsteine gestapelt werden dürfen, um den Gegner zu blockieren. Jede Runde dauert eine gefühlte Ewigkeit, aber Alice genießt jeden Moment.

»Vielleicht sollten wir dich einfach zur Siegerin erklären?«, schlage ich hoffnungsvoll vor.

»Nein, nein, nein!«

»Ich brauche jetzt was zu trinken. Würfel du doch solange für mich.«

In der Küche schenke ich mir ein Glas Wasser ein und hebe die Chipstüte auf, die Alice auf dem Boden hat liegen lassen. Als ich sie in den Mülleimer werfe, sehe ich die Seite einer Schachtel, die unter der Zeitung von gestern steckt. Der Aufdruck, eine Frau mit langem, blondem Haar, erregt meine Aufmerksamkeit.

Ich ziehe sie heraus. Richtig, es ist Haarfärbemittel, ein Farbton namens Golden Summer. Drinnen liegt eine leere

Tube, an deren Deckel noch ein graugrüner Klecks Creme klebt.

Ich starre verwirrt darauf. Wer färbt sich denn hier die Haare? Ich weiß, dass Marthas Haarfarbe nicht echt ist – aber sie benutzt Dunkelbraun und lässt sich die Wurzeln alle paar Wochen beim Frisör nachfärben. Wer dann? Alice ist viel zu jung und Paul hat kaum noch Haare, die sich färben ließen.

Es muss also Danny sein. Aber warum färbt er sein Haar? Er ist doch schon blond?

Dann denke ich daran, wie stark mein eigenes Haar in den letzten Jahren nachgedunkelt ist, von Blond zu Hellbraun. Lianna sagt immer, ich solle mir Strähnchen machen lassen.

Trotzdem überrascht es mich, dass Danny sich die Mühe macht, sich die Haare zu färben. Früher war ihm sein Aussehen völlig egal. Martha musste ihn ständig dazu zwingen, unter die Dusche zu gehen.

Irgendwo im Haus knallt eine Tür zu. Instinktiv stopfe ich die Schachtel wieder in den Mülleimer und eile wieder hinauf zu Alice.

»Bin ich dran?«

Alice zupft mit missmutigem Gesicht Wollfäden aus dem Teppich. »Nein. Bin jetzt müde.«

»Na gut«, sage ich und versuche, nicht allzu erleichtert zu klingen. »Schlafenszeit.«

Ich bringe sie ins Bett und küsse sie auf die Stirn. Unten im Wohnzimmer geht der Fernseher an. Danny.

»Bleibst du hier?«, flüstert Alice und dreht sich auf die Seite. »Bitte?«

Ich betrachte, wie Alice' Brustkorb sich gleichmäßig hebt und senkt, wie ihre Augenlider zucken, als sie zu träumen beginnt. Soll ich noch ein bisschen spazieren gehen? Es ist noch hell draußen, und ich würde gern ein wenig frische Luft schnappen und meine Gedanken ordnen.

Aber irgendwie fühle ich mich bei dem Gedanken unwohl. Wovor habe ich denn Angst?, frage ich mich. Dass Danny wieder ausgeht und Alice alleine lässt?

Das würde er doch sicher nicht tun. Er weiß doch, dass seine Eltern nicht da sind.

Oder habe ich Angst davor, Alice mit Danny allein zu lassen? Der Gedanke lässt mir den Atem stocken. Kann das wirklich sein? Ich lege meinen Kopf neben sie aufs Bett, betrachte ihre leicht gefurchte Stirn, die aussieht, als konzentriere sie sich sogar im Schlaf. Unten geht der Fernseher aus und ich höre eine Stimme. Danny.

Ich schleiche mich auf den Treppenabsatz. Er telefoniert, redet schnell und drängend. Ein paar Sekunden lang schweigt er, dann redet er wieder, leiser, mit gepresster Stimme. Als sei er wütend und versuche, nicht zu schreien.

Dann wieder Schweigen. Gefolgt vom Zufallen der Hintertür.

Danny ist gegangen, Gott weiß, wohin. Zurzeit kommt er immer erst sehr spät nach Hause, lange nachdem ich ins Bett gegangen bin, und morgens schläft er so lange wie möglich. Aber ich überprüfe trotzdem noch mal, ob er weg ist, bevor ich mir seine Schultasche vom Küchentisch nehme und sie eilig durchsuche. Nichts. Nur ein paar Stifte und ein paar Bücher. Lose Münzen, aber kein Geldbeutel. Ein Prüfungsplan, am Boden der Tasche zusammengeknüllt.

Ich gehe zu seinem Zimmer hinauf. Die Tür ist geschlossen, und ich zögere, bevor ich die Klinke hinunterdrücke. Soll ich das wirklich tun? Was, wenn Danny es herausfindet? Oder Martha und Paul?

Ich hole tief Luft, dann öffne ich die Tür.

In diesem Moment sehe ich Lichter die Einfahrt erleuchten, und dann höre ich Motorengeräusch vor dem Haus. Sie sind wieder da.

Hastig schließe ich die Tür und fühle mich merkwürdig erleichtert.

»Wie war es?«, frage ich, als Martha hereinkommt und mich beschwipst anlächelt – ein Zeichen dafür, dass sie einen schönen Abend hatte. Paul folgt ihr auf dem Fuß, löst seine Krawatte und nickt mir zu, bevor er nach oben geht und nach Alice sieht.

»Ach, wie üblich.« Martha lässt sich neben mir aufs Sofa sinken. »Zu viel gegessen, zu viel getrunken. Zu viel geredet. Du weißt schon.«

Ich grinse. »Eigentlich nicht.«

Martha schaut mich mit zusammengekniffenen Augen an und lächelt. »Du hast recht, Hannah. Du solltest wirklich öfter ausgehen.«

Ich lache.

»Das meine ich völlig ernst.« Sie schlüpft aus ihren Pumps und massiert sich die Füße. »Was ist mit dem Abschlussball? Hat dich schon jemand eingeladen?«

Ich werde rot. »Nein.«

»Was ist mit Danny? Geh doch mit ihm hin.«

Ich schaue sie an und schüttele den Kopf.

»Ihr wolltet doch immer zusammen hingehen.«

Das stimmt. Wir hatten uns schon vor Ewigkeiten geschworen, gemeinsam zum Abschlussball zu gehen. Nicht als Paar, sondern weil wir uns einig waren, dass wir zusammen mehr Spaß haben würden als mit anderen Partnern.

Aber das war damals. Heute würde Danny den Ball wahrscheinlich lieber ausfallen lassen, als den Abend mit mir zu verbringen.

Martha beobachtet meinen Gesichtsausdruck. »Was ist los, Hannah?«

»Was soll denn sein?«, frage ich mit gespieltem Unverständnis.

»Komm schon, ich merke doch, dass zwischen Danny und dir etwas nicht stimmt.«

Ich wende den Blick ab. »Ich weiß nicht, wovon du sprichst.«

»Ihr redet kaum noch miteinander.«

Ich überlege, was ich sagen soll. Aber ich bin so furchtbar müde, dass ich nicht die richtigen Worte finde. »Ich … ich weiß es nicht. Er hat sich verändert … alles hat sich verändert, meine ich.«

Es folgt eine Pause, in der Martha meine Antwort verdaut. Sie strafft die Schultern, setzt sich auf und denkt nach.

»Ja, das hat er, Hannah. Und bevor du etwas sagst – vielleicht nicht zum Besseren. Zumindest in mancher Hinsicht.« Sie schließt seufzend die Augen, kneift sie fest zu. Dann öffnet sie sie und schaut mich fest an.

»Aber wer weiß, was ihm zugestoßen ist, als er weg war – das denke ich immer wieder. Was auch immer es war, es muss schrecklich gewesen sein. Sonst würde er doch die Erinnerung daran zulassen. Und so etwas verändert einen Menschen.«

Martha ist also zu demselben Schluss gekommen wie ich. Ich überlege kurz, ob ich meinen Verdacht über Dannys Vergangenheit äußern soll, aber irgendetwas hält mich zurück. Ich weiß immer noch nicht, ob Martha dazu bereit ist, sich etwas Schlechtes über ihren Sohn anzuhören.

»Schau, Hannah, ich weiß, dass es schwierig ist – für uns alle. Aber wir müssen Geduld haben. Warten, bis er sich erinnern kann oder sich zumindest erholt hat. Ich bin sicher, Danny meint das alles nicht böse. Bestimmt nicht. Er kann nur ... er kann nur nicht anders, das ist alles.«

Ich nicke, aber ich kann ihrem Blick nicht standhalten und auch nicht auf die Bitte reagieren, die darin liegt. Martha versucht nicht nur, mich zu überzeugen, sondern auch sich selbst, das spüre ich. Der Unterschied ist nur, dass sie nicht wirklich wissen will, was Danny zugestoßen ist. Sie will nur, dass alles wieder in Ordnung ist.

Dann beugt sie sich zu mir und nimmt mein Kinn in ihre Hand. »Du musst ihm etwas Zeit geben, okay, Hannah?«

Ich beiße mir auf die Wange und denke an Danny und die Videos. An die Kälte, mit der er mich beobachtet hat, als der Film mit meiner Mutter lief. Er hat meine Reaktion begutachtet wie ein Wissenschaftler, der einen Käfer unter dem Mikroskop studiert.

Ich schaue Martha an, ihren beinahe flehenden Gesichtsausdruck. Und ich lächele. Ein kurzes, falsches, gezwungenes Lächeln. Ich werde nichts sagen.

19

Etwas fliegt über meine Schulter und trifft Adam Jamison am Hinterkopf. Er dreht sich verwirrt um und schaut dann auf etwas, das unter meinem Tisch liegt. Ich linse nach unten und sehe ein zerknülltes Blatt Papier.

Ich will es aufheben, aber Adam reißt stumm die Augen auf und schüttelt den Kopf. Mr Watson kommt gerade auf uns zu, mit dem langsamen, bedächtigen Gang, den Lehrer einsetzen, wenn sie Prüfungen überwachen. Mist, denke ich mit pochendem Herzen. Was ist, wenn er das sieht und denkt, ich habe etwas damit zu tun? Kurz durchzuckt mich die Horrorvision, dass ich aus der Prüfung geworfen werde, weil ich nicht erklären kann, was dieses Blatt bei meinem Fuß zu suchen hat. Wie soll ich beweisen, dass es nicht mir gehört?

Als Mr Watson vorbeigegangen ist, atme ich erleichtert auf. Schnell bücke ich mich, hole das Papier und entfalte es unter meinem Tisch. Statt Physikformeln nur ein gekritzelter Satz.

GIB ES HER, SONST PASSIERT WAS. D.

Als Mr Watson wieder nach vorne gewandert ist, stecke ich den Zettel in meine Tasche. Adam beugt sich über seinen Prüfungsbogen, und ich tue dasselbe und konzentriere mich, so gut es geht, auf die Fragen zu Masse und Beschleunigung. Aber meine Gedanken wandern immer wieder zu dem Zettel in meiner Tasche. Wie Adam aussah, als er ihn gesehen hat. Was kann das bedeuten?

Als Mr Watson uns schließlich anweist, unsere Stifte wegzulegen, und unsere Bögen einsammelt, erwische ich Adam auf dem Flur. Ich reiche ihm den Zettel, und sein Gesicht wird bleich und ängstlich, als er ihn liest. Aber das ist noch nicht alles. Er wirft mir einen verletzten Blick zu, bevor er sich abwendet – als hätte ich ihm einen Tritt versetzt oder seine Hausaufgaben bekritzelt.

»Alles okay?«, frage ich und gehe ihm nach. Adam ist still und klug, und seine Eltern sind reich. Das macht ihn zur Zielscheibe für bestimmte Leute. Aber er denkt doch hoffentlich nicht, dass ich zu denen gehöre?

Er nickt stumm, wird aber nicht langsamer. Ich muss beinahe joggen, um mit ihm Schritt zu halten.

»Was bedeutet die Nachricht?«

»Willst du mir erzählen, dass du das nicht weißt?« Er schaut mich beinahe verächtlich an.

»Warum sollte ich das wissen?«

Er bleibt stehen und starrt mich an. Dann erschlaffen seine Gesichtszüge. »Ich weiß nicht. Ich bin einfach davon ausgegangen, dass …«

»Wovon ausgegangen?«

Er packt die Träger seines Rucksacks und schaut sich kurz um. »Sorry, Hannah«, sagt er dann leise. »Ich weiß, dass du nichts damit zu tun hast. Denk nicht darüber nach. Vergiss, dass du den Zettel je gesehen hast, okay?«

Und damit läuft er weiter.

Adams Worte verfolgen mich den ganzen Nachmittag. Wie kam er nur darauf, dass ich etwas mit der Botschaft zu tun haben könnte? Ich kenne ihn kaum. Wir haben vielleicht ein halbes Dutzend Mal miteinander gesprochen, aber zwischen uns gab es nie böses Blut.

Ich denke über den Text nach. Was sollte Adam hergeben? Und wer um alles in der Welt ist D.?

Dann begreife ich, und es ist so offensichtlich, dass ich nicht verstehe, wieso ich nicht gleich darauf gekommen bin. D steht für Danny. Danny muss den Zettel geworfen haben – er saß schließlich nur ein paar Reihen hinter uns. Und das erklärt auch, warum Adam dachte, ich wüsste Bescheid. Er muss geglaubt haben, dass Danny und ich gemeinsame Sache machen.

Aber wobei? Ich muss es unbedingt herausfinden. Ich überlege, ob ich noch einmal mit Adam sprechen soll, aber ich glaube nicht, dass er mir etwas verraten wird. Ich könnte damit drohen, dem Vertrauenslehrer davon zu erzählen, aber was würde das bringen? Adam hat den Zettel an sich genommen, und irgendwie weiß ich, dass er leugnen wird, ihn jemals bekommen zu haben. Sein Gesichtsausdruck hat mir verraten, dass er vor Danny viel mehr Angst hat als vor Mr Rotherford.

Mir bleibt also nur eine Option: Danny zu konfrontieren und ihn dazu zu bringen, mir zu sagen, was hier läuft.

Aber ich verwerfe den Gedanken gleich wieder. Mir wird allmählich klar, dass Danny eine Menge Geheimnisse hat. Und nicht bereit ist, sie preiszugeben.

20

Aus dem Wohnzimmer ertönt ein Schrei, gefolgt von Protestgeheul.

Ich bin vor Martha da, gerade noch rechtzeitig, um zu sehen, wie Danny Alice schubst, und zwar so heftig, dass sie beinahe umfällt.

»Er hat mir wehgetan«, jammert sie und hält ihrer Mutter ihr Handgelenk hin. Ihr Mund steht vor lauter Schock und Empörung offen.

»Was soll das? Ich hab dich kaum angefasst.« Danny dreht sich zu Martha um. »Ich hab nur nach meinem Handy gesucht, da hat sie mich angegriffen. Sie wollte mich beißen!«

Schluchzend lässt sich Alice bäuchlings aufs Sofa fallen.

»Was ist hier los?« Martha wirkt so benebelt, als sei sie gerade aufgewacht.

»Ich habe sie gefragt, wo mein Handy ist, da ist sie ausgerastet.«

»Warum sollte Alice wissen, wo dein Handy ist?«

»Sie spielt ständig damit herum«, sagt Danny und wirft seiner Schwester einen verächtlichen Blick zu, »und verstellt alles.«

»Mach ich nicht!«, schreit Alice mit wutrotem Kopf. »Mach. Ich. Nicht.«

»Ach, halt's Maul«, blafft Danny. »Du dumme …«

»Danny!«

Wir alle fahren herum und sehen Paul im Türrahmen stehen. Seine Stimme ist leise und wütend, sein Gesicht ist so aufgewühlt, wie ich es noch nie gesehen habe. »Lass deine Schwester in Ruhe.«

»Ich will nur wissen, was sie mit meinem Handy gemacht hat.«

»Dein verdammtes Handy interessiert mich nicht«, donnert Paul. »So redest du nicht mit deiner Schwester!«

Danny versucht, sich an seinem Vater vorbei zur Tür zu drängen, aber Paul packt ihn am Arm. »Ich finde, du solltest dich entschuldigen.«

»Bei wem? Bei Alice?« Danny fixiert Paul mit einem Blick, den ich nicht deuten kann. »Ach, richtig. Wir sind ja schließlich eine glückliche Familie, Dad. Sollen wir darüber reden? Sollen wir über meine *Schwester* reden?« Er spuckt das Wort wie einen Fluch aus.

Paul hält seinem Blick stand, aber er ist zusammengezuckt. Mit zitternder Hand verstärkt er den Griff um Dannys Arm. »Was genau meinst du damit?«

Danny starrt ihn nur trotzig an.

»Na?«

»Bist du sicher, Dad?« Dannys Gesicht verzieht sich zu einem Grinsen. »Vor allen hier?«

Paul starrt seinen Sohn noch einen Moment lang an, dann lässt er seinen Arm los. Er sieht nicht mehr wütend aus. Eher niedergeschlagen und … irgendwie verunsichert.

Martha wacht aus ihrer Trance auf und sinkt aufs Sofa, und in diesem Moment kapiere ich, wie schlimm die Situation geworden ist. Sie ist nicht, wie ich erwartet hätte, geschockt und überrascht, sondern wirkt eher panisch. Mir wird klar, dass Martha viel mehr leidet, als ich vermutet hatte.

Niemand sagt etwas. Nur Alice' Schluchzer durchbrechen die Stille. Danny bleibt noch einen Moment lang unschlüssig stehen, dann drängt er sich an seinem Vater vorbei aus dem Zimmer. Sekunden später knallt die Hintertür ins Schloss und setzt ein Ausrufezeichen hinter die Erklärung, die Danny nicht ausgesprochen hat.

Ich höre Paul und Martha in der Küche miteinander streiten, während ich Alice beim Zähneputzen helfe. Danny ist jetzt schon seit fast fünf Stunden weg und hat das Abendessen verpasst. Martha besteht darauf, dass Paul und sie ihn suchen gehen.

»Der kommt schon zurück, wenn er so weit ist«, höre ich Paul sagen.

Eine halbe Stunde später kommt Martha nach oben, blass und aufgewühlt. »Hannah, wir gehen Danny suchen«, sagt sie und versucht, möglichst sachlich zu klingen. »Wir müssen das klären. Hast du eine Ahnung, wo er sein könnte?«

Ich schüttele den Kopf. »Ich weiß nicht mehr, mit wem er befreundet ist.«

Stirnrunzelnd knetet Martha ihre Augenbrauen zwischen den Fingern. »Na ja, wir versuchen es bei den üblichen Verdächtigen.« Sie geht zu Alice und gibt ihr einen Kuss auf die Stirn. Bei mir tut sie dasselbe. Ich mache mir große Sorgen um sie. Wie gerne würde ich ihr helfen.

»Soll bloß wegbleiben«, sagt Alice, als das Auto sich entfernt.

»Wer? Mummy?«, frage ich verwirrt.

»Nein, du Dummi. Nicht Mummy. Er.«

Ich bringe Alice ins Bett und meine Hand ertastet etwas Hartes unter ihrem Kissen. Ich ziehe es heraus, ohne dass sie es merkt.

Es ist Dannys Handy.

Ich habe keine Ahnung, wie viel Zeit mir bleibt, aber wahrscheinlich werden sie Danny nicht so schnell finden – ich weiß zwar nicht, wo er sich zurzeit herumtreibt, aber bei Ross oder Joe ist er sicherlich nicht. Und freiwillig wird er wohl erst nach Hause kommen, wenn er glaubt, dass alle ins Bett gegangen sind.

Ich warte, bis Alice eingeschlafen ist, dann nehme ich das Handy mit in mein Zimmer und lege mich damit aufs Bett. Ich hole es aus dem Standby-Modus und bete, dass es nicht durch eine PIN oder ein Passwort geschützt ist. Bingo. Ich streiche über das Display und lande direkt im Hauptmenü.

So weit, so gut.

Ich öffne Dannys Adressbuch. Ein paar Namen erkenne ich. Martha, Paul, Dean. Alison Heppall und ein paar andere Mädchen aus der Schule. Mr Dickson, der Sozialarbeiter aus London. Mein Name ist nicht dabei, wie mir auffällt.

Aber einige Namen sind mir auch völlig unbekannt. Es

sind keine vollen Namen, nur Spitznamen oder Kürzel: FranB, Jul, Mat, Del, PTB. Ich klicke FranB an und mein Magen zuckt, als ich die Nummer sehe. Sie ist lang und beginnt mit 0033. Das bedeutet doch, dass es eine ausländische Nummer ist, richtig? Ich schaue mir auch die anderen Namen an und finde noch mehr Auslandsvorwahlen.

Wer sind diese Leute?

Ich öffne die Anrufliste. Eine Menge Anrufe von Martha. Ein paar von Paul. Dean und Alison haben auch angerufen. Dann entdecke ich einen der fremden Namen: Mat.

Wer ist bloß dieser Mat? Ich scrolle durch die Liste und sehe, dass er immer wieder anruft, manchmal mehrmals am Tag.

Die Nummer beginnt ebenfalls mit 0033. Wo ist das? Das könnte ich im Internet herausfinden.

Ich lege das Handy auf den Nachttisch und schalte meinen Laptop ein. Ein paar Sekunden später lässt mich ein lautes Summen hinter mir zusammenzucken. Ich drehe mich um und sehe das Telefon auf dem Holz vibrieren. Bei jedem Klingeln bewegt es sich ein Stück.

Ich nehme es in die Hand und schaue aufs Display.

Es ist »Mat«. Scheiße.

Das Telefon vibriert noch einen Moment lang in meiner Hand, dann verstummt es. Gleich darauf blinkt das Mailbox-Icon. Wie komme ich da ran? Ich versuche die drei Ziffern, die ich bei meinem Handy benutze, aber es funktioniert nicht. Vielleicht hat Dannys Anbieter eine andere Nummer, oder er hat sie geändert. Ich glaube, das geht.

Mir bleibt nur eins. Ich schaue das Handy an, zögere und drücke dann auf Rückruf.

Ein langes Schweigen, gefolgt von ein paar kurzen Klickgeräuschen. Dann ein seltsames Brrr-Brrr, ein Klingeln, das ich vorher noch nie gehört habe. Mein Herzschlag beschleunigt sich. Ich will gerade auflegen, als der Ton verstummt.

Dann höre ich eine Stimme. Eine weibliche Stimme.

»Allo …«

Ich kann nicht sprechen. Meine Hand zittert so heftig, dass ich beinahe das Handy fallen lasse.

»Allo …«

Jesses, was mache ich da? Ich sollte auflegen …

»Je sais que c'est toi, chéri. Je vois ton numéro. Pourquoi tu ne me parles pas …?«

Ich beende den Anruf. Meine Handflächen sind schweißnass. Dann überprüfe ich die Nummer, die ich gerade gewählt habe.

Sie ist es. Definitiv »Mat«. Und definitiv kein Junge. Im Kopf gehe ich alle Möglichkeiten durch. Entweder spinnt das Telefon, oder das Mädchen hat sich verwählt. Aber Dutzende Male? Und mein Französisch ist gut genug, dass ich sie verstanden habe.

Mat konnte sehen, wer anrief. Dannys Nummer. Sie hat sie erkannt.

Ich lege das Handy zurück auf den Nachttisch und setze mich mit wackeligen Knien und wild rasenden Gedanken aufs Bett. Woher kennt Danny ein französisches Mädchen? Und zwar so gut, dass sie ihn »Cheri« nennt?

Ich lege meine Hände zwischen meine Beine, um sie am Zittern zu hindern. Danny hat auf jeden Fall Geheimnisse, denke ich, und dieses Mädchen ist eines von ihnen.

Aber das ist nicht der Grund, warum mir das Herz rast und der Kopf schwirrt.

Ich bin mir ganz sicher, dass Danny vor seinem Verschwinden niemanden aus Frankreich kannte. Er war nie dort gewesen. An der Klassenfahrt nach Paris in der Siebten konnte er nicht teilnehmen, weil er einen Wettkampf hatte.

Und ich kann mir auch nicht vorstellen, dass er dieses Mädchen nach seiner Rückkehr kennengelernt hat. Ausländische Touristen verirren sich nur sehr selten hierher.

Es gibt nur eine Möglichkeit: Danny kennt sie aus der Zeit, in der er verschwunden war. Schließlich wurde er in Frankreich aufgegriffen.

Und das lässt nur einen einzigen Schluss zu: Danny lügt. Er hat nicht alles vergessen, was in den Jahren geschehen ist, in denen er nicht bei uns war.

Und er hat auch nicht alles hinter sich gelassen.

21

»Croissant?«

Martha hält Paul das Tablett hin, aber der schüttelt den Kopf und verschwindet wieder hinter der Wochenendausgabe der Zeitung. Danny nimmt eines, ohne seine Mutter dabei anzusehen. Etwas huscht über ihr Gesicht, aber sie überdeckt es schnell mit einem Lächeln.

Ich beobachte Danny aus dem Augenwinkel. Er wirkt völlig entspannt, lehnt lässig in seinem Stuhl, die Kaffeetasse auf dem Knie abgestützt. Mit seiner freien Hand tippt er in sein Handy, das ich letzte Nacht auf den Küchentisch gelegt habe. Mit einem Zettel, ich hätte es in der Sofaritze gefunden. So bekommt Alice wenigstens keinen Ärger.

Ich nehme mir noch ein Croissant, schäle die knusprige Rinde ab und lege sie mir auf die Zunge. Ich genieße die buttrige Süße und versuche, zu begreifen, was hier eigentlich los ist. Habe ich mir den gestrigen Streit nur eingebildet? Ist Danny wirklich aus dem Haus gestürmt und die halbe Nacht lang weggeblieben?

Martha tut nämlich so, als sei überhaupt nichts passiert, und Paul wirft seinem Sohn nur hin und wieder wachsame Blicke zu. Aber an Alice' Schweigen, ihrem wütenden Gesicht und der Tatsache, dass sie nicht einmal in die Richtung ihres Bruders blickt, merke ich, dass für sie der gestrige Vorfall noch lange nicht vergeben und vergessen ist.

Wird Dannys Verhalten keinerlei Konsequenzen für ihn haben?, frage ich mich, als ich mich daran erinnere, wie er seine Schwester geschubst hat. Als habe er meine Gedanken gelesen, schaut er mich direkt an und schenkt mir ein breites Grinsen.

Aber ich lasse mich nicht mehr davon einwickeln. Dieses Lächeln ist eine Herausforderung, kein Freundschaftsbeweis.

Ich stopfe mir mein Croissant in den Mund und spüle es mit Orangensaft hinunter. Es liegt mir so schwer im Magen wie ein Klumpen Schlick. Es fühlt sich nichts mehr normal an. Die Regeln haben sich offenbar geändert.

Martha schlägt vor, einen Einkaufsbummel zu machen, aber ich drücke mich und gebe vor, lernen zu müssen. Als ich Alice in ihren Sitz schnalle und mich von Martha und Paul verabschiede, fühle ich mich allerdings auf einmal unbehaglich und ändere beinahe meine Meinung.

Ich schiebe das Gefühl beiseite und gehe nach oben, um meine Biologie-Mitschriften zu holen, mit denen ich mich dann aufs Bett fallen lasse. Danny ist immer noch hier, aber wahrscheinlich geht er bald aus dem Haus. Er ist am Wochenende eigentlich nie hier. Also kann ich genauso gut lernen, bis er geht.

Aber es ist hoffnungslos. Ich kann nichts aufnehmen. Mein Magen rebelliert und in meinem Kopf überschlagen sich die Fragen. Wer ist Mat? Und wer sind die anderen Kontakte in seinem Handy?

Ich lege mich zurück, starre an die Decke und gehe die Möglichkeiten durch. Was verbirgt Danny? War er in einer Art Gang? Vielleicht haben sie ihn gekidnappt und ihn einer Gehirnwäsche unterzogen? Das könnte sein verändertes Verhalten erklären.

Vielleicht hat Danny aber auch Gefallen an dieser anderen Art Leben gefunden. Andererseits muss es doch schlimm gewesen sein, warum sonst würde er es vor uns verbergen? Warum würde er sonst so tun, als hätte er alles vergessen?

Je mehr ich darüber nachdenke, desto ängstlicher werde ich. Ich kann die Überzeugung nicht abschütteln, dass ich etwas übersehen habe. Dass ich gar nichts kapiere.

Ich setze mich und spüre ein Gefühl der Leere in mir. Heimweh? Ich beschließe, Dad anzurufen. Ihm zu erzählen, was ich herausgefunden habe, meine Vermutungen, einfach alles. Er wird mir dabei helfen, das Puzzle zusammenzusetzen und die Wahrheit herauszufinden.

Dann fällt mir ein, dass es in Chicago mitten in der Nacht ist und Dad sicher noch schläft. Enttäuschung steigt in mir auf. In letzter Zeit sind wir einfach nicht mehr im selben Rhythmus.

Und was sollte ich ihm auch sagen? Dass Danny sich verändert hat? Dass er Geheimnisse vor uns hat? Dass er uns nicht mehr zu mögen scheint? Ich weiß schon, was er darauf antworten wird. Ich muss es ihn gar nicht sagen hören.

Gib ihm Zeit, Hannah. Kommt Zeit, kommt Rat.

Ein Geräusch auf dem Treppenabsatz lässt mich zusammenfahren. Und schlagartig wird mir klar, dass dieses merkwürdige Gefühl nichts damit zu tun hat, dass ich Dad vermisse.

Ich habe Angst.

Aber wovor? Die Antwort darauf finde ich beinahe sofort.

Ich habe Angst davor, mit Danny allein zu sein.

Ich packe meine Bettdecke und kuschele mich hinein. Oh Gott. Seit wann genau habe ich Angst vor meinem besten Freund?

Meinem ehemals besten Freund, erinnert mich eine Stimme in meinem Kopf, und mir wird noch übler. Denn sie hat recht. Danny ist nicht mehr mein Freund, egal, wie man Freundschaft definiert. Das ist vorbei. Danny ist jemand, den ich nicht mehr kenne und nicht mehr verstehe. Schlimmer noch. Danny ist jemand, den ich nicht mal mehr mag.

Sekunden später höre ich seine Schritte auf dem Treppenabsatz. Dann wird es still. Einen Moment lang habe ich das scheußliche Gefühl, dass er direkt vor meiner Tür steht. Meine Brust wird eng, mein Herz schlägt schneller und das Blut rauscht mir in den Ohren.

Hat Danny gemerkt, dass ich mit seinem Handy telefoniert habe? Voller Panik erinnere ich mich an die Anrufliste – wenn er sie aufruft, sieht er, dass gestern Abend jemand Mat angerufen hat. Vielleicht erwähnt sie es auch und fragt, warum er nicht mit ihr geredet hat.

Verdammt. Was bin ich doch für eine Idiotin. Warum habe ich sie nicht von meinem eigenen Handy aus angerufen?

Beruhige dich, befehle ich mir, als die Schritte die Treppe

hinuntergehen. Wenn er fragt, tue ich einfach ganz unschuldig und sage, ich wäre aus Versehen auf den Anrufknopf gekommen oder so. Er hat keinen Grund, daran zu zweifeln.

Ich zwinge mich dazu, wieder ruhig zu atmen, und krieche zum Fenster, als die Hintertür ins Schloss fällt. Ich sehe, wie Danny die Einfahrt entlangschlendert, die Hände in den Hosentaschen, die Kappe tief ins Gesicht gezogen.

Ohne Warnung dreht er sich plötzlich auf dem Absatz um, legt den Kopf in den Nacken und schaut zu meinem Fenster hoch. Ich ducke mich mit heftig klopfendem Herzen. Hat er mich gesehen?

Ich glaube nicht, dafür war ich zu schnell. Aber ich wage erst Minuten später, wieder den Kopf zu heben und über den Fenstersims zu spähen.

Die Einfahrt ist leer, Danny ist verschwunden.

Ich warte noch zehn Minuten, um sicherzugehen, dass er nichts vergessen hat. Dann überprüfe ich alle Räume im Erdgeschoss, um mich davon zu überzeugen, dass er wirklich gegangen ist.

Als ich sicher bin, dass außer mir niemand im Haus ist, gehe ich wieder nach oben und drücke die Klinke von Dannys Zimmertür nach unten. Sie öffnet sich leicht und mit dem vertrauten Knarren. Ich hätte fast erwartet, das Zimmer verschlossen vorzufinden, aber das geht gar nicht. Die Türen im Haus haben keine Schlösser.

Ich schaue mich um. Und bin fassungslos. Das Zimmer ist makellos sauber und ordentlich. Das Bett ist gemacht, die Decke glatt gestrichen und ausgebreitet. Alle Oberflächen sind sauber und beinahe völlig leer. Abgesehen von einem Wecker auf dem Nachttisch, seinem Laptop und ein paar ordentlich gestapelten Schulbüchern auf seinem Pult.

Keine Notizen oder sonstige Anzeichen dafür, dass Danny für irgendeine Prüfung gelernt hat. Aber das überrascht mich nicht. Es ist offensichtlich, dass ihm seine Prüfungen völlig egal sind.

Ich mustere das Zimmer und versuche, alles in mich aufzunehmen. Die Wände sind in dem kühlen Blaugrau gestrichen und an den Fenstern hängen neue, cremefarbene Vorhänge. Ich wusste, dass Martha das Zimmer renoviert hat, aber diese Ordnung ist geradezu unheimlich. Das Zimmer sieht leer und hohl aus – nicht wie ein Schlaf-, sondern wie ein Wartezimmer.

Ich öffne den Schrank. Drinnen sehe ich ordentliche Reihen von Hemden und dunklen, gebügelten Jeans auf hölzernen Kleiderbügeln hängen. Ein paar akkurat gefaltete Pullis. Ein paar Turnschuhe und schwarze Lederschuhe stehen aufgereiht am Boden. Manche sehen brandneu aus. In der Kommode liegt sauber gefaltete Unterwäsche. Paarweise zusammengerollte Socken. Sportsachen, die völlig unbenutzt wirken.

Und darunter etwas, das mich nach Luft schnappen lässt: Dannys Schwimmpokale, die in einer durchsichtigen Plastiktüte ganz hinten in der untersten Schublade liegen.

Ich nehme den kleinen Pokal in die Hand, den er im Regionalwettbewerb für unter 12-Jährige gewonnen hat, und streiche über die Gravur auf der Basis.

Daniel Geller – Goldmedaille über 200 Meter Freistil.

Ich weiß noch, wie er tauchbereit auf den Startschuss

gewartet hat, nervöser als ich ihn je gesehen hatte. Die durchs Wasser schießenden Körper, der Jubel und die Anfeuerungsrufe der Menge. Ein paar Minuten später zog Danny sich mit nasser, glänzender Haut aus dem Wasser und hörte keuchend atmend, wie der Schiedsrichter seinen Sieg verkündete. Ich kann immer noch den Stolz und die Erleichterung auf seinem Gesicht sehen, als er sich umdreht und Martha, Alice und mir zuwinkt.

Ich vermisse ihn. Diesen Danny. Den Danny, dem wir etwas bedeutet haben.

Trauer überwältigt mich, und mit ihr kommt der verzweifelte Wunsch, endlich zu erfahren, was aus diesem Danny geworden ist. Und ob es noch Hoffnung darauf gibt, dass er wieder zurückkommt.

Ich lege den Pokal zu den anderen und schließe die Schublade. Dann gehe ich zum Laptop, klappe den Bildschirm hoch und drücke den Startknopf. Angespannt warte ich ein oder zwei Minuten, bis er hochgefahren ist.

Passwortgeschützt. Verdammt.

Ich schaue aus dem Fenster. Keine Spur von Danny. Die Einfahrt ist leer, aber ich weiß, dass ich nicht trödeln darf. Ich tippe »Rudman« ein. Nichts. Dann versuche ich es mit Alice' Namen und ihrem Geburtsjahr.

Kein Glück.

Ich denke angestrengt nach. Was würde Danny als Passwort einsetzen? Mir wird klar, dass ich keine Ahnung habe. Ich weiß nicht mehr, wie sein Verstand funktioniert. Und ich habe keine Zeit mehr, weiter zu raten, also fahre ich den Computer wieder herunter und scanne das Zimmer, um sicherzugehen, dass ich keine Spuren hinterlassen habe.

Als ich gerade gehen will, sehe ich etwas Glänzendes hinter der Heizung.

Ich gehe hin und schaue nach unten. Zwischen Heizung und Wand steckt eine dünne Metalldose, deren Rand sichtbar ist. Ich bücke mich und ziehe sie heraus. Es ist eine ganz normale Dose, mit Tannenbäumen und Schnee dekoriert – eine Dose für Weihnachtsplätzchen. Diese hier habe ich allerdings noch nie zuvor gesehen.

Ich lüfte den Deckel. Drinnen liegt ein halb volles Fläschchen Kontaktlinsen-Flüssigkeit. Zumindest steht das auf dem Label. Ich ziehe den Deckel ab und schnüffele daran – wenigstens ist es kein Alkohol. Verwirrt schaue ich das Fläschchen an. Trägt Danny Kontaktlinsen? Martha hat bisher nichts über seine Sehkraft gesagt. Früher hatte er gute Augen, aber das kann sich wahrscheinlich im Laufe der Zeit ändern, wie so vieles.

Daneben liegt ein kleines, schwarzes Notizbuch. Ich blättere es durch. Seite um Seite ist mit einer winzigen Schrift gefüllt, die beinahe unleserlich ist. Es scheint sich um eine Art Code zu handeln, ohne Leerzeichen zwischen den einzelnen Buchstaben. *dditsam.estdisp.ilya6a … metpsemar.ilya25a.* Gelegentlich Zahlenreihen, die Telefonnummern sein könnten.

Ich gebe auf. Ich erkenne keinen Sinn darin und wende mich dem restlichen Inhalt der Box zu. Nur ein Umschlag und ein paar Fotos. Das erste zeigt ein junges Mädchen mit dunkelblondem Haar. *Souviens-toi de moi toujours, Mathilde*, steht auf der Rückseite in geschwungener französischer Schreibschrift. *Erinnere dich immer an mich.*

Mathilde, realisiere ich. Mat.

Auf dem anderen Foto steht ein Paar mit einem kleinen Jungen vor einem Haus. Man sieht, dass es schon ziemlich alt ist – ihre Kleider und das Auto hinter ihnen sind sehr altmodisch. Ich würde schätzen, aus den Achtzigern. Vielleicht etwas später. Das Foto ist zerknittert, eine weiße Falte verläuft schräg über das Gesicht des kleinen Jungen. Aber man kann immer noch erkennen, dass er mürrisch in die Kamera schaut.

Dann nehme ich den Umschlag. Er ist offen, also schaue ich hinein. Mir bleibt fast das Herz stehen. Er ist voller Zwanzigpfundnoten. Ich zähle sie schnell. Mehr als fünfhundert Pfund. Meine Kehle schnürt sich zusammen. Woher um Himmels willen hat Danny so viel Geld?

Von unten höre ich ein Geräusch. Als sei etwas zu Boden gefallen. Ich lausche mit wild klopfendem Herzen. Wahrscheinlich war das Rudman, aber ich will kein Risiko eingehen. Hastig stopfe ich alles in die Dose zurück, zögere dann aber. Ich nehme das Notizbuch heraus und schiebe es in meine Jeans, bevor ich die Dose hinter die Heizung zurückschiebe.

Ich lege es bald zurück, sage ich mir. Bevor ihm auffällt, dass es fehlt.

Meine Hände sind schweißnass und mein Herz klopft so heftig, dass mir schwindelig ist. Warum habe ich nur solche Angst? Was sollte Danny denn machen, wenn er mich dabei erwischen würde, wie ich in seinen Sachen herumschnüffele?

Als ich wieder in mein Zimmer schleiche, weiß ich nur eines: Ich will es nicht herausfinden.

22

»Meinst du nicht, du solltest dich ins Bett legen, Hannah?«, fragt Martha, als ich auf einen Küchenstuhl plumpse.

»Es geht mir gut«, sage ich. »Ich bin nur erkältet.«

Sie legt mir eine Hand auf die Stirn, um meine Temperatur zu fühlen.

»Vielleicht solltest du dir den Tag freinehmen. Hast du heute viel zu tun?«

Ich schüttele den Kopf. »Nur eine Wiederholungsstunde in Englisch. Ich schreibe morgen meine letzte Prüfung.«

»Ich ruf sofort die Schule an und sage ihnen, du bleibst zu Hause.«

Ich lächele dankbar. Eine Pause könnte ich gut gebrauchen. Ich fühle mich erschöpft, schlapp wie ein feuchtes Handtuch. Die letzten beiden Tage habe ich darüber nachgegrübelt, was ich auf Dannys Handy gefunden habe und was es bedeutet. Und es gibt nur eine Schlussfolgerung – ich muss mit Martha über Dannys Zustand reden. Ich habe es schon viel zu lange aufgeschoben.

Ich sehe ihr zu, wie sie den Besteckkasten aus der Spülmaschine hebt und zum Trockner trägt, wo sie die Messer und Gabeln und Löffel in die richtigen Fächer sortiert. Das hat etwas sehr Beruhigendes. So normal. Es kommt mir vor, als würde ich mir alles nur einbilden, als könnte nichts so fürchterlich falsch sein.

Aber etwas ist falsch. Und ich muss ihr davon erzählen. Jetzt, während alle anderen außer Haus sind.

»Du …«, setze ich an.

Martha schaut mich an, im Arm einen Stapel Teller. »Was ist los, Liebes?«

Ich räuspere mich. Zwinge mich dazu, zu sprechen. »Um ehrlich zu sein … ich möchte mit dir über Danny reden.«

Ein Schatten fällt auf Marthas Gesicht, ihr Lächeln erstirbt.

Sie versteift sich ein wenig und legt die Teller ab.

»Was soll mit ihm sein?«

»Ich glaube, er ist in irgendwelchen Schwierigkeiten.«

»Schwierigkeiten? Was denn für Schwierigkeiten?«

»Weiß ich nicht«, sage ich und zucke mit den Schultern. »Ich glaube einfach, er hat Probleme, das ist alles.«

»Nun, Hannah, du musst dich schon ein bisschen genauer ausdrücken.«

Für einen Moment halte ich inne. Wie kann ich ihr nur klarmachen, dass Danny uns alle angelogen hat? Ich denke an sein Notizbuch, das ich mir vorgestern geklaut habe. Ich konnte den Code nicht entschlüsseln, aber es ist klar, dass Danny etwas verbirgt. Ich erinnere mich auch an den Kampf in der Schule, den Zettel, den er auf Adam geworfen hat. Und das Geld, das immer noch in der Dose war, als ich das Notizbuch zurückgebracht habe.

Ich hole tief Luft. »Ich glaube, dass er in irgendetwas verwickelt wurde, während er fort war. Vielleicht ist er das immer noch.«

Martha starrt mich an.

»Und ich glaube, er kann sich sehr wohl daran erinnern, was mit ihm passiert ist.«

Lange ist es still. Endlich zieht Martha einen Stuhl heran und setzt sich. »Okay, Hannah. Und was bringt dich dazu, so etwas zu sagen?«

Ich kann ihr nicht erzählen, dass ich in seinem Handy herumgeschnüffelt habe. Oder was ich in dieser Dose gesehen habe. Ich wollte es eigentlich, aber jetzt wird mir klar, wie sie darauf reagieren wird, dass ich seine Sachen durchstöbert habe.

Wie wütend Martha sein wird.

Oh Gott. Ich presse meine Nägel in die Handflächen. Ich habe mir meine Grube selbst gegraben.

»Als ich sein Handy gefunden habe, hat es geklingelt. Ich bin rangegangen.« Nicht die ganze Wahrheit, aber nahe dran. Nah genug, damit mich Martha mit einem Blick fixiert, der mich durchbohrt.

»Wer war dran?«

»Das weiß ich nicht, aber sie war Französin. Zumindest hat sie französisch gesprochen.«

»Sie muss sich verwählt haben.«

»Das glaube ich nicht. Ihr Name stand auf dem Display.«

Für einen Moment sagt Martha nichts. »Könnte es nicht jemand aus der Schule sein?«

Ich schüttele den Kopf. »Ich kenne niemanden, der fließend Französisch spricht.«

Sie zuckt mit den Schultern. »Na ja, wie auch immer, das ist Dannys Bier. Was ist schon dabei, dass er neue Freunde hat?«

»Gar nichts«, sage ich. »Die Sache ist nur, dass es jemand sein muss, den er getroffen hat, während er verschwunden war. Du weißt schon, während er in Frankreich war. Und wenn sie immer noch Kontakt haben, ist es da nicht wahrscheinlich, dass er sich zumindest noch an ein paar der Dinge, die passiert sind, erinnern kann?«

Dieses Mal weiß Martha keine Antwort.

»Und überleg doch mal: Wenn er sich an sie erinnern kann, warum hat er uns dann nicht erzählt, wer sie ist und woher er sie kennt?«

Stille.

»Begreifst du nicht? Es bedeutet, dass er uns über seinen Gedächtnisverlust belügt.«

Martha steht so abrupt auf, dass sie fast den Stuhl nach hinten umwirft. »Es reicht, Hannah. Ich habe wirklich genug gehört!«

Ich starre sie an. Sie erwidert den Blick mit einem harten Gesichtsausdruck.

»Aber siehst du das denn nicht?« Meine Stimme ist jetzt lauter und dringlicher. »Danny muss in irgendwelchen Schwierigkeiten stecken. Warum sonst sollte er sich vor uns verstecken? Er muss irgendetwas Schlimmes getan haben, von dem er uns nichts sagen ...«

»Hör auf, Hannah!«

Ich verstumme. So wütend habe ich Martha noch nie erlebt. Ich spüre, wie mir Tränen in die Augen steigen, in meinem Hals formt sich ein Kloß.

Sie lehnt sich über den Tisch und kommt mit ihrem Gesicht ganz nah an meines heran. Ihre Stimme zittert, während sie spricht.

»Du weißt, dass ich froh bin, dich hier zu haben, Hannah. Wenn es nach mir geht, ist dieses Zuhause auch dein Zuhause, solange du es brauchst –«

»Ich weiß doch«, stammele ich. »Aber –«

Martha hebt die Hand. Sie zittert leicht. »Ich habe immer versucht, dich wie … unsere eigene Tochter zu behandeln …« Sie hält inne, holt Luft, als versuche sie, sich zu beruhigen.

Versucht? Was zum Geier meint sie damit?

»Ich habe für dich mein Bestes gegeben, trotz …« Martha unterbricht sich. Schließt für ein paar Sekunden die Augen. »Aber bitte vergiss nicht, dass Danny mein Sohn ist, und es gefällt mir nicht, wenn du ihn einen Lügner nennst …«

»Das habe ich doch nicht …«, keuche ich. »Ich wollte doch nicht … ich wollte doch nur helfen.«

Ich muss es ihr erzählen, denke ich, ich muss ihr von den Sachen in seinem Zimmer erzählen. Sie mit nach oben nehmen und ihr zeigen, was Danny versteckt. Sie dazu bringen, dass sie sieht, dass er irgendein Geheimnis hat, von dem er nicht will, dass es jemand erfährt.

»Helfen?« Die Eiseskälte in Marthas Stimme lässt mich erschaudern. »Wie genau soll mir das helfen, Hannah? Danny macht eine schwierige Zeit durch und muss sich erst wieder eingewöhnen, und vielleicht hat seine Rückkehr dich vor den Kopf gestoßen –«

»Das ist verrückt!« Ich springe auf. »Wie kannst du nur so etwas sagen? Du weißt genau, dass ich mir mehr als alles andere gewünscht habe, dass Danny zurückkommt. Ich habe alles getan, was mir irgend möglich war –«

»Wirklich, Hannah?« unterbricht mich Martha. »Da

bin ich mir nicht so sicher. Ich finde ehrlich gesagt, dass du Danny gegenüber extrem abweisend gewesen bist, seit er zurück ist. Du hast kaum ein Wort mit ihm geredet.«

»Das ist nicht wahr … Das stimmt nicht …«

Ich schließe den Mund. Ich weiß nicht, was ich sagen soll … wie ich es ihr erklären kann. Ich wollte nur den Dingen auf den Grund gehen. Das Ganze klarstellen, damit wir weitermachen können. Eine Träne dringt aus meinem Auge und befeuchtet meine Wange. Ich wische sie mit dem Ärmel meines Sweatshirts ab und halte das Schluchzen zurück, das ihr zu folgen droht.

Es läuft alles schief. Furchtbar schief.

»Alles was ich sage ist, dass du es versuchen könntest, Hannah. Ich weiß, es ist nicht einfach. Das ist es für niemanden von uns. Aber du könntest es zumindest versuchen.«

»Das habe ich doch«, protestiere ich, und jetzt hält mich nichts mehr zurück. »Ich habe es versucht. Immer wieder. Aber Danny will nicht mit mir reden. Er hasst mich!«

In dem Moment, in dem ich es ausspreche, weiß ich, dass es wahr ist. Die eine Sache, die ich mir nicht habe eingestehen wollen. Danny hasst mich. Ich sehe es jedes Mal in seinen Augen, wenn er mich ansieht. Ich fühle es wie eine kalte Brise in der Luft, sobald er den Raum betritt.

Er hasst mich. Er hasst mich wirklich.

Martha schaut mich an, ihr Gesichtsausdruck ist eine Mischung aus Ungläubigkeit und Zorn. Und auf einmal gleiten mir die Worte heraus, bevor ich sie aufhalten kann.

»Und ich bin nicht die Einzige. Er hasst uns alle, sogar Alice. Sag nicht, das wäre dir noch nie aufgefallen.«

Die Ohrfeige lässt uns beide taumeln. In der Schocksekunde, die folgt, frage ich mich, ob ich sie mir eingebildet habe. Aber dann steigt der Schmerz wie Hitze in meiner Wange auf und ich weiß, es ist wirklich passiert.

Martha hat mich gerade geschlagen.

Für einen Moment sehe ich etwas in ihren Augen, das wie Panik aussieht, und realisiere, dass sie genauso verblüfft ist wie ich. Ich stürze aus der Küche und renne schnurstracks zur Tür hinaus, zu geschockt, um zu weinen.

23

Am nächsten Morgen um sieben Uhr wache ich auf und fühle mich zittrig und schwach. Für einen Moment bin ich verloren, verwirrt.

Wo bin ich?

Ich schaue an mir runter und stelle fest, dass ich noch immer die Jeans und das Sweatshirt anhabe, die ich trug, als ich aus dem Haus der Gellers gerannt bin.

Die Erinnerung stürzt auf mich ein und füllt das Vakuum in meinem Kopf.

Ich bin zu Hause.

Ich spähe aus dem Fenster. Der neue Tag ist dunkel und schwer, mehr Winter als Sommer. Wolken hängen in der Luft, dunkel und unheilvoll, sie verbergen die Sonne vollständig.

Im Badezimmerspiegel sehe ich, dass meine Nase von der Erkältung so gerötet ist, dass sich die Haut bereits schuppt. Meine Augen sind geschwollen und rot vom Weinen. Als ich schlucke, zucke ich zusammen – mein Hals ist immer noch rau und gereizt. Der Gedanke an die Schule weckt in mir den Wunsch, zurück ins Bett zu kriechen, mir die Daunendecke bis zum Hals hochzuziehen und das Licht und alles, was damit einhergeht, auszublenden.

Aber ich habe heute Morgen meine letzte Prüfung.

Also fische ich die Schuluniform heraus, die ich in die hinterste Ecke des Kleiderschranks geworfen habe, bevor Dad nach Chicago gegangen ist; die einzige, die ich nicht zu den Gellers mitgenommen habe. Sie könnte eine Wäsche vertragen, aber für heute muss sie genügen. Ich finde ein paar Aspirin im Badezimmerschrank und gehe in die Küche. Die Brötchen, die ich letzte Nacht in der Gefriertruhe ausgegraben habe, sind inzwischen hart, aber es gibt sonst nichts, deshalb toaste ich sie, tränke sie mit Butter und zwinge mich, zu essen. Den Schmerz beim Schlucken ignoriere ich.

Der Schulweg kommt mir doppelt so lang vor wie sonst. Ich fürchte mich davor, Danny zu sehen, und frage mich, was Martha ihm wohl erzählt hat. Nicht dass es ihn interessieren wird – er wird nur froh sein, dass ich weg bin.

Aber keine Spur von ihm bei der Englischprüfung. Meine Erleichterung verwandelt sich irgendwann in Neugier. Ich schließe zu Sophie Fox auf, als wir den Flur verlassen, und frage sie, ob sie ihn gesehen hat.

Sie wirkt erstaunt. »Du hast es noch nicht gehört?«

»Was gehört?«

»Danny. Er wurde von der Schule geworfen.«

Ich starre sie entgeistert an. »Von der Schule geworfen? Wann denn?«

»Gestern. Direkt vor dem Mittagessen. Der Rektor hat seine Mutter angerufen, und sie ist gekommen, um ihn abzuholen.« Sie schaut mich zweifelnd an. »Aber das weißt du doch alles, oder? Du wohnst doch zur Zeit dort?«

Ich antworte nicht, sondern bringe nur die schlechte Kopie eines Lächelns zustande.

»Weiß niemand, warum?«

»Na ja, es ist nur ein Gerücht, aber Aaron Boyd sagt, er wäre dabei erwischt worden, wie er ein paar Siebtklässler schikaniert hat. Einer von denen hat es seinen Eltern erzählt. Anscheinend soll Danny ihnen Geld abgeknöpft haben und so.«

Ich schlucke und denke an die Zwanzig-Pfund-Noten in dem Umschlag. »Ist er sich sicher? Ich meine Aaron.«

Sophie nickt. »Krass, oder? Ich glaube, auch Givens hat es nicht geglaubt – erst, als er noch ein paar andere Schüler befragt hat, die die Story bestätigt haben.«

Sie lehnt sich verschwörerisch zu mir. »Offenbar ist seine Mutter völlig durchgedreht. Hat den Jungs vorgeworfen, sie würden das alles erfinden. Ryan Billinger sagt, er konnte sie beim alten Givens von der anderen Seite des Korridors aus schreien hören.«

Mein Magen dreht sich um. Martha. Der Rektor muss sie kontaktiert haben, nachdem ich gestern früh geflohen bin. Das erklärt, warum ich nicht mit hektischen Anrufen von meinem Dad bombardiert wurde – Martha ist noch gar nicht dazu gekommen, ihm zu sagen, dass ich weg bin. Sie hat eindeutig andere Dinge im Kopf.

Ich lache fast. Ich habe den ganzen Tag zu Hause damit zugebracht, mich vor dem Telefonklingeln zu fürchten. Nicht, weil ich mit Dad nicht reden wollte, sondern weil ich wusste, er würde darauf bestehen, dass ich ihm erzähle, was passiert ist. Er hätte den ersten Flug nach Hause genommen und es wäre alles ans Licht gekommen. All die

Dinge, die nicht mehr ungesagt bleiben können. Über ihn und Paul und Martha. Was immer mir Dad nicht vor meiner Prüfung erzählen wollte.

Und jetzt im Moment kann ich damit nicht umgehen.

Ich stehe vor dem Haus der Gellers und zögere. Soll ich die Klingel der Eingangstür drücken oder mich wie sonst auch selbst reinlassen? Ich entscheide mich für Letzteres. Es wäre einfach zu verrückt, an der Türschwelle zu stehen wie ein Besucher oder der Postbote oder so.

Ich laufe um das Haus herum, den Magen in den Kniekehlen, und ein Teil von mir hofft, dass Martha weggefahren ist und ihr Auto nicht in der Einfahrt steht. Aber der andere Teil, der bessere Teil, will sichergehen, dass sie okay ist – dass zwischen uns alles okay ist. Ich will eine Chance kriegen, alles zu erklären, die Dinge zu ordnen.

Und ich will ihr die Chance geben, sich zu entschuldigen.

Aber als ich die Hand hebe, um an die Hintertür zu klopfen, erblicke ich jemanden, der in der Hängematte neben den Apfelbäumen liegt. Blondes Haar, nackte Beine.

Danny.

Meine Hand senkt sich wieder. Ich beobachte ihn für ein paar Sekunden und warte darauf, dass er sich bewegt. Aber er scheint sich meiner Anwesenheit nicht bewusst zu sein. Nach ein paar Minuten erkenne ich, dass Danny schläft.

Plötzlich habe ich das gruselige Gefühl, dass etwas nicht stimmt.

Zunächst kann ich es nicht ausmachen. Ich spähe durch das Küchenfenster auf der Suche nach Martha, aber dort ist niemand. Ich bewege mich ein bisschen näher zur Hängematte und trete vorsichtig auf, um ihn nicht zu wecken. Er rührt sich nicht, selbst dann nicht, als ich auf einen Zweig trete.

Es ist ein warmer Nachmittag geworden, der ganze Garten schimmert in der frühen Sommerhitze. Danny trägt Boxershorts und ein T-Shirt. Als ich mich näher heranschiebe, sehe ich, dass sein linker Ärmel nach oben gerutscht ist und den Blick auf die weiche Haut seiner Schulter freigibt, hell und makellos, abgesehen von ein paar Sommersprossen.

Der Schock lässt mir den Atem stocken. Mir wird eiskalt, während ich ihn anstarre und kaum glauben kann, was ich hier sehe.

Dann drehe ich mich um und renne aus dem Garten.

Zurück zu Hause werfe ich meine Tasche auf den Küchentisch und eile schnurstracks nach oben. Ich ziehe die Dachbodenleiter aus dem Wäschetrockenschrank, hole die Taschenlampe unter Dads Bett hervor und klettere auf den Dachboden, wo ich den Lampenstrahl herumwandern lasse, bis ich sie finde – die Schachtel mit den alten Fotoalben.

Sie ist schwerer, als ich erwartet hätte, und fällt fast auf mich drauf, als ich die Leiter zurück nach unten klettere. Ich wische den Staub vom ersten Album, lege es auf meinen Schlafzimmerboden und durchforste jede Seite.

Wo ist es? Wo? Ich bin sicher, es ist hier irgendwo, obwohl ich keines dieser Bilder mehr gesehen habe, seit Mum gestorben ist. Ich blättere die Seiten durch und kontrolliere sorgfältig jedes Bild.

Nichts.

Ich ziehe das nächste Album heraus und versuche, mich nicht ablenken zu lassen.

Aber ich bin nicht schnell genug. Bilder von meiner Mutter brennen sich wie Leuchtfackeln in meine Netzhaut. Sie steht in einem fliederfarbenen Kleid da und schützt mit ihrer Hand die Augen vor der Sonne; sie posiert an der Küste Arm in Arm mit Martha und Paul, ihr Rock flattert im Wind; sie schiebt einen Kinderwagen mit einem dünnen Kleinkind in kurzer Hose ... das bin ich. So viele Fotos, die meisten von Dad gemacht. Als ob er sich immer wieder an sie herangeschlichen hätte, um sie mit einem Schnappschuss einzufangen. Man kann sofort erkennen, wie sehr er sie geliebt hat, wenn man sich nur die Bilder ansieht.

Eine Welle von Traurigkeit prallt so hart auf mich, dass ich nicht mehr atmen kann. Plötzlich fehlt sie mir so sehr, dass ich mich auf den Boden legen und weinen möchte. Schreien und heulen, bis ich ausgetrocknet bin und der ganze Schmerz aus mir herausgeflossen ist.

Mehr als alles in der Welt wünsche ich mir, dass Mum jetzt hier wäre, um mir zu helfen.

Ich wische mir über die Wangen, beiße die Zähne zusammen und zwinge mich dazu, weiterzumachen, in die Box zu greifen und das letzte Album herauszuziehen. Meine Verzweiflung wird immer größer. Wo zur Hölle ist es? Ich bin sicher, dass ich es mir nicht nur eingebildet habe.

Es muss hier irgendwo sein.

Und dann finde ich, wonach ich gesucht habe. Ganz am Ende, kurz vor der letzten Seite. Wir vier – Martha, Mum, Danny und ich – sitzen am Strand und essen Eis. Martha und Mum schauen nach vorne und lachen die Person an, die das Foto macht – wahrscheinlich Dad, vielleicht auch Paul. In der unteren rechten Ecke sitzen Danny und ich auf dem Boden. Ich habe einen roten Badeanzug an und sehe aus, als würde ich frieren; Danny trägt eine blaue Badehose. Wir blicken raus auf das Meer, abgelenkt von etwas, was wir gesehen haben, und die Kamera hat uns seitwärts aufgenommen.

Ich hebe das Album hoch, um näher hinzusehen, und versuche, meine Hände am Zittern zu hindern. Da ist es. Kein Zweifel. Genauso wie ich mich erinnert habe.

Ein Muttermal.

Klein und auffällig. Dunkel, fast schwarz, wie ein kleines Tattoo auf Dannys linker Schulter. Das Muttermal, mit dem Danny geboren wurde – die Sorte, die nie verblasst.

Das Muttermal, das nicht mehr da ist.

24

Ich schaue noch einmal auf die Uhr. Halb sechs. Ich sitze hier erst seit einer guten halben Stunde, aber es fühlt sich wie eine Ewigkeit an. Meine Beine schmerzen von der verkrampften Haltung, in der ich hinter den Büschen hocke, und mein Hals brennt immer noch jedes Mal, wenn ich schlucke. Sogar mein Hirn tut weh, weil ich den ganzen Nachmittag lang gegrübelt und geplant habe.

Könnte es eine andere Erklärung für Dannys fehlendes Muttermal geben? Würde das Foto in meiner Tasche ausreichen, um Martha zu überzeugen?

Meine Wange fühlt sich heiß an, als ich mich an die Ohrfeige erinnere. Nein. Dieses Mal muss ich sicher sein.

Ich spähe durch die dicken Sträucher, die die Einfahrt umgrenzen. Ich habe eine klare Sicht auf die Vorderseite des Hauses der Gellers, auch auf das obere Fenster. Als Kinder haben wir uns hier oft versteckt, Danny und ich, deshalb weiß ich, dass ich hier sicher bin – niemand kann mich von drinnen sehen.

Aber ich kann ihn sehen. Dannys blonder Kopf ist an seinem Schlafzimmerfenster vorbeigegangen. Vor zehn Minuten.

Wie gerufen verlässt Martha das Haus und steigt in ihr

Auto. Ich weiche tiefer in die Büsche zurück, als sie an mir vorbeifährt. Alice ist auf dem Rücksitz angeschnallt und umklammert ihre riesige Aufblasente. Martha geht mittwochabends immer mit ihr zum Schwimmen, wenn es im Schwimmbad ruhiger ist und sie den flachen Bereich fast für sich alleine haben – mit etwas Glück werden sie für ein paar Stunden weg sein. Und da Paul auf einer Konferenz in London ist, weiß ich, dass er erst spät zu Hause sein wird.

Trotzdem warte ich noch weitere zehn Minuten, nur für den Fall, dass Martha noch mal zurückkommt. Ich verlagere mein Gewicht von Seite zu Seite, um den Krampf in meinen Beinen loszuwerden. Der Boden riecht klamm und torfig und meine Haut fühlt sich klebrig und feucht an. Ich schaue in den Himmel. Das Wetter verändert sich schon wieder, graue Wolken häufen sich über meinem Kopf an. Ich bete, dass der Regen sich zurückhält, bis ich hineingehen kann.

Ich kontrolliere erneut die Uhrzeit. Jetzt sollte es okay sein. Ich ziehe mein Handy heraus und schreibe eine SMS. Kurz und nett.

Wir müssen reden. Dringend. Treffen am Musikpavillon um 7? Hannah.

Jetzt kann ich nur noch warten, dass Danny die Nachricht bekommt, und hoffen, dass ihn die Neugier dazu bringt, wegzugehen, um mich zu treffen.

Irgendwo unten in der Stadt höre ich das Kreischen einer Sirene, die in der Ferne verhallt. Bevor ich mich noch fragen kann, wessen Tag da wohl gerade schlechter als meiner geworden ist, lässt mich eine plötzliche Bewegung bei meinen Füßen vor Angst und Überraschung aufschreien.

Ich sehe nach unten. Eine Ringelnatter kriecht fort, ihr langer dunkler Körper verschwindet in den Büschen weiter oberhalb der Einfahrt. Mein Puls braucht ein paar Minuten, um sich so weit zu beruhigen, dass ich meinen Fokus wieder auf das Haus lenken kann. Und da sehe ich Danny auch schon kommen, die Kapuze seiner Jacke auf dem Kopf und die Baseballmütze tief in die Stirn gezogen. Seine Hand umklammert sein Handy.

Er läuft auf mich zu, zielgerichtet, aber ohne Eile. Ich halte den Atem an, als er mich erreicht, und erwarte fast, dass er meine Anwesenheit spürt, den Kopf herumdreht und seinen Blick auf die Büsche richtet, in denen ich mich verstecke.

Welche Erleichterung. Er geht ohne einen Blick in meine Richtung vorüber.

Meine Augen folgen ihm die Straße entlang, bis er außer Sichtweite ist. Wie viel Zeit habe ich noch? Zehn Minuten, in denen er zum Musikpavillon geht, vielleicht zehn weitere, bis er merkt, dass ich nicht kommen werde. Zehn Minuten, um zurückzukehren. Ungefähr eine halbe Stunde also.

Lang genug. Gerade mal so.

Ich renne um das Haus herum, mit steifen und tauben Beinen, und versuche, nicht daran zu denken, wie müde ich bin. Ich bücke mich und fahre mit der Hand unter das Vogelbad. Nichts. Ich taste mich rundum entlang, hieve es dann zur Seite und schaue darunter. Jetzt müsste ich den Ersatzschlüssel silbern glänzen sehen. Er ist nicht da.

Panisch sehe ich mich um. Was zum Teufel mache ich jetzt? Frustration steigt in mir auf. Warum habe ich nicht daran gedacht, meinen eigenen Schlüssel mitzunehmen, als ich gestern aus dem Haus gestürmt bin? Ich versuche es mit der Klinke der Hintertür, aber sie rührt sich nicht. Mein Puls beschleunigt sich. Ich muss hier rein – und zwar schnell.

Ich überprüfe die Kippfenster an der Hinterseite des Hauses, aber sie sind alle geschlossen. Ich gehe zur Vorderseite, aber auch hier ist alles fest verschlossen. Mein Herz pocht schneller, langsam gerate ich in Panik, weil ich mir sicher bin, dass ich eine solche Chance nie wieder bekommen werde.

Erst als ich ein weiteres Mal mit nach oben gerecktem Kopf das Haus umkreise, sehe ich, dass Marthas und Pauls Badezimmerfenster leicht geöffnet ist.

Ich taxiere den hölzernen Zaun, der den hinteren Garten vom vorderen abgrenzt – wenn ich auf ihn draufklettere, könnte ich es schaffen, die Fensterbank zu erreichen. Ich greife nach dem leeren Plastikeimer, den Martha fürs Jäten verwendet, und drehe ihn um. Er scheint stabil genug zu sein, bricht aber zusammen, als ich mein ganzes Gewicht auf ihn verlagere; ich schaffe es gerade noch, mein Bein über den Zaun zu hebeln, als er kracht und umkippt.

Ich bringe mich in Sitzposition und komme dann langsam auf die Füße, eine Hand an der Wand, um mich zu stabilisieren. Dummerweise sehe ich nach unten. Ich befinde mich gerade mal in knappen zwei Metern Höhe, aber es reicht aus, damit mir schwindlig wird und ich fast das Gleichgewicht verliere. Panisch klammere ich mich an die Wand und schaffe es gerade so, nicht zu fallen.

Komm schon, Hannah, du kriegst das hin.

Ich schließe die Augen, hole tief Luft und bringe mich

ins Gleichgewicht, dann bugsiere ich mich in Richtung Badezimmerfenster. Ich reiche nach oben und schiebe meine Finger zwischen das Fenster und den Rahmen, wo ich den Metallriegel erfühlen kann, der das Fenster offen hält. Ich schubse ihn mit den Fingerspitzen nach oben, aber er bewegt sich nicht.

Ich versuche es erneut, kippe dabei aber fast um und muss mich an der Fensterbank festhalten. Über mir brechen nun endlich die Wolken und schicken eine gewaltige Regendusche hinunter.

Scheiße. Ich schlucke, blinzele das Wasser aus meinen Augen und weigere mich, daran zu denken, was passiert, wenn ich ausrutsche und falle. Mit einer Hand umklammere ich die Fensterbank, recke mich hoch bis auf die Zehenspitzen und versetze dem Riegel mit vor Anstrengung schmerzenden Fingern einen letzten, verzweifelten Schubs.

Das Fenster fliegt so heftig auf, dass es mich fast zu Boden schlägt. Ich hänge am Rand der Wand und bereite mich vor, während ich verzweifelt Luft schlucke, um zu verhindern, dass ich vor Angst aufheule.

Du kannst das schaffen.

Vorsichtig platziere ich beide Hände auf der nassen Fensterbank und hieve mich nach oben. Meine Armmuskeln schreien vor Anstrengung, und für einen Moment denke ich, ich werde zusammenbrechen und fallen, aber ich schaffe es, mich selbst zur Hälfte durchs Fenster zu bringen. Ein paar Sekunden ruhe ich mich auf meinen Bauch gestützt aus, dann grabe ich meine Zehen fest in das Mauerwerk und schiebe mich ins Innere.

Es gibt einen Rums, als eine der Flaschen auf dem Fenstersims zu Boden fällt und auf den Kacheln zerschlägt. Verdammt. Ich hebe die Scherben auf und werfe sie in den Mülleimer, mit einem Waschlappen wische ich die Flüssigkeit auf und schmeiße ihn in den Wäschekorb. Dann ordne ich die Gläser und Cremetuben um – mit ein bisschen Glück wird es Martha gar nicht auffallen.

Die Tür zu Dannys Zimmer ist geöffnet. Die Dose ist immer noch da, hinter der Heizung. Ich ziehe sie heraus und öffne den Deckel.

Das Notizbuch ist fort. Genauso wie der Umschlag mit dem Geld.

Oh Gott. Ich muss das Notizbuch zurückbekommen. Ich bin sicher, wenn ich den Code knacken kann, wird es mir alles enthüllen, was ich wissen muss. Bestimmt genug, um Martha zu überzeugen. Vielleicht hat Danny es irgendwo anders versteckt. Ich fahre mit der Hand unter sein Kissen und seine Bettdecke. Hebe die Matratze an. Schaue in den Kleiderschrank, in die Klamottenfächer in den Schubladen. Ziehe die Teppiche auf dem Boden zurück.

Nirgends eine Spur.

Ich sehe auf die Uhr. Viertel nach sieben. Ich muss nachdenken, und zwar schnell.

Während ich rückwärts zur Tür zurückgehe, schaue nach oben und untersuche die Oberflächen des Kleiderschranks und des Bücherregals. Und da sehe ich, was ich bislang übersehen hatte. Etwas Weißes ragt über die Kante des Bücherregals. Ich balanciere auf dem Rand des Bettes, stelle mich auf die Zehenspitzen und schaffe es, den Zipfel zwischen die Fingerspitzen zu bekommen und in meine Richtung zu reißen.

Ein dumpfer Schlag, als mehrere Papierseiten und etwas Härteres zu Boden fallen.

Mein Herz hört beinahe auf zu schlagen, als ich sehe, was da liegt. Ein Tagebuch – aber nicht Dannys. Ich starre es an und kann kaum glauben, was ich sehe. Mein Tagebuch. Ich hebe es auf und blättere darin. Kein Zweifel, meine Handschrift auf jeder Seite.

Was zum Henker macht es hier?

Ein Schaudern durchfährt mich, als die Wahrheit bei mir ankommt. Danny. Er war in meinem Haus, in meinem Zimmer. Ich kann mich nicht erinnern, wann ich das letzte Mal etwas in dieses Tagebuch geschrieben habe, ich habe also keine Ahnung, wann er es genommen haben mag.

Mir wird schlecht vor Schreck und vor Wut. Und doch … bin ich hier und tue genau dasselbe.

Aber es gibt einen Unterschied, rede ich mir zitternd ein. Ich will nicht hier sein, aber ich habe keine andere Wahl.

Und Danny? Was will er über mich herausfinden?

Ich greife nach meinem Tagebuch und schiebe es in den Hosenbund meiner Jeans, dann hebe ich die Blätter auf. Es sind Briefe, der erste vor sechs Wochen datiert, von einem Dr. John Stanner von der Psychiatrischen Abteilung des Somertree-Krankenhauses. Der Psychiater, den Danny besucht hat.

Sehr geehrte Mrs Geller,

Ich schreibe Ihnen erneut bezüglich ihres Sohnes Daniel, der diverse ambulante Sitzungen bei mir absolviert hat.

Er hat nun drei Termine in Folge verpasst und ich habe keine andere Wahl, als die Behandlung einzustellen.

Ich weiß, dass dies keine guten Neuigkeiten für Sie sein werden, eingedenk Ihrer Sorge bezüglich seiner »fehlenden Jahre« und des möglichen Traumas, welches daraus resultieren könnte. Ich habe wirklich alles versucht, um Daniel zu ermuntern, frei über diese Zeit zu sprechen, aber offen gestanden hatte ich keinen Erfolg. Ich kann die Amnesie-Diagnose weder bestätigen noch verwerfen, allerdings muss ich sagen, dass rückläufige Amnesie, die über einen solch langen Zeitraum anhält, sehr selten ist, zumal wenn sie nicht mit einem heftigen Kopftrauma einhergeht.

Meiner Meinung nach, die ich mir aus meiner kurzen Bekanntschaft mit Daniel bilde, ist dies kein Fall von Amnesie. Es ist mir nicht möglich, formal zu diagnostizieren, woran er leiden könnte, da er eine Kooperation mit mir zu jedem Zeitpunkt verweigert hat. Soweit ich es sagen kann, hat Daniel seine Zeit mit mir wie eine Art Spiel behandelt – ein Spiel, dessen Ziel es war, alle meine Versuche, ihm zu helfen, auszuhebeln.

Auch wenn ich nur ungern einem Familienmitglied außerhalb des therapeutischen Aufgabenbereiches Rat anbiete, würde ich Ihnen dringend empfehlen, Daniel weiterführende Hilfe zu suchen, da er mir als ziemlich verstörter, ja sogar gefährlicher junger Mann aufgefallen ist.

Ich überfliege den nächsten Brief, der nur sehr kurz ist. Er ist von Mr Givens, dem Rektor, der Martha bittet, dringend vorbeizukommen, um über Dannys Verhalten zu sprechen.

Der letzte hat einen anderen offiziellen Briefkopf, den

des örtlichen Krankenhauses. Ich starre auf den Namen am Ende – Dr. Julian Gray, Facharzt der Unfallabteilung und Notaufnahme.

Sehr geehrte Mrs Geller,

ich schreibe Ihnen in Bezugnahme auf Ihren Termin am 12. Mai für Ihren Sohn Daniel. Wie Ihnen bewusst ist, haben wir nach dem Vorfall an seiner Schule einen abdominalen Ultraschall durchgeführt, um eventuelle Verletzungen in Verbindung mit seinem ständigen Erbrechen zu überprüfen. Zum Glück konnten wir keine Probleme entdecken, aber wir haben seitdem seine Patientenakte eingesehen und eine Anomalie entdeckt.

Unseren Akten zufolge ist Daniel Geller im Alter von sechs Jahren von seinem Hausarzt wegen akuter Blinddarmentzündung in dieses Krankenhaus eingewiesen worden. Sein Blinddarm wurde laparoskopisch entfernt und er ist vollständig genesen. Allerdings zeigt der aktuelle Scan einen intakten Blinddarm. Zudem hat der Röntgentechniker keine Operationsnarbe am Unterleib vermerkt.

Wir können daraus nur schließen, dass eine Verwechslung vorliegen muss, obwohl wir keinen anderen Patienten mit dem Namen Daniel Geller verzeichnet haben. Ich wäre sehr dankbar, wenn Sie mich umgehend kontaktieren würden, da wir diese Angelegenheit so schnell wie möglich aufklären wollen.

Habe ich richtig verstanden?

Ich glaube schon.

Ich lese die Briefe noch einmal durch und kämpfe darum, die Worte und ihre Bedeutung eindeutig zu erfassen. Dann falte ich sie und stopfe sie in die hintere Hosentasche meiner Jeans. Ich habe gefunden, was ich brauche.

Beweise.

25

Benommen wandere ich zum Ufer und setze mich auf eine der Bänke, die die Helling überblicken. Der Abend ist so unfreundlich, dass kaum jemand unterwegs ist. Nur ein paar Leute, die – dick eingemummelt in Regenmantel und Gummistiefel – ihre Hunde spazieren führen.

Ich nehme die Briefe aus meiner Hosentasche und lese sie noch einmal. Überzeuge mich noch einmal davon, dass ich keinen Fehler gemacht habe.

Soll ich zur Polizei gehen? Ich könnte nach Janet Reynolds fragen und ihr alles erzählen. Sie muss mich ernst nehmen. Aber wie kann ich zulassen, dass die Polizei ohne Vorwarnung bei Martha vor der Tür steht? Ich muss zuerst mit ihr reden. Bei dem Gedanken an eine weitere Konfrontation mit ihr wird mir jedoch übel und schwindelig.

Jetzt ist alles anders, sage ich mir und umklammere die Briefe. Jetzt habe ich Beweise, die nicht einmal Martha mehr ignorieren kann.

Ich atme die salzige Luft tief ein und wieder aus. Dann beschließe ich zu warten, bis Paul von seiner Konferenz zurück ist. Ich sage es ihm und Martha gemeinsam, und Paul wird wissen, was zu tun ist. Falls Martha ausflippt und mir die Schuld gibt, wird er bestimmt eingreifen.

Ich schaue auf meine Uhr. Er wird wahrscheinlich erst um neun oder zehn zurück sein. Das ist noch ein paar Stunden hin.

Kurz schließe ich die Augen und lausche den Klängen, die mich umgeben. Dem Kreischen der Möwen, dem fernen Bellen eines Hundes, dem leisen Gluckern der Wellen, der ansteigenden Flut.

Aber was ist mit Danny?, denke ich plötzlich mit einer neuen Welle von Furcht, die meinen Puls rasen lässt. Danny hat bestimmt gemerkt, dass etwas nicht stimmt, als ich nicht beim Musikpavillon aufgetaucht bin. Vielleicht hat er schon sein Zimmer überprüft und gemerkt, was fehlt.

Er wird zu Hause auf mich warten. Und er wird vorbereitet sein. Aber was kann er schon tun? Ich habe die Briefe, die Briefe, die er gestohlen hat, bevor Martha sie lesen konnte. Wie will er das aus der Welt schaffen?

Das kann er nicht, versichere ich mir. Aber das plötzliche, unangenehme Gefühl, dass er immer noch hier sein und auf mich warten könnte, vertreibt mich von der Bank und lässt mich zum Pier laufen. Als ich beinahe dort bin, kribbelt plötzlich mein Nacken. Winzige Schauer laufen über meine Haut wie Wogen auf einem See.

Als ob mich jemand beobachtet.

Ich wirbele herum und suche die Gegend ab. Da ist niemand, abgesehen von einem alten Mann, der über die Promenade läuft, eine Zeitung unter den Arm geklemmt. Er schaut nicht einmal in meine Richtung, als er vorbeiläuft.

Sei nicht paranoid, sage ich mir und ignoriere das Schlagen meines Herzens. Ich muss mich beruhigen. Laufe.

Atme. Denk nach. Wo kann ich hin? Zu den Gellers kann ich noch nicht, und ich wage auch nicht, zu mir nach Hause zu gehen, denn es könnte sein, dass Danny dort auf mich wartet. Ich könnte zu Lianna oder Maisy, aber die würden gleich merken, dass etwas nicht in Ordnung ist, und ich kann nicht mit ihnen reden, bevor ich mit Martha und Paul gesprochen habe.

Außerdem muss ich mich bewegen, um mich von meiner Nervosität abzulenken. Also nehme ich den Fußweg, der sich an der Küste entlang nach Ladd's Point schlängelt. Dort ist es sicher ruhig, und es besteht nicht die Chance, dass ich Danny über den Weg laufe.

Es beginnt wieder zu nieseln und der Himmel wird dunkler. Als ich bei den steilen Stufen ankomme, die zum Strand hinunterführen, habe ich Seitenstechen und atme keuchend. Ich verlangsame meine Schritte, als ich über die Kiesel am Rand der Grotte laufe, und klettere dann die Felsen hinauf. Dabei achte ich darauf, die Strandschnecken nicht zu zerquetschen, die an allen Oberflächen kleben. Ich suche mir vorsichtig meinen Weg – wenn ich hier ausrutsche, bremsen nur Algen meinen Fall.

Ich halte erst an, als ich die Felsplatte erreiche, eine riesige Steinebene, die sich um die ganze Landzunge herum erstreckt. Hier ist niemand, nicht einmal Angler. Deshalb haben Danny und ich diesen Ort geliebt – vom Küstenpfad aus wird man nicht gesehen, und nur wenige nehmen die Anstrengung des Aufstiegs in Kauf. Hier stört einen nichts außer dem Kreischen der Möwen und dem Klatschen der Wellen gegen die Felsen unten.

Das Ende der Welt, sagte Danny immer.

Ich schaue mich um. Der einzige Rückweg ist der, den ich gekommen bin, und ich will nicht abgeschnitten werden. Die Flut kommt, aber das Wasser hat erst die äußerste Felslinie erreicht, die den kleinen Strand unten umgibt. Ich habe noch eine gute Stunde Zeit.

Ich gehe weiter auf die Landzunge hinaus, hüpfe von Felsen zu Felsen und meide die Tümpel, die die Ebbe hier hinterlassen hat. Endlich komme ich bei der kleinen Schlucht an, die einen natürlichen Windschutz bietet. Hier haben wir einmal Delfine im Kanal schwimmen sehen. Und hier hat Danny den größten Fisch seines Lebens gefangen.

Ich schaudere bei der Erinnerung. Danny ist wieder einmal aus der Vergangenheit in meine Gegenwart geschlüpft.

Ich klettere in die Schlucht und setze mich auf einen flachen, mit Flechten überzogenen Stein, die so grell leuchten wie verschüttete Farbe.

In diesem Moment bricht die Sonne durch die Wolken und erhellt die graubraunen Wasser des Bristolkanals zu einem leuchtenden Blaugrau. In der Ferne leuchten auch die Waliser Hügel.

Ich atme tief ein und versuche, einen klaren Kopf zu bekommen. Mein Verstand ist immer noch wie benebelt durch meine Erkältung. Meine Kleider sind feucht und mir ist ein bisschen schwindelig. Mir fällt ein, dass ich seit dem Frühstück nichts gegessen habe. Ich schließe die Augen, umschlinge meine angezogenen Knie, lege den Kopf darauf und lausche dem rhythmischen Auf und Ab der Wellen. Ich bin erschöpft, beinahe schläfrig, aber meine Furcht durchzuckt mich immer wieder wie Stromschläge. Am liebsten würde ich hier einschlafen und erst wieder aufwachen, wenn alles vorbei ist.

»Hey, Kurze.«

Ich reiße den Kopf hoch und blinzele die Gestalt an, die vor mir steht und die Abendsonne blockiert. Gegen die Sonne kann ich ihn nicht genau erkennen, aber die Stimme ist unverwechselbar. Ich rappele mich auf.

Danny.

Nein, eben nicht Danny, rufe ich mir in Erinnerung. Meine Beine sind schwach und zitterig.

Ganz und gar nicht Danny.

Ich kneife die Augen zusammen, um ihn besser zu erkennen. Sein Mund ist amüsiert verzogen, aber sein konzentrierter Blick ist der eines Jägers, der seine Beute begutachtet.

»Woher wusstest du, dass ich hier bin?«, frage ich und zwinge mich, nicht zu stammeln. Wieso habe ich ihn nicht kommen hören? Er muss wie ein Panther über die Felsen geschlichen sein.

Die Gestalt vor mir schweigt und schaut mich nur an. Der Ausdruck auf seinem Gesicht wird angespannter, abschätzend. Ich fühle mich entblößt. Verwundbar. Und es ist später, als ich angenommen habe, also muss ich doch eingedöst sein. Ich schaue mich um, in der Hoffnung, dass noch jemand gekommen ist. Aber wir sind allein.

»Wie lange bist du schon hier?«, frage ich. »Und beobachtest mich?«

»Eine Weile.« Er lächelt. »Aber ich glaube, ich sollte eigentlich dir die Fragen stellen, Hannah.« Er spricht langsam und überlegt. »Zum Beispiel wüsste ich gern, was du eigentlich vorhast.«

Er hat mir nachspioniert. Er muss sofort vom Pavillon abgehauen sein, als er gemerkt hat, dass ich ihn reingelegt habe. Dann ist er mir hierher gefolgt. Mein Herz schlägt schneller und mein Verstand beschleunigt sich ebenfalls. Ich bin hellwach und denke fieberhaft nach. Soll ich unschuldig tun? Als hätte ich keine Ahnung, wovon er spricht?

Ein Blick sagt mir, dass das Zeitverschwendung wäre. Wer auch immer dieser Mann ist, er ist nicht dumm. Also sage ich gar nichts, starre ihn einfach nur an und versuche, meine wachsende Furcht zu verbergen.

»Schön hier«, sagt er. »So ruhig.«

»Danny und ich waren früher oft hier.« Ich lege eine Pause ein und sammele Kraft für meine nächsten Worte. »Aber daran erinnerst du dich wohl nicht, stimmt's?«

Keine Antwort. Stattdessen geht er einen Schritt auf mich zu und beobachtet mich eindringlich. Ich halte ihm stand, ohne zu blinzeln oder wegzusehen.

»Wie heißt du eigentlich?«, frage ich dann.

Ich kann sein Gesicht jetzt genau erkennen und sehe, dass er überlegt, ob er weiter bluffen und sich aus der Sache herausreden soll. Aber dann entspannt sich sein Gesicht und er atmet tief aus. Der lange Seufzer eines Menschen, der eine Entscheidung getroffen hat.

»Eric«, sagt er langsam. »Eric Fougère.«

Mein Mund klappt auf. »Du bist Franzose? Aber dein Englisch ist so ...«

»Gut? Danke. Ich habe mit meiner Mutter Englisch gesprochen. Ich bin nur Halbfranzose – sie war Engländerin –, aber ich bin in Südfrankreich aufgewachsen.«

Ich mustere ihn unverhohlen, während ich versuche,

sein Geständnis zu verarbeiten. Im Grunde wusste ich es ja schon. Sobald ich gesehen hatte, dass er kein Muttermal hat, wusste ich es. Vielleicht wusste es ein Teil von mir auch schon vorher.

Aber ich hatte inständig gehofft, dass es nicht stimmte, dass es eine Erklärung gab, die alles wieder in Ordnung bringen würde.

Dass er es zugibt, schmerzt wie ein Schlag. Es ist so … so endgültig.

»Warum?«, stammele ich. Die Angst ist stärker als ich und ich beginne zu zittern.

»Warum nicht?«, entgegnet Eric achselzuckend. »Ihr alle habt Danny vermisst. Ich habe es vermisst, eine Familie zu haben. Ich glaube, es war das Richtige für alle.«

Während er spricht, beginnt seine Stimme sich zu verändern, sie klingt anders, irgendwie tiefer. Mit der Spur eines Akzentes, den ich vorher noch nie gehört habe.

Er nimmt seine Maske ab und erlaubt mir einen Blick auf den Fremden dahinter.

Ich bekomme eine Gänsehaut. Ich muss jetzt abhauen, denke ich. Ich sollte über die Felsen rennen, die Abkürzung nehmen und so viel Abstand wie möglich zwischen ihn und mich legen.

Aber die Wut, die unaufhaltsam in mir emporsteigt, hält mich wie angewurzelt hier fest.

»Richtig? Wie könnte das richtig sein? Du bist hierhergekommen und hast alle hinters Licht geführt. Sie glauben lassen, dass Danny noch …«

Ich bringe es nicht über mich, den Satz zu beenden.

»Wie konntest du nur?« Die Worte sprudeln nur so aus

mir heraus. »Wie konntest du nur so … so grausam sein? Wie konntest du Martha das antun? Was hat sie dir jemals getan?«

Danny … Eric lächelt. Ein amüsiertes, nachsichtiges Lächeln, als sei ich ein begriffsstutziges Kind. »Wer sagt denn, dass ich ihr geschadet habe? War das nicht genau das, was sie immer wollte? Ihren Sohn zurückbekommen?«

»Das ist doch lächerlich«, zische ich. »Das ist …« Ich kann nicht mehr klar denken und verstumme. Mir fehlen die Worte. So viele Fragen wirbeln mir durch den Kopf. So viele Antworten sind zum Greifen nah.

»Das Haarfärbemittel …«, sage ich schließlich.

Eric beäugt mich einen Moment, dann nimmt er seine Kappe ab, beugt den Kopf vor und streicht seinen Scheitel glatt. An der weißen Linie seiner Kopfhaut sehe ich ein Band dunklerer Haare. Sehr dunkel, beinahe schwarz. Nicht aschblond wie meine.

Dann hebt er den Kopf und fasst sich ins Auge. Streckt mir den Finger entgegen. Auf seiner Spitze sitzt ein perfekter Kreis aus dünnem, blauem Plastik, in der Mitte durchsichtig.

Eine Kontaktlinse.

»Clever, was?«

Ich schaue in sein entblößtes Auge. Dunkelbraun mit grünen Flecken.

»Oh mein Gott …« Ich bin fassungslos, und mein Ärger verpufft, als ich zu begreifen versuche, was ich da sehe.

»Die kann man heutzutage fast überall kaufen«, sagt er. »Man kann an jedem Wochentag eine andere Augenfarbe haben, wenn man will.«

Ich mustere seine Züge und der Fremde tritt hervor wie ein in einem Gemälde verstecktes Gesicht. Er sieht Danny überhaupt nicht ähnlich, das sehe ich jetzt. Seine Nase ist zu kantig, seine Augen zu dicht beieinander. Und ohne seine Kappe sehe ich zum ersten Mal seine Ohren. Dannys standen nie so ab.

Mir schwirrt der Kopf. Wie hatten wir glauben können, er sei Danny?

»Man sieht, was man sehen will«, sagt Eric, der meine Gedanken liest. Wahrscheinlich stehen sie mir aber auch überdeutlich ins Gesicht geschrieben.

»Woher wusstest du alles?« Meine Stimme ist nur ein Flüstern. »Woher wusstest du all diese Dinge über Danny? Über uns?«

Eric betrachtet mich nachdenklich, als wäge er ab, wie viel er preisgeben will. »Ich habe seine Story im Internet auf diesem Portal für Vermisste gefunden – es gab einen Link zu Marthas Website. Dann musste ich nur noch Facebook durchforsten, in Chatrooms gehen. Es ist nicht schwer, an Informationen zu kommen. Leute posten so etwas überall.«

Er holt tief Luft und schaut auf den Kanal hinaus.

»Und was man nicht weiß, findet man heraus. Wenn man so durchs Haus läuft, entdeckt man alles Mögliche in Schachteln, in Tagebüchern oder in Dateien, in Fotoalben oder sonst irgendwo. Dort liegt die ganze Vergangenheit.«

Ich denke an mein Tagebuch, was er darin gelesen haben muss, und es schüttelt mich vor Ekel.

»Aber man muss gar nicht alles recherchieren«, fährt Eric fort. »Das Gute an Amnesie ist, dass man die Leute alles Mögliche fragen kann. Man tut einfach so, als könne man sich nicht erinnern.«

Ich denke an die Party zurück. Alle unterhielten sich, schwelgten in Erinnerungen, erzählten Geschichten. Er hat recht – es ist nicht schwierig, Leute dazu zu bringen, die Lücken zu füllen. Man muss einfach nur ihr Vertrauen ausnutzen.

»Es geht um Geheimnisse, weißt du?« Eric sieht mich beinahe stolz an. »Jede Familie hat welche. Sie zu entdecken ist wie das Gehäuse einer Uhr abzuschrauben und herauszufinden, was sie zum Ticken bringt. Wenn man erst die Geheimnisse der Menschen kennt, wenn man weiß, was sie am meisten fürchten oder sich am sehnlichsten wünschen, dann kann man sie dazu bringen, alles Mögliche zu glauben.«

Sein Akzent ist jetzt unüberhörbar. Und seine Stimme klingt tiefer. Älter.

Ich schlucke. »Du klingst, als hättest du so etwas schon häufiger gemacht.«

»Ein paar Mal.«

Ich ziehe scharf den Atem ein. »Hier?«

»Frankreich, Amerika. Dies ist mein erstes Mal in England.« Er wirkt selbstzufrieden, als er das sagt.

»Du hast also alles geplant? Dich von der Polizei aufgreifen zu lassen? Nach England gebracht zu werden?«

Eric nickt. »Hat alles wunderbar geklappt.«

»Sogar dich selbst zu verprügeln?«

Sein Gesicht verzieht sich kurz. »Nein, das nicht. Das war echt.«

Ich suche nach Worten, während ich verarbeite, was Eric

mir gerade erzählt hat. Irgendwie verstehe ich es noch nicht ganz. Irgendetwas stimmt nicht.

»Aber warum?«, keuche ich schließlich. »Das verstehe ich immer noch nicht. Warum machst du dir diese Mühe? Was hast du denn davon?«

Eric bückt sich, hebt einen Kiesel auf und wirft ihn ins Wasser. »Ich habe meinen Vater nie gekannt, und meine Mutter sehe ich kaum mehr, seit ich zwölf bin. Liebe, Zuneigung, Aufmerksamkeit – du nimmst diese Dinge als selbstverständlich hin, aber das sind sie nicht. Nicht, wenn du dein halbes Leben in Pflegefamilien verbracht hast.«

»Aber Martha«, stammele ich, und meine Wut ist wieder da. »Wie konntest du ihr das antun? Es wird sie umbringen, wenn sie die Wahrheit erfährt.«

Eric wirbelt herum und schaut mich eindringlich an. »Muss sie das denn?«

Ich erwidere seinen Blick. »Du machst Witze, oder? Willst du mir allen Ernstes vorschlagen, dass ich es ihr nicht sage?«

»Ja.«

»Himmel«, keuche ich. »Das ist absurd. Ich meine, wie stellst du dir das vor? Soll ich weiter so tun, als seiest du Danny?«

»Warum nicht? So schwer wäre das doch gar nicht. Martha will die Wahrheit überhaupt nicht wissen, das wollte sie noch nie. Dabei war sie die ganze Zeit direkt vor ihrer Nase. Sie hat beschlossen, sie zu ignorieren. Martha will um jeden Preis ihren Sohn zurück – für sie macht es keinen Unterschied, ob das ich bin oder Danny.«

Ich öffne den Mund, um zu widersprechen, schließe ihn

dann aber wieder. Meine Gedanken schießen in alle Richtungen. Der Boden unter meinen Füßen scheint sich zu bewegen wie Sand, der vom Meer weggeschwemmt wird. Vielleicht hat er recht, denke ich plötzlich. Was ist schon die Alternative? Ich kann Martha das Foto und die Briefe zeigen, sie zwingen, mir zu glauben – dann verliert sie Danny noch einmal.

Oder ich drehe die Zeit zurück. Halte Abstand, halte den Mund.

Und sie wird es nie erfahren.

Wäre das wirklich die bessere Entscheidung?

Ich mustere meine Schuhe und versuche nachzudenken, festen Boden zu finden. Aber die Welt kippt in einen gefährlichen Winkel, und ich weiß nicht mehr, wo oben und wo unten ist.

Dann sehe ich Rudman in seinem Körbchen liegen, geschunden, zerkratzt und vor Angst zitternd. Und Alice, die voller Furcht verstört neben ihm kniet und seinen Kopf streichelt.

»Hast du ihn entführt?«

»Wen?«

»Rudman.«

Eric schnaubt. »Ich habe ihn eingesperrt, das ist alles. Das Tier ging mir auf die Nerven.«

»Wo?«

»In einem alten Schuppen bei den Schrebergärten.« Er lacht über den Ausdruck auf meinem Gesicht. »Keine Sorge, ich habe ihm Wasser dagelassen. Und was zu fressen. Ich dachte, irgendwann hört ihn sicher jemand bellen.«

»Aber er war schwer verletzt!«

»Das muss passiert sein, als er geflüchtet ist«, sagt er achselzuckend.

Ich starre ihn an und weiß nicht, was ich glauben soll. Dann erschaudere ich, weil mir klar wird, dass nicht nur Rudman die Wahrheit gespürt hat, sondern auch Alice. Und wenn Eric Rudman so etwas antun konnte, was wird er irgendwann vielleicht ihr antun?

Ich weiche einen Schritt zurück. »Ich muss es ihnen sagen und das weißt du. Du kannst nicht ernsthaft von mir erwarten, dass ich dich weiter decke.«

Eric mustert mich einen Moment, als wolle er einschätzen, wie gut seine Chancen stehen. Welche Optionen ihm bleiben.

»Ich würde dir raten, das nicht zu tun.«

Er kommt auf mich zu, und Angst überwältigt mich, als sei ein Damm gebrochen. Plötzlich wird mir bewusst, wie groß und stark Eric ist. Und wie schnell – wenn ich versuche, wegzurennen, kann er mich mühelos einholen.

Er spürt meine Nervosität, und seine Hand schießt vor und schließt sich um mein Handgelenk. »Hör zu, Hannah«, zischt er. »Ich warne dich …«

Völlig unerwartet trifft kalte Nässe meine Füße und ich schaue zu Boden. Eine Welle gluckert über unsere Schuhe und tränkt sie mit Meerwasser. Eric starrt entsetzt zu Boden, dreht sich dann um und schaut hinter sich.

Und sieht, was wir beide bisher nicht bemerkt haben. Wie spät es geworden ist. Die Sonne versinkt hinter den fernen Hügeln, und die Flut hat bereits den kleinen Strand erreicht und uns den Rückweg abgeschnitten.

»Scheiße.« Er packt meinen Arm fester. »Das Wasser …«

Er schaut auf die Klippen hinter uns, die zu hoch und zu steil sind, um an ihnen in Richtung Sicherheit zu klettern, und er stöhnt auf. Ich sehe die Panik in seinem Gesicht, spüre, wie seine Finger sich in meinen Arm graben.

»Was machen wir jetzt?«, fragt er und schaut mich an.

Ich beobachte ihn einen Moment lang schweigend.

Spüre, dass seine Macht über mich schwindet.

»Wir müssen um die Landzunge schwimmen«, sage ich. »Ich glaube, von dort aus führt ein Weg zum Küstenpfad hinauf.«

»Schwimmen«, keucht Eric mit entsetztem Gesicht.

»Es ist nicht weit. Nur bis zur nächsten Bucht.« Ich schaue aufs Meer. »Wenigstens ist es ruhig.«

»Aber ich kann nicht ...«, stammelt er.

»Sei doch nicht blöd, du ...« Dann fällt es mir wieder ein. Danny war der Schwimmchampion – nicht Eric. »Du kannst nicht schwimmen?«

Das Entsetzen in Erics Augen ist meine Antwort. Ich starre ihn an, und dann bricht das Lachen unaufhaltsam aus mir heraus und hallt von den Klippen um uns wider.

»Du kannst nicht schwimmen!«

Ich denke an all die Pokale in Dannys Zimmer. Wie er elegant durch das Schulschwimmbad kraulte. Wie er lächelte, wenn er einen Wettkampf gewann.

Man kann den Leuten ihre Geheimnisse stehlen, denke ich. Man kann Haare färben und ihre Augenfarbe kopieren.

Aber manches lässt sich einfach nicht vortäuschen.

26

»Sei still!« Erics Stimme schwankt zwischen Knurren und Wimmern. »Wie kommen wir hier weg?«

Als ich nicht antworte, verdreht er mir das Handgelenk, bis ich vor Schmerz aufschreie. Ich reiße meine Hand weg und hole mein Handy aus der Tasche. Überprüfe das Signal.

Nichts. Wir können nicht um Hilfe rufen.

Mist.

»Wie tief ist es?«, fragt Eric, das Gesicht starr vor Furcht.

Ich sehe nach, aber es ist schwer zu sagen. Der Küstenstreifen hier ist trügerisch – manchmal seicht, an anderen Stellen tief – und das Wasser so trübe, dass man nicht bis zum Boden sehen kann, vor allem nicht in diesem Licht.

»Ich weiß es nicht«, sage ich. »Wir könnten versuchen zu waten.«

»Oh Gott.« Erics Stimme schraubt sich hysterisch in die Höhe. »Ich kann nicht … ich kann einfach nicht …«

»Wir haben keine Wahl.«

Ich mustere sein verängstigtes Gesicht. Es wäre ganz leicht, ins Wasser zu tauchen, wegzuschwimmen und ihn hierzulassen. Er könnte mich nicht daran hindern.

Aber wie könnte ich? Wir befinden uns weit unter der Hochwasserlinie, das Wasser wird diese Felsen überfluten.

Er wird ertrinken.

»Geh hinter mir«, sage ich. »Ich prüfe, ob es flach genug ist.«

Eric starrt auf seine Füße, auf die Wellen, die über seine Turnschuhe schwappen.

»Komm schon«, dränge ich. »Wir haben nicht mehr viel Zeit.«

Wir eilen zu dem Punkt, an dem das Wasser unseren Rückweg abgeschnitten hat. Ich wate hinein und versuche, mich daran zu erinnern, wo die Felsen höher sind. Aber sobald ich mich vorwage, steigt mir das Wasser bis zu den Knien und dann bis an die Hüfte, als ich von der Felsplatte abrutsche.

Es ist eiskalt, und die Wolken, die sich über uns auftürmen, lassen den Himmel von Minute zu Minute dunkler werden. Es wird immer schwieriger für mich, zu sehen, wo ich hinlaufe.

Ich schaue zurück. Eric betrachtet mich, vor Schreck wie gelähmt. Ich strecke ihm die Hand hin.

»Komm, folge mir einfach.«

»Ich kann nicht«, wimmert er.

»Du musst aber«, zische ich. »Es gibt keinen anderen Weg.«

Er starrt aufs Meer und dann auf die immer kleiner werdenden Felsen hinter sich. Er sieht aus, als würde er gleich in Tränen ausbrechen. Einen Moment lang tut er mir beinahe leid.

Dann geht er vorsichtig ins Wasser.

»Ich kann nicht schwimmen.«

»Das sagtest du schon.«

Er greift nach meiner Hand, und ich spüre, wie seine Finger zittern. Ich suche mit den Füßen den nächsten Felsen und verlagere mein Gewicht darauf. Eric folgt mir und schreit vor Angst auf, als er bis zur Hüfte im Wasser versinkt.

Wir arbeiten uns langsam um die Landzunge herum vor, während die Flut schnell ansteigt. Verdammt, ich hatte vergessen, wie schnell das geht.

Ich rutsche auf Algen aus, verliere beinahe das Gleichgewicht und muss Erics Hand loslassen.

»Wie weit noch?«, fragt er, und die Angst hat seine Stimme zu einem Flüstern schrumpfen lassen.

Ich schaue in das schwache Licht. Zur nächsten Bucht kann es nicht mehr weit sein, und ich bin mir beinahe sicher, dass es von dort aus einen Weg zum Küstenpfad gibt.

Und wenn du dich täuschst?, fragt eine ängstliche Stimme in meinem Kopf. Was, wenn es keinen Weg nach oben gibt?

»*Hannah!*«

Ich drehe mich um und sehe gerade noch, wie Eric das Gleichgewicht verliert und ins Wasser stürzt. Er fuchtelt in blinder Panik mit Armen und Beinen und versucht, wieder Boden unter die Füße zu bekommen. Aber er muss eine tiefe Stelle erwischt haben. Sein Kopf versinkt immer wieder in den Wellen und taucht wieder auf, sein Mund schnappt nach Luft.

»Hilfe ...« Eric verschwindet wieder.

Oh Gott, er kann wirklich nicht schwimmen.

»Moment!« Ich taste mich zu ihm vor und strecke ihm die Hand hin. Er greift mit voller Kraft danach und sofort werde ich unter Wasser gezogen. Salzwasser brennt in meiner Kehle, und ich strampele mit den Beinen in dem Versuch, oben zu bleiben. Ich reiße meine Hand los, aber Eric klammert sich an mir fest und legt mir die Arme um den Hals. Ich kann mich kaum bewegen. Er ist so groß und schwer, und sein Griff erwürgt mich fast.

»Lass los!«, schreie ich. »Lass los, sonst ertrinken wir beide!«

Einen Moment findet mein Fuß Halt auf einem Felsen und ich reiße seinen Arm weg. Eric fuchtelt im Wasser wild mit Armen und Beinen und seiner Kehle entringt sich ein Schrei. Ich greife wieder nach seiner Hand und drücke sie gegen meine Schulter. »Strampele! Halt den Kopf oben, dann passe ich auf, dass du nicht untergehst.«

Ich tauche wieder ein und versuche, um die Landzunge zu schwimmen. Es ist beinahe unmöglich. Eric zieht mich immer wieder unter Wasser.

»Um Himmels willen, strampele mit den Beinen«, schreie ich, bevor ich untergehe und wieder einen Mundvoll Salzwasser schlucke. Hustend und nach Luft schnappend kämpfe ich mich wieder nach oben, meine Kehle brennt.

Zum ersten Mal habe ich wirklich Angst. Die Strömungen an dieser Küste sind berüchtigt – es könnte leicht passieren, dass wir aufs Meer hinausgezogen werden. Ich werde von Sekunde zu Sekunde schwächer und erschöpfter, aber ich zwinge mich weiterzuschwimmen und zerre Eric mit mir.

Mit aller Energie, die mir noch bleibt, schiebe ich meine Arme und Beine durch die Wellen und versuche, uns beide oben zu halten. Ich denke an Danny, an seine kraftvollen Züge, die ihn mühelos durchs Wasser katapultierten. Ich denke an Danny und versuche zu schwimmen. Erics Gewicht zieht mich wie ein Anker nach unten.

Ich kämpfe, bis die Muskeln in meinen Armen und Beinen vor Qual schreien und das Salz meine Sicht trübt. Aber der Strand kommt einfach nicht näher.

Danny, denke ich, als mir klar wird, dass wir es nicht schaffen werden. Danny, es tut mir leid.

Ich kann sein Gesicht jetzt so klar, so lebendig vor mir sehen. Er ist bei mir. Danny, es tut mir leid, wiederhole ich stumm. Es tut mir so leid. Ich habe es wirklich versucht.

Ich bin jetzt so müde, dass es einfacher ist, mich sinken zu lassen, ein letztes Mal Atem zu holen und dann den Wellen zu erlauben, mich hinunterzuziehen. Das Wasser über meinem Kopf zusammenschlagen zu lassen. Es ist beinahe tröstlich, nicht weiter zu kämpfen und mich von der Flut ins Vergessen ziehen zu lassen.

Aber dann sehe ich ein anderes Gesicht vor mir. Mum, deren letzte Augenblicke von Angst und Verzweiflung erfüllt waren, als das kalte, kalte Flusswasser sie überspülte. Ich denke an Mum, und wie sie gekämpft haben muss, um sich zu befreien. Ihr letzter Gedanke hat sicher mir gegolten, und ich weiß, dass das hier, jetzt, ihre größte Angst für mich gewesen wäre.

Ich zwinge mich zu einer letzten Anstrengung, werfe mich nach Luft ringend gegen die Strömung und ignoriere Erics Gewicht auf meinen Schultern und die Schwere in meinen Gliedern. Und die Stimme in meinem Kopf, die mir sagt, dass es nichts nützt, dass es keine Hoffnung gibt, dass alles vorbei ist.

Und dann kratzt mein Fuß über etwas Hartes. Ich merke, dass es ein Felsen ist, meine Beine schrammen daran vorbei und neue Hoffnung steigt in mir auf. Ich stoße mir den Knöchel, und der Schmerz, der durch mein Bein schießt, ist mir beinahe willkommen.

Sekunden später stehen wir auf festem Boden.

27

Wir krabbeln ans Ufer und schleppen uns auf die Kiesel am Rand der Bucht, außer Reichweite der See.

Wir sind in Sicherheit.

Ich kann es kaum glauben. Selbst wenn wir keinen Weg hinauf zum Küstenpfad finden, sind wir sicher. Kalt, nass und erschöpft, aber wir werden nicht ertrinken.

Ich lasse mich auf die Steine sinken, weil ich nicht mehr stehen kann. Eric liegt keuchend neben mir.

»Alles okay?«, frage ich, als ich wieder halbwegs bei Atem bin.

Ein Würgen.

»Ich glaube schon.« Er hustet ein paar Sekunden lang heftig, dann füllt er gierig Luft in seine Lungen. »Danke«, sagt er heiser.

Ich winke ab.

Eric räuspert sich. »Ich bin einmal beinahe ertrunken.«

Ich betrachte ihn. Seine Selbstsicherheit ist verschwunden. Er sieht so schlapp und erbärmlich aus, dass meine Angst mir wie eine ferne Erinnerung vorkommt. Eric ist keine Bedrohung mehr für mich.

»In einem Pool. Der Freund meiner Mutter dachte, es wäre lustig, mich reinzuwerfen. Ich war erst zwei.«

»Oh Gott. Daran kannst du dich erinnern?«

»Ich vergesse nie etwas«, seufzt Eric.

»Nie? Das ist sicher praktisch.« Über Danny musste er sich eine ganze Menge merken. Über uns alle.

»Es ist ein Fluch«, sagt er kopfschüttelnd. »Glaub mir.«

Ich denke einen Moment lang nach und versuche zu ignorieren, wie kalt mir wird, seit wir uns nicht mehr bewegen. Dann ziehe ich mein Jeansbein hoch und untersuche den Schnitt an meinem Knöchel. Mein Blut vermischt sich mit dem Meerwasser, das meine Füße umspült.

»Alles okay?« Eric zeigt auf meinen Fuß.

»Ja.« Selbst wenn ich genäht werden muss, ist das immer noch besser, als zu ertrinken. Ich decke die Wunde mit meinem nassen Socken ab und ignoriere das Brennen, das gleich darauf einsetzt. Dann schaue ich Eric an.

»Wie alt bist du eigentlich?«

Er hustet wieder. Es ist beinahe ein Lachen. »Das glaubst du mir sowieso nicht.«

»Sicher?«

Er hält meinem Blick stand. »Zweiundzwanzig.«

Fünf Jahre älter als Danny. Er hat recht, mir fehlen die Worte. Ich suche in seinem Gesicht noch einmal nach Hinweisen darauf, wie ich glauben konnte, er sei mein ältester Freund, aber inzwischen ist es ziemlich dunkel und ich kann kaum noch etwas erkennen.

Eric atmet tief ein und mit einem Seufzer wieder aus. Die Erleichterung eines Menschen, der dem Tod entronnen ist. »Wie gesagt, es ist einfach, Leute von etwas zu überzeugen, das sie glauben wollen.«

Ich lache, obwohl mir nicht sehr lustig zumute ist. »Kein Wunder, dass dir die Prüfungen egal waren.«

»Ich musste mich nicht dafür anstrengen«, sagt Eric. »Ich hab schon viel schwierigere Aufgaben gelöst. Ich habe mein Bac mit Auszeichnung abgeschlossen.«

Sein Baccalauréat. Das französische Abitur. Das soll ziemlich schwierig sein.

Wir sitzen noch ein paar Minuten am Strand und lauschen dem Geschrei der Möwen, die in ihre Nester zurückkehren. Meine Wut ist verschwunden, der Kampf um unser Leben hat sie einfach ausgelöscht. Ich fühle mich nur leer und ausgelaugt.

»Wer ist Mat?«, frage ich.

Eine lange Pause. Dann sagt Eric: »Meine Schwester.«

Ich denke über seine Worte nach. »Weiß sie, dass du hier bist? Ich meine, warum lässt sie dich denn so etwas machen?«

»Sie weiß nichts davon«, sagt Eric schnell.

»Steht ihr euch nicht nahe?«

»Ich habe sie früher nicht oft gesehen – wir wurden bei unterschiedlichen Pflegefamilien untergebracht. Aber inzwischen haben wir ein besseres Verhältnis.« Er wendet sich ab und schaut aufs Meer hinaus. Offenbar habe ich einen wunden Punkt erwischt.

»Eric«, breche ich schließlich das Schweigen. »Du weißt, ich muss ...«

»Ja.« Er seufzt wieder und schlingt die Arme um sich. »Macht nichts. Das Spiel ist sowieso vorbei. Es macht keinen Spaß mehr, wenn es zu lange dauert. Vor allem wegen diesem ekelhaften englischen Essen.«

Er rümpft die Nase, und ich denke an den Reispudding, den er so scheußlich fand. Neue Empörung steigt in mir auf.

»Eric, verdammt noch mal, das ist kein Spiel.« Ich springe auf und starre ihn wütend an. »Niemand gewinnt hier.«

»Nein?« Er schaut zu mir hoch und lacht. »Hast du dich nie gefragt, warum ich diese Schachtel nicht besser versteckt habe? Und warum die Briefe noch da waren?«

Damit ihn jemand erwischen würde. Sonst wäre Eric niemals so unvorsichtig gewesen. Er wollte nicht Familie spielen – sondern Katz und Maus.

»Du wolltest erwischt werden«, stelle ich fest. »Damit wir alle erfahren, wie schlau du bist. Ging es dir nur darum?«

Schweigen. Als Eric wieder spricht, klingt seine Stimme weicher, ernsthafter. »Eigentlich nicht. Es ist schwierig zu erklären. Ich habe mich mein ganzes Leben lang nach einer Familie gesehnt. Einer richtigen Familie, nicht ständig wechselnden Pflegeeltern. Also suche ich Eltern, die ein Kind brauchen, ihr vermisstes Kind. Und eine Zeit lang ist es genau das, was ich mir immer erträumt habe.«

Er schaut mich an, seine Augen glitzern in der Dämmerung. »Aber es ist nicht real, Hannah, verstehst du das? Es ist nur ein Traum. Und dieser Tatsache kann man nicht entfliehen. Sobald sie einen eingeholt hat, ist der Bann gebrochen.«

Ich zittere, und nicht nur, weil ich in nassen Kleidern hier sitze. Einen Augenblick lang habe ich in Erics Welt hineingeblickt, und es ist ein kalter, harter, verzweifelter Ort. Nicht die Welt, in der ich leben möchte.

Er steht auf und mustert den dämmrigen Strand.

»Tja, ich bin echt froh, dass ich hier wegkann. Nichts als Schlamm und Algen. Euer dreckiges, eiskaltes Wasser.«

Ich schaue auf den Kanal hinaus und sehe ihn einen Moment lang mit seinen Augen. Sicher kein besonders schöner Anblick, wenn man die Sandstrände und türkisfarbenen Buchten des Mittelmeers gewohnt ist.

»Du hast also gewonnen, Hannah«, seufzt Eric. »Es ist an der Zeit für mich, zu gehen. Neu anzufangen – falls du mich lässt.«

Ich denke über die Bitte hinter seinen Worten nach. Er bittet mich um die Chance zur Flucht. Er weiß, dass ich sofort zur Polizei gehen könnte und die ihn wahrscheinlich schnappen würde. Selbst wenn Eric Fougère nicht sein richtiger Name ist.

Aber irgendwie glaube ich, dass er wirklich so heißt.

»Ich kann nicht, Eric. Ich muss es sagen ...«

Eric nähert sich mir, und ich widerstehe dem Drang, zurückzuweichen.

»Vergiss nur eines nicht, Hannah«, flüstert er. »Du und ich – wir sind gar nicht so verschieden.«

»Wie meinst du das?«

Eric beugt sich vor und schaut mir in die Augen. Ich halte seinem Blick stand. »Na ja, wenn du ehrlich bist, spionierst du auch ganz gern, richtig? Und vor einem kleinen Einbruch scheust du auch nicht zurück.«

»Woher weißt du ...«

»Der Anruf von meinem Handy aus? Mein verschwundenes Notizbuch?« Er schaut mich amüsiert an. »Ganz abgesehen davon, dass das Haus heute abgeschlossen war.

Du hast deinen Schlüssel dort gelassen und ich habe den Ersatzschlüssel unter der Vogeltränke weggeräumt. Wie bist du also reingekommen?«

Trotz der Kälte fühle ich, wie mir die Hitze ins Gesicht steigt. »Das ist etwas anderes ... ich wollte nur ...«

»Gib es zu, Hannah, wir sind uns ähnlicher, als dir lieb ist. Nur hast du das Glück, dass du Menschen hast, die für dich da sind.« Er sieht mich durchdringend an. »Wenn auch vielleicht nicht so, wie du glaubst.«

»Was meinst du damit?«, fahre ich auf.

Eric schaut mich ein paar Sekunden lang an. »Vergiss es. Ich bitte dich nur um ein paar Stunden, Hannah. Mehr nicht.«

Ich presse die Lippen zusammen und zwinge mich, nachzudenken. Mein Handy ist bestimmt ruiniert, aber wenn ich jetzt in die Stadt zurückrenne, könnte ich zur Polizei gehen und Eric würde geschnappt, bevor er abhauen könnte. Wie weit sollte er in einer halben Stunde schon kommen?

Doch was würde dann passieren? Eric verhaften zu lassen würde Danny nicht zurückbringen. Und Martha wird ohnehin bald der Wahrheit ins Auge sehen müssen. Dass ihr Sohn fort ist und niemals wiederkommt.

»Hannah?« Eric starrt mich immer noch an, seine nassen Kleider kleben an seiner Haut. Im schwachen Licht wirkt er geisterhaft blass, der Schock und die Erschöpfung sind ihm deutlich anzusehen.

Wo wird er jetzt hingehen? Was um alles in der Welt wird er jetzt tun?

»Wenn du mich gehen lässt, dann kann ich dir auch etwas geben, Hannah.«

»Was denn?« Mir schwirrt der Kopf. Was könnte Eric mir wohl anbieten?

»Die Wahrheit.«

Voller Panik schaue ich zu ihm auf. Was meint er damit?

Er hält meinen Blick fest und plötzlich verstehe ich. Was wäre mir lieber – wie Martha zu leben und gerne zu glauben, dass ein Fremder ihr Sohn ist? Oder die Wahrheit zu erfahren? Eine Sekunde lang bin ich in Versuchung. Eine Sekunde lang entscheide ich mich für ein leichtes Leben.

Aber nur eine Sekunde lang.

»Sag es mir.« Plötzlich zittere ich nicht mehr, sondern ich schlottere regelrecht. Ich muss die Zähne zusammenbeißen, um nicht vor Kälte zu stottern.

Eric schweigt.

»Es geht um Danny, stimmt's?«, frage ich, und mein Herz wird schwer.

Aber Eric schüttelt nur den Kopf und lächelt. Wie ein Lehrer, der einen Schüler dabei beobachtet, wie er die richtige Antwort sucht. Als sei ich nahe dran, aber noch nicht am Ziel.

»Marthas Schlafzimmer«, sagt er. »Der kleine Rollcontainer in ihrem Kleiderschrank. Der Schlüssel ist in der Schublade ihres Nachttisches.«

»Welcher Rollcontainer? Wonach suche ich denn?«

Aber Eric steht bereits und geht jetzt los.

»Das weißt du, wenn du es findest.«

Bevor ich reagieren kann, rennt er zur Klippe und klettert über die Felsen, bis er den Küstenpfad beinahe erreicht hat.

Ich schaue ihm einen Moment lang nach, und dann

trifft es mich wie ein Schlag. Es gibt etwas, das ich ihn schon viel früher hätte fragen sollen. Das Einzige, was wirklich zählt.

»Halt!«, schreie ich und renne ihm nach, taumelnd und stolpernd in der Dunkelheit. »Eric, warte … bitte!«

Die schattenhafte Gestalt vor mir bleibt so lange stehen, bis ich sie eingeholt habe.

»Du hast mich ›Kurze‹ genannt«, keuche ich, packe ihn am Arm und zwinge ihn, mich anzusehen. »Schon als du mich zum ersten Mal gesehen hast, hast du mich ›Kurze‹ genannt.«

Eric starrt mich nur stumm an.

»So hat mich nur Danny genannt. Das konntest du nicht von einer Website wissen.«

Eric antwortet immer noch nicht.

»Und du wusstest, was er als Allerletztes zu mir gesagt hat.«

Ich sehe Danny vor mir, der sein Fahrrad anschubst. Sehe, wie er mir zuwinkt, während er die Straße entlanggleitet, um die Kurve und aus meinem Leben verschwindet.

»Tschüssikowski.« Das Letzte, was er jemals zu mir gesagt hat.

»Du hast ihn getroffen, stimmt's? Du kennst Danny, oder?« Ich packe seinen Arm fester. »Wo ist er, Eric? Sag es mir!«

Erics Blick bohrt sich in meinen. Zum ersten Mal seit ich ihn kenne, wirkt er unsicher und verlegen.

»Und diese Anrufe. Die Anrufe, die wir bekommen haben. Die sind von ihm, stimmt's?«

Eric sieht aus, als wolle er etwas sagen. Aber er zögert.

»Eric, um Himmels willen. Sag mir nur, ob er noch am Leben ist.«

»Ich kann darüber nicht reden, Hannah.« Er schaut an mir vorbei in die Dämmerung, die uns umgibt.

Ich zerre an seinem Arm. »Du musst aber!« Ich schreie jetzt, meine Stimme klingt rau und verzweifelt. »Bitte, Eric. Du musst es mir sagen. Ich muss es wissen!«

Er löst meine Finger sanft von seinem Arm. »Ich kann dir nichts sagen, Hannah. Es tut mir leid.« Er weicht zurück.

»Warum nicht, Eric?«, schreie ich ihm nach. »WARUM NICHT?«

»Weil ich mein Wort gegeben habe«, sagt er und beschleunigt seine Schritte. »Ich habe ein Versprechen gegeben, das ich nicht brechen kann.«

Ich sehe ihm nach, als er den Küstenpfad entlang auf die fernen Lichter der Stadt zurennt.

Und diesmal lasse ich ihn gehen.

28

»Hannah!«

Martha steht das Erstaunen ins Gesicht geschrieben. Eine feine Röte überzieht ihre Wangen, als sie beobachtet, wie Alice auf mich zustürzt und mich fest umarmt.

»Ich war gestern Abend bei dir zu Hause«, sagt Martha und schaut mich an. »Weil ich wissen wollte, ob du okay bist. Und … und weil ich mich, na ja, für neulich entschuldigen wollte.« Sie verbirgt ihr Unbehagen hinter einem dünnen Lächeln.

»Tut mir leid. Ich war bei einer Freundin«, lüge ich. Gut, dass ich sie verpasst habe. Ich bezweifele, dass ich ihr den Zustand hätte erklären können, in dem ich zu Hause angekommen bin – durchnässt, eiskalt, mit einer Schnittwunde am Knöchel, die ich mit Gaze und einer alten Mullbinde aus dem Badezimmerschrank verarzten musste.

Aber nichts davon war so schlimm, wie bis heute Morgen warten zu müssen, um hierherzukommen.

Ich habe die halbe Nacht lang wach gelegen und überlegt, wie ich mich in Pauls und Marthas Schlafzimmer schleichen könnte, um herauszufinden, ob Eric die Wahrheit gesagt hat. Die andere Hälft der Nacht habe ich mich davor gefürchtet, wie Martha reagieren wird, wenn sie erfährt, dass »Danny« nicht mehr da ist.

Offensichtlich weiß sie es noch nicht. Wir würden nicht hier stehen und verkrampft Konversation machen, wenn Martha bereits Bescheid wüsste. Da Eric oft spät nach Hause kommt und lange schläft, nimmt sie wahrscheinlich an, dass ihr Sohn noch im Bett liegt.

»Hast du deinen Dad angerufen?«, fragt Martha und mustert mein Gesicht. Wahrscheinlich fragt sie sich, warum ich hier bin.

Ich nicke. Das ist einfacher, als direkt zu lügen.

Sie zieht Alice von mir weg und bindet ihr das Haar zu einem ordentlichen Pferdeschwanz zusammen, den sie mit einem Gummiband sichert. Alice jault, zieht eine Grimasse und streckt mir dann obendrein noch die Zunge heraus. Einen Moment lang zögere ich. Solche Dinge machen eine Familie aus – normale Dinge, die ganz normale Familien tun. Ich muss an Eric denken. Ich frage mich, wo er jetzt ist und was er jetzt tun wird. Wo er hingehen will.

»Ich muss mir dir reden.« Ich spreche ruhig und sachlich und schaue Martha direkt in die Augen.

Sie erwidert meinen Blick emotionslos und schaut dann auf die Uhr. Mein Timing ist perfekt – Alice muss in zehn Minuten in der Schule sein und Paul ist bereits unterwegs.

»Na gut.« Sie scheucht die lustlose Alice zur Tür. »Warte hier, bis ich wieder da bin.«

Sobald ich ihren Motor nicht mehr höre, gehe ich schnurstracks nach oben in Pauls und Marthas Zimmer. Der

Schlüssel liegt in Marthas Nachttisch, genau wie Eric es gesagt hat.

Eine schlichter goldener Schlüssel, kürzer als mein kleiner Finger.

Ich knie mich auf den Teppich, schiebe die Kleider beiseite und finde einen kleinen Metallschrank mit einem Schloss.

Er ist gut versteckt, aber es überrascht mich trotzdem, dass ich ihn beim Versteckspielen mit Alice bisher nie entdeckt habe. Ich ziehe ihn zu mir, stecke den Schlüssel ins Schloss und höre ein leises Klicken. Dann mache ich vorsichtig die Tür auf und schaue hinein.

Ungefähr ein Dutzend Aktenmappen hängen drinnen an einer Registratur. Ich blättere sie durch und schaue mir die Dokumente an, die sie enthalten. Geburtsurkunden, Zeugnisse, Dannys und Alice' ärztliche Unterlagen. Nichts, was man geheim halten müsste. Ich überprüfe sie alle noch mal, um sicherzugehen, dass ich nichts übersehen habe.

Also hat Eric mich doch aufgezogen. Mich ein letztes Mal reingelegt.

Aber als ich das Schränkchen wieder in den Kleiderschrank schiebe, sehe ich etwas unter den Akten, in den kleinen verbleibenden Hohlraum gestopft. Ich greife hinein und finde einen kleinen, braunen Umschlag, den ich vorsichtig herausnehme. Er ist nicht zugeklebt und ich ziehe einen dünnen Stapel Papiere heraus.

Das erste ist ein gefalteter Zeitungsartikel. Mein Herz setzt einen Schlag aus, als ich ihn auseinanderfalte. Ich sehe ein körniges Schwarz-Weiß-Foto meiner Mutter. Sie lächelt und hat die Augen leicht zusammengekniffen, als schaue sie in die Sonne.

Darunter eine Schlagzeile: *Zweiundvierzigjährige Mutter stirbt bei tragischem Unfall im Fluss.* Der Artikel ist vom 11. Oktober vor fünf Jahren. Eine Woche nach dem Tod meiner Mutter.

Ich überfliege den Text darunter, meine ganze Haut kribbelt. Ich weiß bereits, was passiert ist, und höre immer noch, wie Dad es mir mit vor Schock zitternder Stimme erklärt, nachdem die Polizisten gegangen sind. Dass Mum auf nasser Fahrbahn in einer Kurve die Kontrolle verloren hat, von der Straße abgekommen und im überfluteten Fluss gelandet ist. Dass sich der Gurt verklemmt hatte und sie sich nicht rechtzeitig befreien konnte, bevor das Auto voll Wasser lief.

Aber es ist der letzte Absatz, der mich nach Atem ringen lässt. »Der Leichenbeschauer sprach am Mittwoch von einem tragischen Unfall, obwohl mehrere Zeugen aussagten, dass Ellen Radcliffe Eheprobleme hatte und in den Tagen vor ihrem Tod sehr unglücklich wirkte. Der Leichenbeschauer fand aber keinerlei Hinweise auf einen Selbstmord.«

Eheprobleme? Was war damit gemeint? Mum und Dad waren immer glücklich gewesen, oder etwa nicht?

Dann erinnere ich mich. Der Streit in der Küche, den ich direkt vor dem Unfall mitgehört hatte. Dads zornige Stimme. Mums Schluchzen. Was später passiert war, hatte mit all seiner Entsetzlichkeit dazu geführt, dass ich diesen Streit beinahe vergessen hatte. Ich hatte nicht gewusst, dass es so ernst war.

Mit zitternden Händen falte ich das nächste Blatt Papier auseinander und blinzele meine Tränen weg, als ich die Handschrift meiner Mutter erkenne.

Liebe Martha,

ich weiß, dass du nicht mit mir sprechen und mir schon gar nicht die Möglichkeit geben willst, mich zu entschuldigen. Aber ich möchte, dass du weißt, wie sehr ich es bereue, dir Schmerz zugefügt zu haben. Bitte glaube mir, dass ich dich niemals verletzen wollte. Es war ein schrecklicher Fehler, den wir beide sofort bereut haben.

Ich bin sicher, das mit Hannah ist für euch genauso ein Schock wie für uns, aber ich bitte dich inständig, ihr nichts zu sagen, Martha. Du weißt, dass nichts davon ihre Schuld ist, und ich weiß, dass sie dir viel bedeutet und du ihr kein Leid zufügen willst.

Ich gehe ein paar Tage fort, um David Zeit zu geben, über alles nachzudenken. Ich hoffe so sehr, dass wir all das eines Tages hinter uns lassen können, für uns und auch für Hannah und Danny. Und ich hoffe, dass du mir irgendwann vergeben kannst.

Ellen

Sonst steckt in dem Umschlag nur noch ein Foto. Ich ziehe es heraus. Es ist ein Bild von Danny und mir, nur unsere Gesichter. Wir haben die Köpfe aneinandergelegt. Ich schaue es an, und der Kloß in meiner Kehle schnürt mir die Luft ab. Es muss aus dem Sommer stammen, in dem wir elf waren. Wir sehen braun gebrannt und gesund aus und haben beide Sommersprossen auf der Nase. Wir grinsen in die Kamera und sehen so irre glücklich aus, als seien wir unverwundbar.

»Hannah, was zum Teufel …«

Ich hebe den Kopf, das Foto in der Hand, und sehe Martha auf mich herunterschauen. Ihr Ärger verfliegt, sobald sie sieht, was genau ich da mache. Sie bleibt einen Moment lang im Türrahmen stehen, setzt sich dann aufs Bett und streicht ihren Rock glatt.

Ich sehe, dass ihre Hände zittern.

»Du solltest nicht hier drin sein. Du hast kein Recht ...«, beginnt sie, überlegt es sich aber anders, als ich sie ohne jede Scham ansehe.

»Hannah, ich ...« Ihre Stimme erstirbt.

»Was ist das, Martha?« Ich hebe den Umschlag hoch, damit sie genau sieht, was ich in der Hand halte.

Ihr Gesicht zuckt und sie presst die Lippen zusammen. »Ich weiß nicht, ob jetzt der richtige Zeitpunkt dafür ist ...«

»Sag es mir einfach.«

Martha schaut zu Boden, dann wieder zu mir. Ich spüre, dass sie nach einer Version der Wahrheit sucht, die für uns beide möglichst leicht verdaulich ist. Ich halte ihren Blick fest, ohne zu blinzeln, bis sie den Kopf senkt und tief seufzt.

»Eigentlich solltest du mit deinem Vater darüber reden.«

»Dad ist nicht hier«, sage ich schlicht.

Martha fährt sich mit der Hand durchs Haar und schaut wieder zu Boden. »Es ist schwierig zu erklären, Hannah.«

»Versuch es.«

Sie holt tief Luft und atmet langsam aus. Sie schindet Zeit.

»Okay ... deine Mutter, deine Mum und dein Dad hatten vor ihrem Tod einen schrecklichen Streit. Deine Mum war außer sich, deshalb war nicht ganz klar, ob es ein Unfall ...«

»Das weiß ich, Martha. Ich habe es gerade gelesen.« Ich halte ihr den Artikel vor die Nase. »Aber was ist mit diesem Brief von Mum, den Sachen über mich? Was soll ich nicht erfahren?«

Martha schluckt. »Oh Gott, Hannah …« Sie sieht mich beinahe flehend an. »Ich glaube wirklich, das sollte dein Vater …«

»Sag es mir einfach.«

»Okay …« Ich sehe Martha an, dass sie aufgibt. Es ist, als sei sie am Ende einer langen Straße angelangt und könne einfach nicht weiter. »Deine Mum und Paul … weißt du, dass die beiden an der Uni schon Freunde waren, bevor er und ich zusammenkamen?«

Ich nicke. Mir fällt ein, dass Dad sich einmal scherzhaft als Mums zweite Wahl bezeichnet hat.

»Na ja, zwischen den beiden … ist etwas passiert …« Martha legt eine Pause ein, schaut auf ihre Hände, spreizt die Finger und legt sie sich auf die Knie. »Später. Nur ganz kurz.«

Ich starre sie an und versuche, ihre Worte zu entschlüsseln.

»Du meinst … Paul und *Mum*?«

Marthas Kopfbewegung ist so schwach, dass man sie leicht übersehen könnte. Aber das tue ich nicht. Es war ein Nicken.

Meine Schläfen pochen. »Heißt das … was denn? Hatten sie eine Affäre?«

Martha schluckt und seufzt. »Es war vor langer Zeit, noch bevor du geboren wurdest, Hannah.«

»Und du wusstest es?«

Sie schüttelt heftig den Kopf. »Nein … nein, erst später, kurz vor dem Tod deiner Mutter.«

Ich schweige und lasse ihre Worte auf mich wirken. Gebe meinem Verstand die Chance, sie zu verstehen.

»Warum damals?«, frage ich. »Ich meine … wie hast du es herausgefunden?«

Martha senkt den Kopf. »Hör zu, Hannah, ich glaube wirklich nicht …«

»Sag es mir!« Meine Vehemenz überrascht uns beide. Martha starrt mich an, als sehe sie mich zum ersten Mal.

Als sie weiterspricht, zittert ihre Stimme.

»Deine Mum und dein Dad wollten noch ein zweites Baby, ein Geschwisterchen für dich. Aber es klappte nicht. Irgendwann ließ dein Vater sich testen. Und es stellte sich heraus, dass er … na ja, dass er … es nicht konnte.«

»Was nicht konnte?«

Martha schließt kurz die Augen. Als sie sie wieder öffnet, sehe ich etwas Weiches in ihnen. Etwas viel Schlimmeres als Anteilnahme.

Mitleid.

»Er konnte keine Kinder zeugen«, sagt sie langsam.

Ich starre sie sprachlos an und verstehe gar nichts. Martha ist blass und angespannt und sieht aus, als habe sie Angst.

»Aber das ist doch Unsinn.« Ich schlucke mühsam. »Das kann nicht stimmen … Ich meine, schließlich haben sie ja mich bekommen.«

Martha wird rot und schaut wieder auf den Boden. Einen Moment lang glaube ich, dass ich sie falsch verstanden haben muss. Wie bei einer dieser Mathegleichungen, bei denen der kleinste Fehler ausreicht, um alle Ergebnisse zu verfälschen.

Aber dann begreife ich und mein Herz implodiert wie in Zeitlupe.

Mum und Dad haben mich nicht bekommen.

Dad ist nicht mein leiblicher Vater.

Ich versuche zu atmen, aber ich bekomme nicht genug Luft auf einmal und muss viele japsende Atemzüge machen. Dad … Oh Gott …

Marthas Hand auf meiner Schulter. »Hannah, es tut mir leid. Ich hätte nichts sagen sollen …«

»Warum … Warum hat mir das bisher niemand gesagt?«

»Wir wollten es ja, Schätzchen. Obwohl deine Mum uns gebeten hatte, es nicht zu tun.« Sie zeigt auf den Brief in meiner Hand. »Dein Dad wollte mit dir reden und dir alles erklären, aber dann …« Ihre Stimme bricht. »Aber … dann ist Danny verschwunden und alles war so schrecklich. Du hast das Ganze so schwer genommen, dass wir es für besser hielten …«

»Wie?« Ich finde meine Stimme wieder und sie knistert vor ungläubiger Wut. Tränen stehen mir in den Augen und ich blinzele sie zurück. »Wie könnte das besser sein? Die ganze Zeit über dachte ich, Dad wäre … Himmel, ich hatte ja keine Ahnung …«

»Hannah, ich weiß, dass das sehr schwer ist. Glaub mir, niemand hat das so geplant. Dein Dad war in einem so schrecklichen Zustand, als deine Mum gestorben ist. Das weißt du ja sicher noch.«

Die schreckliche Frage blubbert endlich an die Oberfläche. Aber schon als ich frage, kenne ich die Antwort.

»Und wer ist dann …?«

Ich schaue auf das Foto. Danny und ich. Ständig wurden wir für Geschwister gehalten. Wir dachten, das liege daran, dass wir so oft zusammen waren.

Ich schaue Martha an, die hilflos zurückstarrt.

»Mein leiblicher Vater ist also Paul.«

Martha sagt nichts. Das muss sie auch nicht. Alle Puzzlestücke finden auf einmal ihren Platz.

Wie Paul sich um mich kümmert. Zögernd. Aufmerksam. Behutsam Nähe suchend.

Wie Paul, Dad und Martha einander umkreisen, Abstand voneinander halten. Aber den Anschein wahren und so tun, als hätte sich nichts verändert.

Und Dad. Oh, Dad. Ein stechender Schmerz durchzuckt meine Brust, als ich daran denke, wie schrecklich es für ihn gewesen sein muss. Ständig so zu tun als ob. In dem Wissen, dass ich nicht wirklich seine Tochter bin. Obwohl ihm klar ist, dass seine und meine Gene nicht mehr gemeinsam haben als alle menschliche DNA.

Kein Wunder, dass zwischen uns alles so komisch war. Ich dachte, es liege nur an Mums Verlust. Aber Dad hat alles auf einmal verloren: Mum, seine besten Freunde – und mich. Meine Augen brennen, aber ich dränge die Tränen zurück. Wenn ich jetzt anfange, dann kann ich nicht mehr aufhören. Und ich muss mich zusammenreißen. Ich muss nachdenken.

Denn das ist noch nicht alles, begreife ich, als die Wahrheit durch meinen Verstand rollt. Oh Gott … Meine Brust verkrampft sich und ich schnappe nach Luft. Erics Deal – meine Wahrheit gegen seine Freiheit. Ich hatte keine

Ahnung, dass es mein ganzes Leben in Stücke sprengen würde.

Martha streckt die Hand nach mir aus. »Hannah ...«

»Er wusste es«, sage ich und schaue auf das Foto, auf dem wir beide in die Kamera lächeln. »Danny wusste es.«

Plötzlich verstehe ich alles. Was ihn fortgetrieben hat. Warum Danny mich verlassen hatte, noch bevor er verschwand. Er musste etwas herausgefunden haben. Vielleicht hatte er den Brief entdeckt oder einen Streit seiner Eltern belauscht.

»Was meinst du damit?« Die Besorgnis in Marthas Stimme wandelt sich in Ärger. »Was hat Danny gewusst?«

»Verstehst du denn nicht? Deshalb war er so komisch zu mir ... zu uns ... bevor er abgehauen ist. Er wusste Bescheid. Über mich. Über Paul und Mum und alles.«

Jetzt ergibt alles einen Sinn. Dass Danny nur durch Abstand ertragen konnte, was er wusste. Damit er mich nicht anlügen und mir etwas vorspielen musste.

Bis irgendwann auch das zu schwierig wurde.

Es liegt nicht an dir. Seine Worte hallen in meinem Kopf wider, seine Antwort, als ich mich einmal traute, zu fragen. *Es liegt nicht an dir.*

Martha starrt mich ungläubig an. »Das ist absurd, Hannah. Niemand hat Danny etwas davon gesagt.«

Aber in ihren Augen steht Angst. Ich sehe, wie sie zurückdenkt. Alle Hinweise zusammenstückelt.

Sie weiß, dass ich recht habe, denke ich, und in mir zerbricht etwas.

Er wusste es. *Danny wusste es.* Sie alle wussten es.

Und sie alle haben es vor mir verheimlicht.

Eiskalte Wut durchströmt mich und ertränkt meine Bedenken. »Ich habe auch ein paar Briefe für dich, Martha.« Ich ziehe die Blätter aus meiner Tasche und werfe sie neben ihr aufs Bett. Sie sind zerknittert und steif, weil sie eine Nacht auf dem Handtuchhalter getrocknet sind, aber sie sind noch lesbar.

Martha betrachtet sie einen Moment und entfaltet sie dann. Ich sehe, wie sie immer blasser wird, je länger sie liest.

»Wo hast du die her?« Sie schaut mich verwirrt und ratlos an.

»Aus Dannys Zimmer.«

Sie schaut sie noch einmal an und liest jedes einzelne Wort.

»Das verstehe ich nicht. Die sind an mich adressiert. Wieso habe ich sie noch nie gesehen?«

»Weil Eric sie abgepasst hat.«

»Eric?« Sie schaut mich perplex an. »Wer ist Eric?«

Ich sehe sie an, und selbst jetzt, trotz allem, zögere ich. Meine nächsten Worte werden Marthas Welt zum Einsturz bringen. Alle Wut in mir ist verschwunden, und es bleibt nur noch die schreckliche Last eines Lebens, das in meinen Händen liegt.

Und dann verstehe ich. So haben sich Dad, Martha und Paul gefühlt. Und Danny. Deshalb konnte mir niemand die Wahrheit über meinen Vater sagen.

Deshalb war es für Danny einfacher, zu verschwinden.

Martha schaut mich immer noch benommen an, wie jemand, der vom Lenkrad aufschaut und einen Tanklaster auf sich zurasen sieht. Ich könnte sie anlügen, denke ich.

Diese Briefe wegerklären. Ich könnte das tun, was Eric vorgeschlagen hat. Sie weiter daran glauben lassen, dass er Danny war. Aber nein. Es ist zu spät. Eric ist fort – ich muss nicht erst in sein Zimmer schauen, um das zu wissen.

Und ich bin mir genauso sicher, dass er nie wieder zurückkommt.

»Eric ist Danny«, sage ich schnell, bevor ich es mir anders überlegen kann. »Genauer gesagt, ist er nicht Danny. Er hat nur so getan.«

Ich sehe, wie Marthas Verwirrung sich in Ärger verwandelt. »Mach dich doch nicht lächerlich, Hannah. Das erfindest du. Ich verstehe, dass du sehr aufgebracht bist, aber ...«

»Schau in sein Zimmer.«

Martha blinzelt. »Das muss ich nicht. Ich weiß nicht genau, warum du das tust, Hannah, aber ...«

»Schau einfach nach, Martha!«

Meine Stimme ist lauter, als ich beabsichtigt habe, beinahe ein Schrei. Martha zuckt zusammen, steht dann auf und geht hinaus. Ich höre, wie sich die Tür zu Dannys Zimmer öffnet, das vertraute Knarren verrät es mir. Dann Schweigen. Langes, langes Schweigen.

Ich bleibe unbeweglich sitzen, und die Gedanken und Gefühle, die wie ein Wirbelsturm durch meinen Kopf fegen, werden schneller und schneller. Ein Strudel aus Emotionen. Wut auf Mum, auf Paul, auf Martha. Sogar auf Dad. Wie konnten sie nur? Wie konnten sie mich nur so anlügen?

Und Danny ... wie konnte er mich beinahe jeden Tag sehen, wissen, was er wusste ... und nichts sagen?

Dann denke ich an jenen letzten Tag, wie er am Strand zögerte. Die Worte, die ich in seiner Kehle ahnte.

War es das gewesen? Kämpfte er gegen den Drang, mir die Wahrheit zu sagen? Ganz plötzlich begreife ich, wie schwer es für Danny gewesen sein muss. Wie unerträglich. Sein Dad hatte seine Mum betrogen, seine Mum hatte gelogen, und nun war seine beste Freundin plötzlich seine Halbschwester. Und er durfte nicht darüber reden – vor allem nicht mit mir.

Wie hätte er mir meinen Vater nehmen können, wo ich doch gerade erst meine Mutter verloren hatte?

Mir ist so schwindelig, dass ich mich an Marthas Bett lehnen muss. In diesem Moment höre ich einen dumpfen Knall aus Dannys Zimmer. Ich rappele mich auf und renne hinein.

Martha ist auf dem Boden zusammengesackt und sieht aus, als seien ihr einfach die Beine weggeknickt.

»Oh Gott …« Ich packe sie unter den Armen und ziehe sie zum Bett. Ich spüre, wie sie zittert, die schreckliche Schwere ihrer Verzweiflung.

»Martha …«

»Er ist weg. Hat nur die Hälfte seiner Sachen mitgenommen … er muss heute Nacht gegangen sein.«

Ich nicke.

»Woher wusstest du …? Wann hat Danny …?«

»Er ist nicht Danny, Martha. Sein Name ist Eric Fougère. Er ist Halbfranzose und zweiundzwanzig Jahre alt.«

Martha zuckt zurück, als hätte ich sie geschlagen. »Das ist unmöglich«, stammelt sie. »Absolut lächerlich. Das hätte ich doch gemerkt …«

»Wir haben es aber nicht gemerkt«, sage ich und lasse meine Worte auf sie wirken. »Und er hat sich nicht zum ersten Mal als vermisster Junge ausgegeben. Er hatte eine Menge Übung.«

»Ich kann nicht glauben …« Sie schüttelt den Kopf. »Ich kann es einfach nicht glauben …«

Aber ich sehe, dass sie es glaubt. Alle Ungereimtheiten, alle Hinweise. Alle Zweifel. Ich sehe, wie die Wahrheit langsam in sie einsickert wie Wasser in sandigen Grund.

Sie sinkt in sich zusammen, vergräbt den Kopf in den Händen und ihrer Kehle entringt sich ein schreckliches Wimmern. Sie heult auf wie ein Tier, das Schmerzen leidet. Ich bleibe wie gebannt vor ihr stehen und weiß nicht, was ich tun soll. Ich warte, bis das Heulen verstummt, Martha den Kopf hebt und mich endlich ansieht. Ihr Gesicht ist so blass wie heller Sand.

»Aber woher wusste er …? All das über Danny? Über uns?«

»Aus dem Internet«, sage ich achselzuckend. »Aus der Fernsehsendung, von Fotos und Videos. Er hat alle Informationen zusammengestückelt. Er ist sehr intelligent.«

Martha vergräbt den Kopf wieder in den Händen. Bleibt noch einen Moment so sitzen und sieht dann wieder auf. Sie sieht schrecklich aus, als stünde sie unter Schock.

»Wo ist er?«, fragt sie unvermittelt.

»Wer? Eric?«

Martha nickt.

»Ich weiß es nicht. Ich habe ihn gestern Abend zum letzten Mal gesehen.«

»Hat er gesagt, dass er gehen würde?«

»Nein. Aber er wusste, dass er nicht bleiben konnte.«

Martha versinkt wieder in Schweigen. Auch in ihr ist heute etwas zerbrochen. Sie ist am Ende. Und nun tut es mir leid. Es tut mir unendlich leid, dass ich ihr diese Nachricht überbringen musste.

Denn Martha hat immer ihr Bestes für mich gegeben, das weiß ich. Trotz allem. Obwohl mein Anblick sie täglich an Pauls Ehebruch und Mums Verrat erinnert haben muss, war sie trotzdem immer für mich da.

»Ich verstehe immer noch nicht, wie er so viel wissen konnte …«, stammelt sie und schweigt dann wieder. Kurz darauf sieht sie mich plötzlich hoffnungsvoll an. »Hannah, glaubst du, es ist möglich … dass dieser Eric Danny getroffen hat? Weiß er vielleicht, wo er ist?«

Ich starre sie an und meine Gedanken wirbeln mir durch den Kopf wie in einer Grotte gefangene Wellen.

Ich habe ein Versprechen gegeben, das ich nicht brechen kann. Das hat Eric doch gesagt. Und was ist ein Versprechen anderes als ein Pakt zwischen zwei Menschen?

Zwischen Eric und Danny.

Martha sieht mich mit einem schrecklichen Flehen in den Augen an. Und ich denke an all die Wochen, Monate, Jahre, die sie damit verbracht hat, nach Danny zu suchen. All diese Trauer.

Und ich weiß, wenn ich ihr von meinem Verdacht erzähle, fängt das alles wieder von vorne an. Das Suchen, das Warten. Das endlose, ruhelose Hoffen.

Die Enttäuschung.

Ich schlucke.

»Nein«, sage ich ruhig. »Das glaube ich nicht.«

Die Lüge hinterlässt einen bitteren, sauren Geschmack in meinem Mund. Aber was Eric über sein Versprechen geäußert hat – sagt mir alles, was ich wissen muss. Wenn Danny jemals gefunden werden will, dann wird er sich finden lassen.

Aber das ist seine Entscheidung.

Und die hat er bereits getroffen.

EPILOG

»Qu'est-ce que vous prenez, mademoiselle?«

Ich schaue von meinem Buch auf und sehe den Kellner vor mir stehen. Den, der mich auch gestern bedient hat. Und vorgestern. Sein Lächeln verrät, dass er mich wiedererkennt, und ich frage mich, was er wohl von diesem seltsamen englischen Mädchen hält, das den größten Teil der Woche allein in seinem kleinen Strandcafé verbracht hat.

»Encore un coca, s'il vous plaît.«

Er zögert, nachdem er mein leeres Glas eingesammelt hat, in dem halb geschmolzene Eiswürfel klimpern. Er will mit mir reden, das sehe ich. Fragen, was ich hier mache.

Ich wünschte, ich wüsste es. Was mir vor ein paar Wochen in der Euphorie nach meinen Abschlussprüfungen noch wie eine gute Idee vorkam, erscheint mir jetzt vollkommen verrückt. Und total langweilig.

Ich suche in meinem Geldbeutel nach einem weiteren Fünf-Euro-Schein und versuche, die Preise locker zu nehmen. In Südfrankreich ist nichts billig.

»Non.« Der Kellner winkt ab. *»Gratuit.* Geht aufs Haus«, fügt er hinzu. »Als Dank für Ihre Treue.«

Er schaut mich in der Hoffnung an, dass mich das zum Reden bringt, aber ich belasse es bei einem dankbaren

Lächeln. Als er weg ist, trinke ich einen Schluck von meiner frischen Cola und genieße das kühle Kribbeln auf meiner Zunge. Es ist Spätnachmittag, aber die Luft flirrt immer noch vor Hitze, und ich fühle mich verschwitzt und klebrig.

Und unruhig. Ich versuche, mich auf mein Buch zu konzentrieren, aber ich finde nicht mehr in die Geschichte hinein. Also lasse ich meinen Blick über den Strand wandern, genieße den Meerblick, den Anblick der kleinen Jachten draußen in der Bucht, das Sonnenlicht, das auf den Wellen glitzert. Die Touristenmasse, die sich am Wasser versammelt hatte, lichtet sich allmählich, als sich die Menschen auf den Weg zu ihren Aperitifs und Abendessen machen.

Café sur la Plage, Almanarre, Hyères.

Sonst stand nichts in der E-Mail. Eine Zeile, von einer Adresse, die ich nicht kannte. Kein Name, nur das Sendedatum, das inzwischen drei Wochen her ist. Und das Datum, an dem ich anreisen sollte.

Eine Einladung. Eine, die ich nicht ablehnen konnte.

Dad, wie ich ihn immer noch nenne, glaubt, ich sei mit Lianna und ein paar anderen Schulfreundinnen im Urlaub, um das Ende unserer Prüfungen zu feiern. Einiges daran stimmt ja auch, rede ich mir ein, aber ich fühle mich trotzdem schuldig. Ich hasse es, ihn anzulügen – besonders nach allem, was passiert ist.

Aber wenn ich ihm die Wahrheit gesagt hätte, würde er sich Sorgen machen. Und Paul genauso, der nicht länger seine Fürsorglichkeit verbergen muss, wenn ich ihn besuche. Er lebt jetzt allein, in der Wohnung, die er nach der Trennung von Martha gemietet hat. Sie besuche ich auch oft, und nicht nur wegen Alice. Ich möchte den Kontakt zu ihr halten und ein bisschen auf sie aufpassen. Martha ist nicht mehr dieselbe, seit Eric fort ist. Das hat ihr endgültig das Herz gebrochen.

Und auch deshalb bin ich hier, obwohl ich weiß, dass das Wahnsinn ist. Ich habe keine Ahnung, was mich hier erwartet. Aber ich will Eric von Martha erzählen, von dem Schaden, den er angerichtet hat. Derselbe Schaden, den er im Moment womöglich in einer anderen Familie anrichtet. Ich will, dass er etwas begreift, das ich schon vor Jahren im Physikunterricht gelernt habe: dass jede Aktion, egal wie klein, eine Reaktion auslöst.

Obwohl ich immer noch lerne, dass es im wahren Leben selten die Reaktion ist, die man erwartet.

Ich scanne noch einmal den Strand und suche in der Menge nach einem vertrauten Gesicht. Ich weiß, dass er hier irgendwo ist und auf den richtigen Moment wartet.

Er wusste natürlich, dass ich kommen würde. Allein schon aus Neugier. In den vergangenen zwei Jahren habe ich viel über Eric nachgedacht. Dabei habe ich alle möglichen Emotionen durchlebt – von Wut über Ungläubigkeit zu Mitgefühl und wieder zurück. Aber ich komme immer wieder an den Punkt, wo ich angefangen habe. Ich verstehe immer noch nicht, was wirklich in seinem Kopf vorging.

Oder in Dannys. Ich habe endlose Stunden darüber nachgegrübelt, warum er gegangen ist. Wie ihm alles zu viel wurde. Wie er mich nicht mehr anlügen konnte. Und doch … dass mein bester Freund ein so enormes, dunkles Geheimnis vor mir verbergen konnte, beweist im Grunde, dass man niemanden wirklich kennt. Nicht vollständig.

Nicht bis ins Innerste. Es hätte alles Mögliche passiert sein können.

Ich werde die Wahrheit niemals erfahren, das habe ich akzeptiert.

Als ich mich wieder meinem Buch zuwenden will, erregt etwas in der Ferne meine Aufmerksamkeit. Ein Mann läuft auf das Café zu, die Baseballkappe tief ins Gesicht gezogen, die Jeans tief auf den Hüften. Ich beobachte ihn, und mein Herz beginnt schneller zu schlagen, als er näher kommt. Ich sehe, wie sich sein blondes Haar in seinem Nacken kräuselt, seinen selbstbewussten Seemannsgang.

Ist er es?

Ich recke den Hals, weil die Gestalt hinter ein paar Sonnenschirmen verschwindet. Als ich gerade denke, dass ich ihn verloren habe, taucht er ein paar Meter von mir entfernt wieder auf. Ich will aufstehen und zu ihm rennen, doch da schaut er mich direkt an.

Ich beiße mir enttäuscht auf die Lippe. Zu klein, falscher Körperbau. Nicht einmal Eric könnte sich so gut verkleiden.

Ich sacke in meinen Stuhl zurück und könnte vor Frustration heulen. Ist das schon wieder eins von Erics aufwendigen Spielchen? Warum lotst er mich hierher, wenn er mir nichts zu sagen hat? Schließlich schuldet er mir etwas. Dafür, dass ich ihn so schnell und spurlos verschwinden ließ, wie er aufgetaucht war. Wie ein Flaschengeist, der in seine Flasche zurückkehrt.

Ich klappe mein Buch zu und werfe es auf den Tisch. Es schliddert über das polierte Glas und fällt fast in den Sand. Ich schnappe mir meine Handtasche und laufe schnell zum

Meer. Ein kleines Mädchen schlendert mit einem Hund vorbei, der beinahe so groß ist wie sie selbst. Eigentlich führt er sie spazieren und nicht umgekehrt. Mit ihrem langen, blonden Pferdeschwanz erinnert sie mich an Alice, obwohl der Hund schwarz und viel zu riesig ist, um Rudman zu ähneln.

Ihr Anblick zieht mir das Herz zusammen. Ich weiß, wie sehr Alice mich vermisst. Vor meiner Abreise hat sie mich so fest an sich gedrückt, dass ich beinahe umfiel.

»Komm ganz bald zurück«, sagte sie, bevor sie mich endlich gehen ließ.

»Versprochen«, antwortete ich, und das meinte ich auch so. Schließlich ist Alice der einzige Mensch in meinem Leben, der es nicht noch komplizierter macht. Der einzige Mensch, der mich niemals im Stich lassen wird.

»*Maman!*«

Das kleine Mädchen sieht seine Mutter an der Wasserlinie und rennt auf sie zu. Der Hund springt neben ihr her und hechelt in der Hitze. Die Frau umarmt ihre Tochter und nimmt sie an der Hand. Ich sehe, dass sie sich angeregt unterhalten, aber ich bin zu weit weg, um zu verstehen, was sie sagen.

Ein Bild von Mum steigt in mir auf. Wie wir zu Hause auf dem dünnen Sandstreifen planschten, der zwischen den Kieseln am einen Ende und dem Schlamm am anderen Ende des Strands liegt. Es war natürlich nicht so schön wie hier, das Wasser trübe und braun, nicht kristallklar und azurblau. Aber mir gefiel es trotzdem. Wir zogen unsere Sandalen aus, krempelten unsere Jeans hoch und hüpften über die kleinen Wellen, die in endlosen Reihen auf uns zurollten.

Heute kann ich bei der Erinnerung lächeln. Ich hasse Mum nicht mehr dafür, was sie getan hat, stattdessen vermisse ich sie wieder die ganze Zeit.

Dad hat recht, es macht keinen Sinn, Schuld zuzuweisen. Wir alle machen Fehler und tun Dinge, auf die wir nicht besonders stolz sind.

Was zählt, ist damit klarzukommen. Das Beste aus dem zu machen, was man hat. Auch das hat mich Eric gelehrt: Egal, wie schwierig mein Leben ist, wie chaotisch und unvollkommen: Besser als seins ist es auf jeden Fall.

Ich spaziere eine Weile am Strand entlang und gehe dann wieder zurück zum Café. Der Kellner mustert mich diskret, als ich in Richtung Toilette verschwinde. Als ich wiederkomme, unterhält er sich mit einem Mann an der Bar, der mir den Rücken zukehrt. Ich setze mich, trinke den Rest meiner Cola und schaue auf die Uhr. Zehn vor sechs.

Zeit, ins Hotel zurückzukehren. Ich will noch duschen, mich umziehen und im Restaurant sein, bevor es zu voll wird. Morgen schaue ich mir vielleicht die Inseln an, sage ich mir, als ich in meiner Tasche nach Trinkgeld krame. Die wenigen Tage, die mir noch bleiben, sollte ich nutzen. Erics dämliches Spielchen spiele ich nicht mehr mit – offenbar hat auch er das Interesse daran verloren.

Ich nehme mein Buch vom Tisch und stopfe es in meine Tasche. Dann mache ich ein paar Schritte auf die Bar zu, rufe dem Kellner *»Au révoir«* zu und winke. Er sieht auf, ein weißes Geschirrtuch in der Hand, ein Glas in der anderen, und nickt mir zum Abschied zu. Der andere Mann schaut kurz zu mir rüber, als ich meine Handtasche umhänge und mich umdrehe.

Und erstarre.

Ich stehe wie angewurzelt da und atme kaum. Warum kann ich mich nicht bewegen?

Irgendetwas stimmt hier nicht. Ich beiße die Zähne zusammen und meine Haut kribbelt, während mein Verstand versucht, zu begreifen, was ich da gerade gesehen habe.

Langsam, mit wild klopfendem Herzen, drehe ich mich wieder um. Der Mann an der Bar schaut wieder nach vorne, aber auch von hinten sehe ich, dass sein blondes Haar jetzt dunkler ist, sein Körper stark und schlank.

Der Kellner beobachtet mich und bemerkt meine Verwirrung.

»Mademoiselle?«

Der Mann schaut zu dem Kellner hoch, dreht sich dann um und folgt seinem Blick. Ich sehe die Stoppeln an seinem Kinn und seinen Wangen, den verwirrten Gesichtsausdruck, mit dem er mein Starren registriert. Ich habe das Gefühl, ich falle gleich in Ohnmacht. Ich will wegschauen, aber ich kann meine Augen nicht von seinen lösen, ihrem makellosen, endlosen Blau, der Farbe des Meeres in der Bucht.

»*Vous avez oublié quelque chose, mademoiselle?*«, fragt der Kellner. »Haben Sie etwas vergessen?«

Nein, will ich sagen. Ich habe nichts vergessen. Absolut gar nichts.

Aber Danny offenbar.

Er senkt den Blick und dreht sich wieder um. Einen Moment lang droht der Schmerz, mich zu überwältigen und zu Boden zu werfen.

Er erkennt mich nicht. Er weiß nicht, wer ich bin.

Ich will mich gerade umdrehen und verschwinden, so

schnell ich kann über den Strand rennen, da denke ich an Eric.

Er hat das arrangiert, begreife ich. Um seine Schuld zu begleichen. Als Wiedergutmachung.

Ich zögere, denn ich habe die Wahl. Ich kann Danny seinem eigenen Leben überlassen. Dem, das er gewählt hat. Oder ihn zurück in meines zwingen.

Ich weiß nicht, was ich tun soll. Ich stehe auf einer Klippe und schaue ins dunkle Wasser. Mir ist schwindelig, ich bin verwirrt und eigentlich will ich gar nicht hier sein.

Eigentlich sollte ich diese Entscheidung gar nicht treffen dürfen.

Aber dann denke ich an Mum – und daran, dass wir nie eine zweite Chance bekommen haben und ich mich den Rest meines Lebens fragen muss, was hätte sein können. Ich denke daran, wie sie meine Hand gehalten hat, als wir durch die Brandung gehüpft sind, und ich hole noch einmal tief Luft … und springe.

»Danny.«

Sein Rücken verspannt sich. Die Hand, die sein Glas hält, verharrt einen Moment in der Luft, dann lässt er sie sinken. Er hebt den Kopf und dreht sich langsam zu mir um. Ich sehe sein fassungsloses Gesicht, als er mir diesmal in die Augen sieht.

»*Tu la connais?*«, fragt der Kellner. Kennt er mich?

Ich warte auf seine Antwort und habe dabei das Gefühl, im Boden zu versinken. Tränen steigen mir in die Augen, meine Sicht verschwimmt. Aber er bewegt sich nicht und bleibt stumm. Starrt mich nur mit leerem Blick an und sieht mir beim Ertrinken zu.

Hau ab hier, drängt eine Stimme in meinem Kopf. Geh so weit wie möglich fort von hier und schau nie mehr zurück.

Ich zwinge Luft in meine Lungen. Bringe meinen Körper dazu, sich umzudrehen, und meine Beine dazu, wegzulaufen. Unterdrücke das Schluchzen in meiner Kehle, als ich stolpere und beinahe meine Tasche fallen lasse.

»Hannah?«

Seine Stimme. Tief und fremd und unfassbar vertraut. Als sei kein Tag vergangen, seit er auf seinem Fahrrad davonfuhr und eine Wunde in meinem Leben hinterließ, die niemals heilen wollte.

Ich bleibe stehen. Drehe mich um. Sehe, wie verdattert er dasteht, als habe ihm jemand einen Boxhieb versetzt.

»Hannah? Bist das wirklich du?«

Tränen laufen mir über die Wangen, als ich mich wieder zu meinem Bruder umdrehe. Ich sehe, dass seine Hand zittert und er sich an der Bar festhalten muss, um nicht zu fallen. Einen Moment lang zögert er, nur einen Moment lang, bevor auch er springt.

Und dieses Lächeln, dieses wundervolle Lächeln überströmt sein Gesicht wie eine Welle, als er auf mich zustürmt und mich in die Arme schließt.

Kim Hood

Das Schweigen in meinem Kopf

288 Seiten, ISBN 978-3-570-40237-5

Jo hat es nicht leicht: Sie ist allein mit ihrer psychisch kranken Mutter und auch in der Schule findet sie keinen Anschluss. Um den ständigen Hänseleien und dem Alleinsein zu entgehen, lässt sie sich auf ein Sozialprojekt ein: Freiwillig verbringt sie jede freie Stunde damit, dem 15-jährigen schwerbehinderten Chris Gesellschaft zu leisten. Und es ist komisch, aber gerade bei ihm kann sie sich öffnen, ihm von ihrem Kummer erzählen. Chris, der sonst auf wenig reagiert, scheint sie zu verstehen und ganz langsam entwickelt sich eine Freundschaft zwischen den ungleichen Jugendlichen, die beide verändert und ihnen eine ganz neue Zukunft schenkt.

cbj

40189

www.cbj-verlag.de

Bettina Obrecht

Opferland

ca. 288 Seiten, ISBN 978-3-570-40248-1

Jahrelang wurde Cedric gemobbt, mehrere Schulwechsel hat er hinter sich. Doch jetzt besucht er eine entfernte Stadtschule, hier kennt ihn niemand, hier scheint ein Neuanfang möglich. Dafür nimmt Cedric sogar die Trennung von seiner Familie in Kauf. Doch als der Schul-Liebling Lars ihn zum Spaß „Opfer“ nennt, brennen bei Cedric die Sicherungen durch und die Vergangenheit holt ihn ein – gnadenlos. Nur die zurückhaltende Sinja hält noch zu ihm. Werden die beiden es schaffen, dem „Opferland“ endlich zu entfliehen?

40217

cbj

www.cbj-verlag.de

Chris Bradford

Bodyguard – Die Geisel

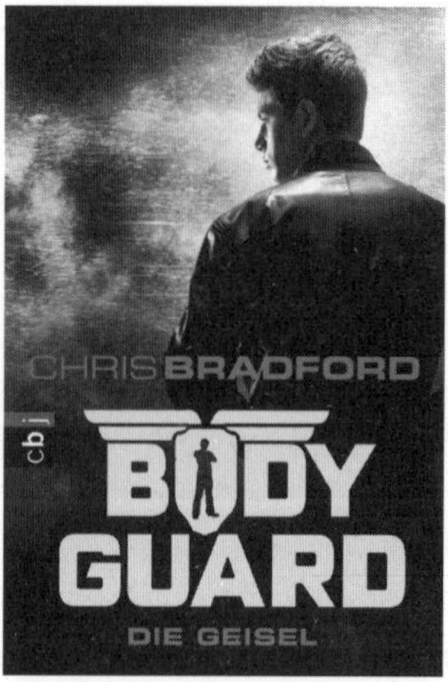

ca. 448 Seiten, ISBN 978-3-570-40275-7

Ein 14-jähriger Junge als Bodyguard? Das glaubt doch kein Mensch! Eben deshalb ist Connor Reeves bei seinen Inkognito-Einsätzen so erfolgreich. Sein erster Auftrag führt ihn direkt ins Zentrum der Macht: Er soll die Tochter des amerikanischen Präsidenten beschützen. Allerdings darf Alicia nicht merken, dass er in Wahrheit Personenschützer ist. Denn die Präsidententochter hat die Nase voll von dem goldenen Käfig, in dem sie sitzt, und entwischt den Beamten des Secret Service immer wieder.
Eines Tages jedoch gerät sie ins Visier einer terroristischen Schläferzelle. Und plötzlich ist sie doch froh, dass ein Bodyguard an ihrer Seite ist: Denn Connor entpuppt sich als stahlharte Kämpfernatur.

cbj

40261

www.cbj-verlag.de